HASTA SIEMPRE CUBA, MI ISLA

HASTA SIEMPRE CUBA, MI ISLA

ALEXANDRA DIAZ

A Paula Wiseman Book
Simon & Schuster Books for Young Readers
NUEVA YORK · LONDRES
TORONTO · SÍDNEY · NUEVA DELHI

SIMON & SCHUSTER BOOKS FOR YOUNG READERS

Un sello editorial de la División Infantil de Simon & Schuster

1230 Avenida de las Américas, Nueva York, Nueva York 10020

Este libro es una obra de ficción. Cualquier referencia a sucesos históricos, personas, lugares reales está usada de manera ficticia. Los demás nombres, personajes, lugares y sucesos son producto de la imaginación de la autora, y cualquier parecido con sucesos o lugares o personas reales, vivas o fallecidas es puramente casual.

Texto © 2023 de Alexandra Diaz

Traducción © 2023 de Simon & Schuster, Inc.

Traducción de Alexandra Diaz y Lillian Corvison

Originalmente publicado en inglés en 2023 por

Simon & Schuster Books for Young Readers como *Farewell Cuba, Mi Isla*

Ilustración de la portada © 2023 de Maribel Lechuga

Diseño de la portada de Krista Vossen © 2023 de Simon & Schuster, Inc.

Todos los derechos reservados, incluido el derecho a la reproducción total o parcial en cualquier formato.

SIMON & SCHUSTER BOOKS FOR YOUNG READERS

y otras marcas relacionadas son marcas de Simon & Schuster, Inc.

Para obtener información respecto a descuentos especiales en ventas al por mayor, llame a Simon & Schuster Special Sales, 1-866-506-1949, o escriba a business@simonandschuster.com.

El Simon & Schuster Speakers Bureau puede llevar autores a su evento en vivo. Para obtener más información o para reservar a un autor, póngase en contacto con Simon & Schuster Speakers Bureau, 1-866-248-3049, o visite nuestra página web en www.simonspeakers.com.

Diseño del libro de Hilary Zarycky

El texto de este libro usa la fuente Calisto MT Pro.

Fabricado el los Estados Unidos de América

1023 OFF

Primera edición en español de Simon & Schuster Books for Young Readers, diciembre de 2023

2 4 6 8 10 9 7 5 3 1

Los datos de este libro están disponibles en la Biblioteca del Congreso de los Estados Unidos.

ISBN 9781665911191 (tapa dura)

ISBN 9781665911184 (rústica)

ISBN 9781665911207 (edición electronica)

Para mis bisabuelos Adolfo Pino Quintana y Sara de la Cruz
Montiel, cuyo amor y apoyo hicieron de mi mamá
la mujer fuerte que es

HASTA SIEMPRE CUBA, MI ISLA

PRÓLOGO
31 DE AGOSTO DE 1958
Pinar del Río, Cuba

Victoria se levantó de la cama al amanecer. Abrió las cortinas de seda cosidas a mano y salió al pequeño balcón. La lluvia de anoche dejó gotas de agua brillando en las hojas y flores del cuidado jardín de la finca de Papalfonso. El aire fresco de la mañana se mezclaba con el perfume de las magnolias y los hibiscos que crecían alrededor de la casa y con el olor de las frutas del huerto.

Descansó su barbilla en la baranda, respirando profundamente en el lugar más hermoso del mundo. Todo lo visible pertenecía a su abuelo materno. La laguna, la vegetación tropical, los bosques. En la finca las reglas y expectativas de la familia no aplicaban. Era el único lugar donde podía ser ella misma.

No era suficiente observar la finca. Ella quería ser parte de ese magnífico entorno campestre.

Al regresar al cuarto, chocó sin querer con el pimpampú donde dormía su prima hermana Jackie.

—¿Qué hora es? —preguntó Jackie con la boca contra la almohada.

Victoria entrecerró los ojos para ver el reloj que estaba en la mesita de noche, pero no podía leer las manecillas en la penumbra del amanecer.

—A juzgar por el cielo, deben de ser alrededor de las cinco y media.

Jackie dijo una mala palabra pero quizás la almohada la distorsionó.

—Estás loca.

Y en unos segundos Jackie se volvió a dormir.

En silencio, Victoria se quitó el camisón y se puso unos pantalones de equitación y una blusa de manga larga que mami insistía que usara para protegerse y no quemarse con el sol.

Bajó a la cocina donde Mamalara cortaba una piña y las dos cocineras españolas, Dorotea y Manuela, estaban preparando las comidas del día.

—Yo sabía que te ibas a levantar temprano. ¿No lo dije, Dorotea? —Mamalara besó a Victoria en la cabeza mientras Dorotea le servía su plato de avena—. Siendo el último día de las vacaciones, yo sabía que mi nieta mayor no lo iba a desperdiciar durmiendo hasta tarde.

En la mesa de la cocina, al lado del plato de avena, Manuela colocó un batido hecho con plátanos y fruta-bomba. Victoria sonrió. Aunque Mamalara era la que estaba a cargo de la cocina, su familia nunca viajaba sin las dos cocineras que habían estado con la familia desde antes de que sus padres se casaran. Las tres estaban convencidas de que Victoria estaba muy flaca y lo consideraban como algo personal pues significaba que no se estaban ocupando bien de ella. Siempre la consentían con su comida favorita.

—¿Ya bajó Papalfonso? —preguntó Victoria antes de probar la avena.

—Tu abuelo salió dos minutos antes de que tú bajaras. —Mamalara sonrió como si supiera lo que Victoria estaba realmente preguntando.

—Creo que se dirigía al establo. —Mamalara inclinó su cabeza hacia la ventana.

—¡Gracias! —contestó Victoria. Engulló dos tragos del batido y agarró el plátano extra que le dio Mamalara.

—¡Niña! Regresa y termina de comer. ¡Necesitas alimentarte! —Dorotea la regañó en voz baja mientras Victoria salía corriendo por la puerta de la cocina.

Victoria cruzó la terraza con la enredadera que trepaba por el enrejado, rodeó la piscina donde Jackie siempre ganaba cuando jugaban Marco Polo, corrió sobre el puente de la laguna donde patos y cisnes graznaban y pasó la casa de madera donde vivía el encargado de la finca con su familia. Solamente paró de correr al llegar al establo.

El establo estaba construido con bloques de cemento que formaban tres jaulas más el cuarto con las monturas. Al lado de las jaulas había un área de cemento con escurridera para ensillar los caballos y bañarlos. En vez de estar pastando con los otros caballos, Diógenes, el palomino dorado que ella siempre montaba, asomó la cabeza por encima de la jaula y relinchó al verla.

Papalfonso sostenía las riendas de su pura sangre negro, Carabalí, mientras hablaba con Gilberto, el hijo adolescente del encargado.

—Ah, ahí llegó. No sabía si estabas muy cansada después de estar jugando toda la noche —dijo Papalfonso mientras giraba hacia ella.

Si había algo que le gustaba más que montar a caballo y ocuparse de su finca, era estar rodeado de su familia. No importaba si la relación era de sangre, por matrimonio o por amistad. Para celebrar el final del verano, él y Mamalara habían invitado a todos sus hermanos con sus hijos y sus nietos a la finca para una reunión familiar. El resultado fue que anoche todos se habían acostado tarde. Los hombres jugaron dominó mientras fumaban tabaco cubano. Las mujeres chismearon sobre sus antepasados y los miembros vivos de su familia. Los niños jugaron por toda la casa sin considerar la hora de dormir.

—Yo nunca estoy demasiado cansada para montar a caballo —dijo Victoria mientras se ponía las botas de montar.

Papalfonso se rio mientras la abrazaba.

—Tú realmente eres mi nieta.

Gilberto sonrió mientras sacaba a Diógenes. Lo ató a un poste en lo que buscaba la montura y el freno.

—Cuidado que no se quede dormida en la montura.

Victoria le sacó la lengua a Gilberto. Él fue quien le enseñó lo cómodo que era acostarse sobre el lomo del caballo. Ella le dio al poni el plátano que Mamalara le había dado. Se lo comió de un mordisco con cáscara y todo y relinchó para que le diera más. Alrededor de la boca tenía el plátano aplastado mezclado con saliva.

—Tú malcrías demasiado a ese poni —dijo Papalfonso—. Gilberto me dijo que se había salido del potrero el otro día y se estaba comiendo las frutabombas del árbol.

—Y las guayabas también —añadió Gilberto.

Victoria puso sus brazos alrededor del cuello del poni. Alta y flaca como su padre, ella había crecido lo suficiente este verano como para ver por encima del animal.

—Tú siempre dices que las frutas son para todos.

—Es muy lista, esta —dijo Papalfonso guiñándole el ojo a Gilberto como si ella no hubiera estado ahí.

—No tengo idea de dónde lo saca —dijo Gilberto y guiñó su ojo en respuesta.

Una vez que Diógenes estuvo ensillado, Gilberto la ayudó a subirse al lomo. Victoria se acomodó sobre la montura mientras buscaba con sus botas los estribos y recogía las riendas. Del techo del establo colgaba una herradura que estaba martillada para semejar un corazón. Ella se inclinó y pasó el dedo sobre el metal frío. ¿No tienen los estadounidenses un dicho de que tu hogar y tu corazón están en el mismo lugar?

Los jinetes se despidieron de Gilberto. Pasaron a trote los otros caballos en el potrero y montaron hacia el huerto donde crecían todas las frutas tropicales: mangos dulces y dorados, aguacates con la cáscara verde y suave, naranjas amarillas que tenían manchas negras cuando estaban maduras. También mameyes, mamoncillos y guayabas. Cuando pasaron por al lado de un árbol de guayaba, Diógenes arrancó de una rama baja una fruta violeta del tamaño de una pelota de tenis mientras continuaba trotando, comiéndosela sin problema de un mordisco aunque tenía también el freno en la boca.

A cada rato, guajiros de los pueblos de alrededor de la finca saludaban a Papalfonso: hombres mayores recogiendo las mejores frutas de los árboles para sus familias, hombres jóvenes cargando ramas de cien libras de plátanos sobre sus hombros fuertes, niños pequeños compitiendo a ver quién podía trepar más rápido las palmeras.

Con una sonrisa constante en la cara, Papalfonso saludó a cada uno de ellos por su nombre y preguntó por sus familias. Como resultado por dejar que cada uno recogiera todo lo que quería de la abundancia de su finca, al abuelo de Victoria lo invitaban a más bodas, cenas, bautizos y cumpleaños de los que ella podía contar. Y ella sabía que él trataría de ir a todos los eventos posibles.

Pasado el huerto, Papalfonso y Carabalí comenzaron a galopar. Diógenes, no queriendo quedarse atrás, los siguió aunque sus patas cortas no podían competir con las del pura sangre. Victoria se inclinó sobre la crin gruesa alentándolo para que se apurara aunque ella no se lo había ordenado. Él no la había desobedecido. Él había leído su mente.

Redujeron el paso al llegar a la cima de una loma. A la izquierda, se veía una línea estrecha que era la carretera. Al frente un pedacito de la casa de campo se asomaba por encima del manto de árboles frutales y autóctonos. A la derecha, el océano brillaba a lo lejos.

—Este es el lugar más hermoso del mundo. —Victoria suspiró, soltando las riendas de Diógenes para que pudiera comer después de todo el ejercicio—. Ojalá pudiera vivir aquí para siempre.

—Lo puedes hacer.

—Pero vamos a regresar a La Habana esta tarde. Mi colegio horrible comienza las clases ya. —Victoria rascó a Diógenes donde la crin terminaba en la cruz. Aunque la mamá de Jackie había matriculado a su hija en un exclusivo colegio de enseñanza en inglés, al cual también asistía el hermano de Victoria, mami insistía que un colegio mixto no era lo adecuado para señoritas como Victoria y su hermana. Desde que Victoria comenzó a los cuatro años el kínder, el propósito principal de mami había sido preparar a su hija para poder conseguir un esposo respetable de la clase social alta. Mami estaba convencida de que una educación en un colegio católico lo iba a lograr. No por primera vez,

Victoria pensó que hubiera preferido que su tía más relajada la hubiera estado criando para dejarla hacer de su vida lo que ella deseara. A Jackie jamás le decían que tenía que ser una señorita bien portada.

—Preferiría quedarme aquí en vez de volver a la capital —continuó Victoria—. Así podría montar a caballo y estar todo el día en la naturaleza. Este es mi verdadero hogar. Soy feliz aquí.

—Yo sé cómo te sientes —asintió Papalfonso—. Es el lugar de mis sueños y yo lo he creado. Son pocas las personas que pueden decir que han hecho realidad sus sueños.

—Yo también quisiera que esto fuera mi sueño hecho realidad —dijo Victoria en voz baja.

Quizás, demasiado bajito pues Papalfonso no le contestó. De la alforja sacó un mango, cortó un pedazo y se lo presentó con la punta de la navaja. Victoria peló la cáscara y mordió el jugoso mango. El jugo chorreó por su barbilla. Ella quería saborear la delicia y además comerla lo más rápido posible. Su madre diría que no tenía buenos modales y que se estaba comportando como una vagabunda comiendo con las manos. Mami jamás hubiera dejado que Victoria usara sus dientes para sacar de la cáscara lo que quedaba del mango y chuparse el jugo de sus dedos sucios.

Papalfonso tampoco tuvo buenos modales. Le dio otro pedazo mientras él comía lo que estaba pegado a la semilla.

Le ofrecieron las cáscaras a los caballos, pero Carabalí se creía muy sofisticado para comer su porción.

Bajando la loma con los caballos a paso tranquilo de regreso a la casa fue cuando Papalfonso volvió a hablar.

—No quiero que te preocupes pero me voy a reunir con mi abogado esta semana con relación a mi testamento.

Victoria apretó con fuerza las riendas haciendo que Diógenes se detuviera.

—¿Estás enfermo?

Papalfonso giró a Carabalí despacio para estar frente a Victoria.

—Claro que no. Pero es algo que uno tiene que considerar cuando tiene mi edad y mucho dinero.

Victoria puso a Diógenes al trote para estar al lado de su abuelo.

—Tu tía y su familia no están interesadas en este lugar —continuó Papalfonso—. Ellos recibirán mis propiedades de alquiler. Tu familia heredará la finca temporalmente hasta que tú seas mayor de edad. Tú eres mi única descendiente que ama la finca como yo.

¿Toda la finca sería de ella? Le subió la adrenalina como si ella y Diógenes hubieran galopado hacia el amanecer. Ella debía de estar soñando. La vida no podía ser así de maravillosa.

Mientras el corazón daba brincos la mente se le despertó.

—Mami la vendería. —Le dolieron las palabras al decirlas, pero sabía que era la verdad. Según mami las mujeres de la alta sociedad no tenían nada que ver con el campo.

—Ella no la va a poder vender. Voy a incluir una cláusula en el testamento —continuó él—. La finca no se podrá vender por setenta y cinco años después de mi muerte y solamente si nadie en la familia la quiere.

Los ojos oscuros de Victoria se agrandaron.

—¿Así que éste lugar va a ser mi sueño también?

—Sí. Claro, yo no me pienso morir hasta dentro de ochenta años por lo menos —dijo guiñando un ojo. Su tono volvió a enseriarse—. Pase lo que pase, mi'ja, tú siempre tendrás un hogar aquí.

21 DE OCTUBRE DE 1960

El aeropuerto de La Habana

Victoria estaba inquieta.

Sin querer llamar la atención, agarró un poco de la tela para tratar de corregir el problema. Por supuesto mami había insistido que se pusiera una crinolina y una sayuela debajo de la saya. Cuando uno viajaba tenía que estar vestido con sus mejores ropas. Y como el gobierno sólo le permitía llevar dos mudas de ropa, tenían que ser importantes. La humedad en Cuba le impedía llevar medias largas pero no impedía llevar guantes. Una señorita necesitaba llevar guantes, sobre todo en el aeropuerto lleno de gérmenes.

—No te pongas tan inquieta, niña —murmuró mami entre dientes mientras clavaba sus uñas en el hombro de Victoria como si fueran pezuñas—. Van a pensar que estás escondiendo algo.

Ella no estaba escondiendo nada, pero no podía decir lo mismo de su ropa.

No había ningún remedio. Si solo se pudiera excusar

para usar el baño para rectificarlo, pero mami jamás consentiría que sus hijos usaran un baño público. ¡No, qué va!

Papi tampoco lo consentiría. Tenían que mantener su lugar en la muchedumbre de cubanos que estaban evacuando su país y donde llevaban más de dos horas esperando. Papi temía que los separaran de manera permanente. Si esto sucedía Victoria tendría que convertirse en la que mandaba en la familia. Mami, en su delicada condición crónica, no podía hacerse cargo de esa responsabilidad. En ese caso la molestia con la ropa sería el menor de los problemas de Victoria.

—¿Qué te pasa? —Jackie murmuró en su oído.

Victoria se quitó los guantes de seda.

—Mis pantis se me están subiendo. Con todas estas capas de ropa no puedo agarrar los bordes.

Jackie resopló y movió a Victoria de manera de que su espalda tuviera mínima visibilidad. Cuando se cercioró de que ningún soldado ni ningún extraño estuviera mirando, levantó las capas de tul de las sayuelas para que Victoria corrigiera el problema con su ropa interior.

Con los guantes en las manos, Victoria puso sus brazos alrededor de Jackie y descansó su cabeza de pelo oscuro sobre la de Jackie que era rubia.

—¿Qué haré sin ti?

—¿Llorar hasta que te duermas? —bromeó Jackie. Pero no era una broma. Los ojos de Victoria estaban todavía rojos de tanto llorar al despedirse de tía Larita y Mamalara.

Jackie trataba de hacerse la valiente, pero Victoria sabía que ella lloraría también antes de que terminara el día. Solo Victoria, sus padres y sus hermanos Inés y Nestico tenían pasaportes y pasajes para viajar. Jackie y su padre estarían con ellos solo hasta que saliera el avión.

Aparte del mes que Victoria había nacido antes que Jackie, nunca habían estado separadas por más de unos días. Su casa en La Habana consistía en dos residencias: la familia de Victoria con Mamalara vivía en el primer piso y la familia de Jackie en el segundo. Cuando no estaba en su finca, a Papalfonso le gustaba tener a su familia cerca y había creado su imperio para lograrlo.

Y por supuesto todo el mundo, ya fuera familia o no, siempre se reunían en casa de Victoria. O mejor dicho, en la cocina que era el dominio de Mamalara a pesar de tener a las dos cocineras.

Pero ya no era así.

Dos semanas atrás, las cocineras, Dorotea y Manuela, habían regresado a su país, España. La pequeña fortuna que habían levantado durante los quince años que habían trabajado para la familia se la habían enviado a sus familiares en España meses atrás cuando todavía era permitido.

Desde entonces, Victoria había tenido el estómago revuelto. Ya nada le apetecía.

La fila de pasajeros se movió un paso más cerca.

La familia de Victoria había viajado un par de veces a

la Florida y a Nueva York, pero ella nunca había visto el aeropuerto lleno a capacidad. Familias enteras compuestas de abuelos y tíos y primos, todos discutiendo por encima del llanto de bebés. Hombres de negocios hablaban con sus socios en inglés en voces estruendosas. Una superfluidad de monjas guiaba niños agarrados de las manos en línea como un tren. Soldados caminaban entre la muchedumbre con los rifles en los hombros.

Victoria se recostó contra Jackie. Sólida y fuerte, Jackie tenía una personalidad difícil de igualar. Era la persona menos femenina que Victoria conocía y su mejor amiga. Victoria con el pelo casi negro, la piel muy blanca y su cuerpo delgado no se parecía en nada a Jackie, que era rubia con la piel trigueña y muy corpulenta. Una vez de pequeñas, tía Larita las había llevado juntas al parque. Victoria estaba vestida como una señorita con un vestido violeta con una banda blanca y Jackie con pantalones cortos, verdes y manchados de fango que mostraban unas rodillas con rasguños y morados. Una atravesada que se metía en lo que no le correspondía tuvo el atrevimiento de preguntarle a tía Larita por qué estaba cuidando a la hija de la sirvienta. Todo porque Jackie tenía la piel trigueña aunque tenía el pelo rubio y los rasgos faciales de tía Larita.

Como era la hija de tía Larita, Jackie estaba vestida hoy con un pulóver sin mangas, pantalones cortos de hilo y zapatos de tenis. Qué afortunada.

La fila de espera se movió un paso más adelante.

—¿Qué crees que Mamalara está haciendo ahora? —preguntó Victoria.

—Limpiando la casa entera con Pancha —dijo Jackie—. Ya sabes cómo es. No cree en estar sin nada que hacer.

Sí, Mamalara tenía que estar siempre ocupada aun cuando tenían seis personas de servicio y dos cocineras. Su abuela nunca estaba ociosa. Ahora que la familia de Victoria y la mayoría de la servidumbre se habían ido, Mamalara tendría más motivos para buscar una distracción.

—Y tu mamá debe de estar acostando a Clark para dormir la siesta. La próxima vez que lo vea no se va a acordar de su madrina. —Victoria suspiró. Desde el momento en que Clark, el hermano de Jackie, había nacido hacía tres meses, Victoria se había vuelto loca con él. Y no porque se llamara como el actor Clark Gable, que era bien guapo. Todas las noches, ella insistía en darle el biberón y acostarlo a dormir. Convertirse en su madrina había sido lo único bueno que había pasado en las últimas semanas.

Hubiera querido que Mamalara, tía Larita y Clark estuvieran aquí. Pero el aeropuerto abarrotado de gente no era el lugar adecuado para un bebé. Además, con la familia de Victoria, Jackie y tío Rodrigo no hubiera cabido más nadie en la máquina.

Más que eso, Victoria deseaba que Jackie y el resto de la familia estuvieran yéndose con ellos.

Papi insistía que su exilio solo duraría unas semanas, hasta las elecciones del presidente de los Estados Unidos, pero eso seguía siendo más tiempo del que ella había estado separada de toda su familia.

7 DE OCTUBRE DE 1960

Dos semanas antes en la finca de Papalfonso

No tenía ningún sentido.

Cada cinco minutos Jackie escuchaba pasos crujiendo al bajar la majestuosa escalera. Por lo general los adultos no se preocupaban por estar callados. Ningún cubano respetable sabía cómo estar callado. Así que el hecho de tratar de estarlo hacía más obvio que algo estaba pasando.

A diferencia de los adultos, la entrada de Victoria en la cocina no hubiera despertado a ningún bebé.

—Clark demoró mucho en dormirse. ¡Ay, qué tierno es!

Jackie disimuló su impaciencia y le ofreció a su prima un macarrón de un escondrijo secreto. Evidentemente no estaban muy bien escondidos pues Jackie había encontrado la lata en unos segundos.

—¿Tienes idea de lo que está pasando? —preguntó Jackie.

Victoria sacudió la cabeza mientras ponía el biberón vacío en el fregadero.

—¿Te refieres a por qué estamos todos aquí este fin de semana?

Parecía que ella también sospechaba algo. La familia de Victoria iba a la finca en los días de fiesta escolares y durante otros días del año. La finca les pertenecía a ellos ahora y la familia de Jackie casi siempre los acompañaba. Pero ellos nunca invitaban al resto de la familia a menos que fuera una ocasión especial. Y nunca a última hora.

—La única razón por la cual hemos viajado por dos horas para estar en el campo es para no llamar la atención —dijo Jackie haciendo gestos en la ventana. No se veían luces en la distancia, solo las que pertenecían a la finca.

Jackie aceptó el vaso de leche evaporada a temperatura ambiente que Victoria le sirvió. Ninguna de las dos sabía cómo usar la cocina para calentar la leche fresca. Así que, abrirle dos huecos a una lata de leche evaporada fue la solución que Victoria encontró para tomar algo reconfortante.

Entonces Jackie escuchó el ruido continuo, altanero y quejoso de tía Isabel, la mamá de Victoria, que bajaba las escaleras.

Con el vaso de leche en las manos, Jackie dirigió la cabeza hacia la puerta de la cocina.

En puntillas detrás de tía Isabel se dirigieron a la biblioteca. Era el único lugar dentro de la casa de campo donde Mamalara le había permitido a Papalfonso fumar sus tabacos antes de morir hacía un año.

La puerta de la biblioteca se cerró detrás de tía Isabel.

Las muchachas se dirigieron hacia la luz que salía por debajo de la puerta.

—*Nothing I tell you can leave this room* —dijo tío Ernesto, el padre de Victoria. La rendija debajo de la puerta no permitía ver lo que estaba pasando adentro, pero a juzgar por sus pasos, él estaba caminando de un lado a otro.

No eran solamente sus palabras las que hicieron que un escalofrío recorriera la columna de Jackie en la calurosa y húmeda noche. Era el hecho de que hablara en inglés en vez de español como siempre. Jackie solo podía pensar una razón por la cual hablaba en inglés con su familia. De esta manera, la servidumbre de confianza que habían tenido toda su vida no podía entender lo que decía.

Se agacharon en las sombras como espías. Jackie puso su vaso medio vacío de leche a su lado y se acostó boca abajo mientras Victoria abrazaba sus rodillas pegándolas al pecho. Un tenue olor a tabaco salía por debajo de la puerta, pero no se asemejaba al olor que había pertenecido a Papalfonso.

—La situación se está poniendo difícil y seria con este tipo Fidel en el poder —gruñó tío Ernesto mientras continuaba en inglés—. Ya se sabe que es comunista y estamos siguiendo el camino de Alemania del Este y la Unión Soviética.

—Ay, chico. No seas tan dramático. —Ese era pipo, el padre de Jackie. Él entendía inglés pero Jackie nunca lo había oído hablarlo.

—*English* —le recordó tío Ernesto. —No estoy siendo demasiado dramático. La situación es real. Arrestaron a alrededor de cien personas que protestaban el otro día. Yo conozco a tres que estaban presentes.

—Es cierto. —Se escuchó la voz de Alto. Era el mayor de los primos y el más joven de los adultos—. Yo estaba ahí y de milagro no me detuvieron.

Por encima de las quejas de horror de sus padres y del resto de la familia ansiosa, tío Ernesto trató de hacerlo razonar.

—No seas estúpido, chico. ¿Qué tú vas a lograr si te arrestan? De los cien arrestados, aquellos que renuncien a sus creencias permanecerán en la cárcel durante años. Los que no renuncien a sus creencias serán ejecutados.

Jackie y Victoria soltaron un grito ahogado. ¿Ejecutados? ¿Por expresar sus creencias? ¡Eso equivaldría a la mayoría de la población en la isla! Jackie se pasó los dedos por los labios como cerrándolos con un zíper y sacudió la cabeza. Victoria asintió. Estaba de acuerdo. Tenían que mantener todo lo que oían en secreto y no chismear con nadie. No en balde toda la familia estaba reunida en el campo para no llamar la atención.

—Es por eso que no me detendrán. Tenemos que hacer que la gente entre en razón con lo que está pasando —insistió Alto.

—¡No se puede razonar con un comunista! —gritó tío

Ernesto. Afuera en la laguna los gansos graznaron.

—Estás exagerando, Ernesto. —Habló una voz que Jackie no reconocía. Debía de ser de un tío o familiar que no veían con frecuencia—. Fidel es socialista, no comunista. Tú no sabes de seguro que esos arrestados van a ser ejecutados.

—Los periódicos y la radio solo dan las noticias que el gobierno quiere que sepamos. Están restringiendo nuestro acceso al resto del mundo. Eso es comunismo —añadió mima. Se oyó un fósforo encendiéndose seguido por el humo diferente de otro cigarrillo. Jackie tragó en seco. Su madre solo fumaba cuando las cosas iban mal.

Al estilo cubano, todos comenzaron a hablar al mismo tiempo. El inglés se mezcló con el español y cada persona trataba de que su voz se oyera por encima de las demás. Con todos opinando a la vez se hacía muy difícil entender lo que decían más que algunas palabras sueltas.

—Aquí sin seguridad...

—...Reaccionando mal.

—...Nos vamos...

—No tengo pasaporte...

—Por el precio adecuado, una persona puede comprar cualquier cosa.

Jackie se volvió hacia Victoria, quien mantenía el vaso de leche en la mano y casi ni había tomado nada.

—¿Te acuerdas del otro día? —murmuró Jackie sabiendo que los adultos discutiendo no la iban a oír con todos los gritos—. ¿Cuándo mima nos llevó al Ten-Cen a comer helado? No pudimos encontrar ninguna revista extranjera.

—¿No crees que haya sido que la entrega estaba atrasada? —preguntó Victoria.

—Si ese hubiera sido el caso hubiera habido algo en los estantes. La revista *¡Hola!* de la semana anterior o una *Time* doblada. —Jackie sacudió su cabeza—. Es como dijo mima. No nos permiten leer nada publicado fuera de la isla. —Descansó su barbilla en sus manos. Era como si estuvieran viviendo la misma tiranía que Alemania del Este donde estaban prohibidas las noticias del mundo occidental. Se parecía a la trama de un programa de radio pero sin héroes ni espías que vienen al rescate.

—¿Qué podemos hacer nosotras? —preguntó Victoria—. Solo somos unas niñas.

Jackie gruñó. Con doce años ya eran prácticamente adultas. Y ella podía tirar una pelota con ambos brazos mejor que cualquier muchacho en el colegio. Pero estaba de acuerdo que lo que ellas podían hacer para ayudar era limitado.

Al fin las voces en la biblioteca comenzaron a tranquilizarse o más bien solo una voz se escuchaba por encima de las demás. Tío Ernesto volvió a hablar.

—Yo no voy a correr ningún riesgo. He reservado cinco pasajes para Miami para mi familia. Salimos en dos semanas.

Victoria dejó caer el vaso con la leche. La cara se le puso

tan blanca como la leche que corría como ríos por los azulejos del piso. Jackie se levantó de un salto. De seguro que las iban a descubrir y las iban a mandar a acostarse.

Nadie vino a la puerta. Lo que había dicho su tío hizo que continuara la gritería y cubrió la evidencia del vaso caído.

—Tengo que limpiar esto. —Victoria se paró como si estuviera en un trance con cuidado de no pisar el reguero de leche.

Jackie volvió a agacharse en el piso, incapaz de imaginarse la vida sin su prima hermana. Aunque iban a colegios diferentes, Victoria siempre estaba en la casa cuando Jackie llegaba. Pero ahora no estaría. La posibilidad de que la familia de Victoria se fuera no había estado en su mente pero ahora hacía que la situación política fuera más real.

Se escuchó una voz que susurró. Casi no se oía pero tenía la fuerza de siempre. Mima.

—Rodrigo, no seas ridículo.

Jackie se atragantó el resto de la leche y sostuvo el vaso contra la puerta y su oído. Funcionó. Podía oírlo todo.

—No va a llegar a ese extremo —insistió pipo—. Dentro de pocos meses todo volverá a la normalidad pero con más beneficios para los trabajadores.

—Las cosas no están seguras ahora. Piensa en los niños. Necesitamos conseguir pasaportes y salir mientras tengamos la oportunidad.

—¡No! Yo soy el que manda en la familia y no vamos a ir a ningún lugar.

—¡Tú no tienes control ni sobre mí ni sobre los niños!

Aunque Jackie no podía ver a través de la puerta, se imaginaba que su madre tenía los brazos cruzados y estaba de espaldas a la discusión.

—Es solo por poco tiempo… todos lo dicen —dijo tío Ernesto en voz alta que no requería un vaso para escucharla. Pero él no estaba hablando a toda la familia. Era solo a los padres de Jackie. Ya habiendo limpiado el reguero de leche, Victoria se agachó al lado de Jackie al escuchar a su padre volver a hablar—. Es solo por un mes hasta las elecciones presidenciales de los Estados Unidos. Después de todo lo que ha pasado en el este de Europa no van a permitir un país comunista a noventa millas de sus costas.

—Entonces, ¿cuál es el propósito de irse? Es una pérdida de dinero y tiempo —insistió pipo.

—¡Porque es peligroso quedarse, chico! Te lo digo, ya están prohibiendo la salida de profesionales como los médicos y los ingenieros.

Victoria suspiró sosteniendo la mano de Jackie.

—Papi es ingeniero.

Del otro lado de la puerta las dos madres de ellas se dieron cuenta de lo mismo.

—¡Ernesto, no! ¿Qué haremos sin ti? —chilló tía Isabel

lo suficientemente alto que hizo que los gansos afuera graznaran de nuevo.

—No puedes dejar a tu familia así —lo regañó mima.

—Por supuesto, voy a tratar de montarme en el avión con ustedes. En el caso de que no me lo permitan, ustedes se van y yo me reuniré con ustedes tan pronto como sea posible.

Victoria abrazó la mano de Jackie contra el pecho, tratando de encontrar consuelo. Jackie se recostó contra su prima. Ambas tenían los ojos fijos en la puerta.

—No puedes hacer eso. No te lo voy a permitir. —Tía Isabel se ahogó con las palabras.

—Mujer, esto no es decisión mía. Si no puedo irme con ustedes tendré que salir escondido. Estaremos separados alrededor de una semana.

—¿Pero quién se va a ocupar de nosotros? Nestico solamente tiene ocho años.

Un sonido de no estar de acuerdo con lo que decían salió de mima, pero por el olor del humo del cigarrillo fue evidente que decidió darle una chupada al cigarrillo en vez de comentar.

—Tienes que hacerte cargo. No hay otra opción —dijo tío Ernesto.

—¡No puedo, sabes que no puedo! Mamá, tienes que venir con nosotros. —Tía Isabel comenzó a ponerse histérica. Jackie no se sorprendió. No era un secreto para nadie que la madre de Victoria no era capaz de hacerse cargo de nadie, ni aun de ella misma. Jackie no recordaba haber visto a su tía cargando a Nestico cuando era bebé o dándole de comer, ni de llevar a sus hijos a citas con los médicos, ni a ningún lugar. Rara vez salía de la casa y las pocas veces que lo hacía era con el resto de su familia adulta. Todos sabían que Mamalara era la que había criado a Victoria y a sus hermanos.

Ahora habló Mamalara. Jackie se había olvidado de que estaba presente. Era raro que Mamalara no hubiera expresado su opinión sobre lo que se discutía, hasta ahora.

—Yo no voy a salir de esta isla mientras que una de mis hijas esté aquí.

—Mama —dijo tío Ernesto, porque todos, fueran familiares o no, la llamaban así como símbolo de autoridad—. Yo te puedo conseguir un pasaje y el pasaporte con facilidad. Un país comunista no es el lugar para una mujer de tu clase social. Tu hija te necesita.

—Exacto. Es por eso que me quedo con Larita —insistió Mamalara en ese tono de voz que garantizaba que ni aun un huracán la haría cambiar de opinión.

—Pero ¿qué vamos a hacer nosotros sin ti? —lloró tía Isabel.

Se oyó que alguien encendía otro fósforo y Jackie supo que su madre había prendido otro cigarrillo más.

—Te olvidas de que tienes una hija muy madura e inteligente.

Ahora fue tío Ernesto el que se sorprendió.

—¿Quién? ¿Victoria?

Jackie gruñó hacia la puerta para defender a su prima mientras Victoria dejaba caer su cabeza. ¡Claro que mima se refería a Victoria! Por alguna razón sus padres siempre se olvidaban de ella.

Pero Jackie sí sabía la razón.

Porque no era un varón.

La función de Victoria era convertirse en una señorita bien educada para poder casarse con un hombre de su clase social. Por suerte mima nunca había deseado lo mismo para Jackie. La función de Jackie era convertirse en la persona que ella deseaba.

—Victoria tiene casi trece años y siempre ha sido muy responsable —dijo mima—. Todas las noches sin olvidarse o dar excusas, ella le da a Clark el biberón de leche. Si ustedes le dicen lo que se espera de ella, yo les aseguro que lo hará.

Se escucharon las voces de otros familiares mientras que sus padres permanecieron en silencio por unos segundos.

—Sí, esa sería la única solución. Se lo diré en la mañana. —Tío Ernesto al fin estuvo de acuerdo.

Victoria soltó la mano de Jackie y respiró profundamente. Jackie observó como la determinación se reflejaba en la cara de su prima. A diferencia de su madre, ella lo haría. Ella se ocuparía de su familia como se había ocupado de Clark. Y Jackie sabía que haría un buen trabajo.

—Es solo por poco tiempo, como dijo papi. Pero aun así, desearía que ustedes también vinieran —dijo Victoria.

—Yo también —suspiró Jackie. Mima había heredado de Mamalara el ser obstinada pero pipo también lo era. No se sabía quién ganaría la discusión de irse o no.

Al otro lado de la puerta surgió un nuevo alboroto. Un primo que había usado el teléfono de la biblioteca para despertar a un agente de viajes y comprar un pasaje le informó que todos los pasajes estaban vendidos para el próximo mes. El corazón de Jackie dio un vuelco. Aunque mima pudiera convencer a pipo para irse, no podían hacerlo enseguida.

—Una cosa es de seguro —dijo Mamalara bajito como si supiera que sus nietas estaban escuchando detrás de la puerta. —Esta ya no es la Cuba que conocemos y amamos.

21 DE OCTUBRE DE 1960

El aeropuerto de La Habana

Papi se dirigió a Victoria con la ceja levantada. La pareja joven delante de ellos avanzó unos pasos. Después de llevar horas esperando en el aeropuerto al fin iba a ser su turno.

Victoria cerró los ojos, respiró profundamente, enderezó el vestido y abrió los ojos exhalando. No estaba lista pero sabía que no había otra opción. Asintió.

Repasó el plan. Si a papi no le permitían viajar con ellos, ella tenía que subir al avión a mami, a Inés y a Nestico. Una vez en Miami tomarían una piquera hasta el hotel Palm View y ahí esperarían hasta que papi pudiera escapar a través de Costa Rica por su conexión con la embajada. Sería el único remedio. Papi anticipaba que le demoraría una semana y había pagado por el hotel por ese tiempo. Victoria se preguntó cómo lo había pagado pues ya no estaba permitido sacar esa cantidad de dinero del país.

La persona en el control de los pasaportes casi ni los miró. Les hizo señas para que se movieran adelante. Todos aspiraron a la vez y caminaron hacia el oficial que murmuraba a su compañero.

El cuerpo de Victoria se tensó al pasar a un guardia armado. A su lado Jackie encogió sus hombros anchos para ocupar menos espacio. De su otro lado Inés de diez años clavó sus uñas en la palma de la mano de Victoria.

—Buenas —le dijo papi de manera desenfadada al oficial del control del pasaporte—. Solo nosotros cinco hoy. —Señaló a su familia mientras que tío y Jackie se ponían hacia el lado. Era costumbre que los familiares despidieran a los viajeros. El oficial no necesitaba saber que ellos estaban ahí en caso de que papi necesitara que lo llevaran de regreso a la casa.

Papi entregó los dos pasaportes abiertos con el de mami por encima del suyo. El pasaporte de ella tenía las fotos de los tres niños debajo de su foto y además decía como profesión: «ama de casa». No como el de papi que tenía como profesión «ingeniero», que estaba en la lista de los que tenían prohibido salir.

El oficial recibió los pasaportes y se echó a un lado.

Se los va a robar. Se los va a llevar a su jefe y no los volveremos a ver. Nos vamos a tener que quedar aquí para siempre. Los muslos de Victoria empezaron a sudar debajo de todas las sayuelas. Más que nada deseaba volver con Mamalara y tía Larita, pero no en estas condiciones. No presa en una isla comunista.

El oficial sacudió los pasaportes en su mano y continuó discutiendo en un susurro con su compañero. Con las conversaciones de miles de personas aglomeradas en el aeropuerto era imposible que Victoria pudiera escuchar la discusión. Varias veces el oficial lanzó miradas de un lado a otro como buscando algo. O a alguien.

Su familia no se atrevía a moverse. Papi mantuvo su cara relajada pero el sudor debajo de sus brazos en la guayabera demostraba su ansiedad. El sudor corrió por el pecho de Victoria pero entre su refajo y el vestido forrado que Pancha le había hecho no se notaba.

Al fin el oficial regresó hacia ellos después de lo que les había parecido como veinte minutos mientras que su compañero se largó hacia otra dirección. Distraído por la discusión con su compañero, el oficial fue detrás de él, no sin antes ponerles el sello a los pasaportes sin mirarlos.

Papi enseguida guardó los pasaportes mientras que las personas detrás de ellos mostraban su impaciencia. Pero Victoria sabía que ella no respiraría con tranquilidad hasta que aterrizaran en la Florida.

La próxima fila era para chequearlos a ellos y a sus maletas. Un hombre con bigote tenía los brazos estirados como una T mientras un oficial lo tocaba de arriba abajo.

Otro hombre gritaba:

—¡No es mío! Tienen que creerme. No sé cómo llegó ahí. Por favor, ¡tienen que creerme!

La espalda de Victoria se contrajo con los gritos del hombre. Inés se aferró a su cintura y por lo tanto Victoria no pudo refugiarse en los brazos fuertes de Jackie. La mano de Victoria temblaba mientras trataba de consolar a Inés acariciándole el pelo. Todos los pasajeros y sus acompañantes miraban mientras los guardias rodeaban al hombre que gritaba. Observaron como un objeto brillante desapareció en el bolsillo del hombre que chequeaba las maletas. Dos guardias corpulentos se llevaron al dueño de la prenda mientras otro los seguía apuntando con su rifle.

Dos mudas de ropa y cinco dólares por persona. Más nada.

—Prométeme que no has ocultado nada —le dijo papi en un susurro a mami después de que se habían llevado al hombre del recinto.

—Claro que no —dijo mami alzando la barbilla—. Yo no soy tan imbécil. Victoria, ponte los espejuelos.

Victoria pestañó.

—Pero tengo puestos los lentes de contacto.

—No importa. Si permanecen en el estuche, el oficial se puede quedar con ellos. Costaron una barbaridad.

Victoria obedeció. No valía la pena discutir con mami ni con el oficial. Su visión se nubló. La cabeza le palpitaba. Al moverse un paso hacia delante por poco choca con la persona en frente de ella.

—Dámelos. Yo me los pongo hasta que lleguemos a la

puerta de salida —dijo Jackie. Le quitó los espejuelos a Victoria de la cara y se los puso—. ¿Cómo me veo?

—Como una rana fea. —Se rio Nestico. Jackie le acercó el puño a la cara—. Quiero decir, como una princesa preciosa.

Jackie gruñó.

—Ay, niña, los vas a estirar —se quejó mami, pero no dijo más nada pues era su turno.

Llegaron a la mesa donde los esperaba un oficial viejo. No tenía ninguna arma pero casi no pestañeó al mirarlos. Victoria se lamió los labios. ¿Y si Nestico tenía dinero en los bolsillos? La familia siempre le daba menudo. Inés había intentado traer una muñeca pero al final Mamalara la había convencido de que la dejara para que estuviera segura.

Primero el oficial hizo que papi, tío y Nestico vaciaran sus bolsillos. Todos se quitaron los zapatos y los sombreros. Después sacó todo de las maletas uno a uno formando un reguero de todo lo que se había empacado con cuidado y tocó los forros de cada pieza de ropa. Mami respiró profundamente cuando el oficial revisó la ropa interior.

Después llegó a la bolsa que tenía las toallas de menstruación y las fajitas. La cara de Victoria enrojeció. Él miró dentro de la bolsa y la sacudió varias veces. Por suerte no metió sus dedos sucios adentro ni les dijo que no las podían llevar.

—¿Qué hay ahí? —preguntó Nestico. Por supuesto él tenía que meter la pata.

—Los Kotex y las fajitas para mantenerlas en su sitio —respondió mami.

Inés recostó la cabeza contra Victoria, escondiendo su cara mientras que Nestico gritaba:

—¡Qué asco!

El oficial sonrió y se inclinó sobre la maleta vacía para tocar el forro y golpear los lados duros. Al terminar, tiró todo lo que había sacado dentro de la maleta.

Con la maleta de papi todo fue más rápido. Después vino la bolsa con la comida. Mamalara había calentado el arroz con los frijoles negros antes de que se fueran para que no estuvieran helados, croquetas de pollo, siete plátanos, el último pote con la mermelada de mango y naranja de Dorotea y un pomo con agua de coco. Mami por supuesto había hecho que una de las sirvientas que aún quedaban empacara platos, vasos, cubiertos de plata y servilletas de hilo.

—No pueden llevarse esto —dijo el oficial en su voz monótona señalando a su picnic.

—Pero es nuestro almuerzo. Tenemos que comer —insistió mami.

—La comida está bien pero no las cosas de servir. Nada de valor puede salir del país.

Mami se llevó la mano enguantada a la boca, pero no dijo nada mientras el oficial volvía a meter la comida en la bolsa. Victoria no sabía qué era lo que más le chocaba a su madre: el tener que comer con las manos o que al volver a

Cuba su juego de cubiertos de plata iba a estar incompleto.

—¿Qué tiene ahí? —dijo el oficial señalando a mami.

—¡Ave María! —papi juró entre dientes.

En la mano derecha de mami había un pequeño bulto debajo del guante. Esta vez fue Victoria quien clavó sus uñas en la mano de Jackie. Se iban a llevar a mami llorando y gritando como el hombre que habían visto antes.

—Quítese la prenda —exigió el oficial como si mami lo repugnara.

—Pero este es mi anillo de casada. —Mami lo miró incrédula mientras papi escondía la cara entre sus manos.

—¡Quíteselo ahora!

Las lágrimas llenaron los ojos de mami otra vez. Ese anillo simbolizaba todo lo que a mami le importaba en su vida: el dinero, la sociedad, la prueba de que había hecho su papel de mujer bien con un matrimonio respetable. Se quitó el guante y giró el anillo pero no se lo podía quitar del dedo. Siguió jalándolo y papi trató también pero no consiguieron sacarlo.

La imagen de mami siendo llevada a la fuerza se agudizó en la mente de Victoria. No. No lo iba a permitir. No iba a decirles adiós a más miembros de su familia hoy.

Victoria abrió el recipiente con las croquetas que Mamalara había preparado para ellos. Por supuesto estaban sobre papel toalla para absorber la grasa. Se quitó su guante, extrajo el papel toalla grasiento y lo envolvió alrededor del dedo de mami con el anillo. Exprimió con cuidado el papel para sacar el aceite. Girándolo despacio, Victoria logró sacar el anillo de matrimonio del dedo de mami.

—Por favor, ¿podría mi cuñado llevarlo para la casa? —suplicó mami.

—No. —El oficial se llevó el anillo de matrimonio y lo echó en una caja con otras cosas que había confiscado. Como si hubiera sido basura. Mami se desplomó sobre el pecho de papi. Victoria tragó en seco para evitar que las lágrimas salieran de sus ojos. Hubiera sido mejor si él se hubiera quedado con el anillo en vez de tratarlo como lo hizo. Como una suciedad porque mami lo valía.

Después de que Inés se quitó los guantes y todos movieron la camisa de la parte de atrás del cuello para probar que no tenían ninguna prenda adicional, el oficial los dejó pasar. Por mucho que trató, Victoria no pudo volver a doblar la ropa con la misma perfección que lograba Pancha, la costurera.

En la puerta de salida la familia se encontró con la última barrera. Paneles de cristal rodeaban el área de espera y solo aquellos con pasajes y pasaportes sellados podían pasar. La última vez que la familia de Victoria había viajado la barrera de cristal no estaba y cualquiera podía esperar en la puerta de salida hasta que el avión despegara.

Victoria abrazó con fuerza a su prima hermana mientras tío Rodrigo se despedía de sus padres.

—Te voy a extrañar —dijo Jackie mientras le devolvía los espejuelos.

Victoria los puso de vuelta en el estuche. Ella no creía que fueran a tratar de quitárselos ahora. La cabeza todavía le dolía de los pocos minutos que había tenido la doble visión.

—Cuida a Mamalara por mí —le respondió Victoria—. Y a tu mamá y a Clark y al gato, y tú cuídate también.

Jackie se rio. Aparte del bebé, los demás podían cuidarse a sí mismos.

—Escríbeme todos los días.

—En cuánto consiga papel y sellos —prometió Victoria—. Pero tú también tienes que escribir.

—Sé que me van a llamar para que los vaya a recoger en unas semanas —dijo tío Rodrigo—. Ya verán. Dentro de poco, todo esto habrá sido en balde.

Le enseñaron los pasajes y los pasaportes con el sello a una mujer uniformada a la entrada del área de la pecera de cristal.

Y de verdad se parecía a una pecera. El área de abordar el avión estaba repleta de gente. Afuera del área de cristal, tío Rodrigo y Jackie esperaban. A pesar de todo lo que su tío se había quejado de lo inútil que era este viaje, él no se atrevía a irse hasta que abordaran y el avión partiera. Victoria se lo agradecía.

Encontraron un espacio contra la pared de cristal.

Nestico puso su boca contra el cristal, a pesar de las protestas de mami que le decía que estaba lleno de gérmenes, y escribió malas palabras en la condensación.

Una monja conducía una fila de seis niños aguantándose de las manos y los llevó a un espacio en el centro del área. Todas las facciones de los niños eran diferentes, pero cada rostro tenía la misma expresión de pánico y de estar perdidos. Colgando del cuello de cada niño había una chapa con información escrita. Como si fueran exceso de equipaje.

Del otro lado estaba una familia como la de ella con dos hijas mayores y un hijo más pequeño, todos vestidos con su mejor ropa. Pero cuando el papi subió el brazo para quitarse el pelo de la frente, Victoria vio una serie de números imprimidos en su brazo. Hasta donde ella sabía solo los supervivientes de los campos de concentración de la Segunda Guerra Mundial tenían esos números. El pobre hombre había tenido que dejar su hogar dos veces por la opresión política.

Victoria observó a sus padres discutir en voz baja, a Inés quejarse porque se le había partido una uña y a Nestico competir con un nuevo amigo a ver quién podía eructar más alto. Por lo menos estaban todos juntos aquí con ella.

Después de esperar horas, comenzó el abordaje del avión. Victoria puso su mano contra el cristal y Jackie cubrió con su mano la de Victoria. Un grito agónico y silencioso recorrió las venas de Victoria. Las lágrimas chorrearon su cara y la de Jackie. Nestico le agarró la mano pero ella no podía fingir ser valiente mientras el mundo que ella conocía se desintegraba a su alrededor.

Los niños siguieron a sus padres, pasaron por al lado del guardia armado que mantenía vigilancia con todos los que salían del aeropuerto y se dirigieron por la pista hacia el avión que esperaba afuera.

En lo alto de las escaleras que conducían al avión, Victoria miró hacia atrás al aeropuerto. Con el sol de la tarde reflejándose en el cristal era imposible ver a nadie adentro. Aun así se llevó una mano a los labios y mandó un beso al aire. Dondequiera que estuviera, Jackie la estaba mirando. Victoria lo sabía con certeza.

—Niños, miren por la ventanilla —dijo mami mientras se sentaban—. Puede que sea la última vez que vean su país.

1 DE NOVIEMBRE DE 1960

Quizás hoy sería el día. El día cuando al fin llegaría una carta. Excepto que Jackie no quería hacerse ilusiones. Llevaba una semana y media esperando noticias, desde que Victoria y su familia se habían ido. Jackie hubiera podido nadar hasta la Florida, recoger la carta y nadar de regreso con la carta levantada sobre las olas más rápido que lo que estaba demorando la entrega de correspondencia. ¿Qué estaba haciendo el correo? ¿Enviaba las cartas en barco a través de la China?

Si no era culpa del correo entonces algo no andaba bien. Victoria no iba a olvidarse de escribir cuando lo había prometido.

Jackie subió los escalones de la guagua de su colegio para almorzar en casa y se dejó caer en un asiento que estaba libre en el medio del vehículo. No importaba. Muchos de los asientos estaban vacíos ahora y cada mañana más compañeros se ausentaban del colegio. A veces ni siquiera regresaban del almuerzo.

No estaban ausentes o desaparecidos como en los programas de detectives que ella escuchaba en la radio. Por lo menos ella esperaba que no fuera así. Era más bien como que ya no vivían en Cuba. Como Victoria.

Hasta hacía poco a Jackie le gustaba ir al colegio. Les escribía notas a sus amigos durante las clases y hablaba con ellos entre las lecciones. Ahora no quedaba casi nadie. Ni compañeros ni adultos. Y los maestros que quedaban no los dejaban salir durante el recreo. Otra actividad escolar favorita de Jackie.

«Muy peligroso. No es seguro», decían los maestros.

Los maestros no lo decían en voz alta, pero estaban nerviosos. Cuando se cruzaban en el pasillo, paraban y se susurraban algo. Según mima, el colegio quería mantenerse abierto mientras pudiera garantizar la seguridad de los alumnos. La seguridad no era solamente por amenazas. El mismo plan de estudios, enfocado en solo un punto de vista, iba a ser obligatorio en todo el país.

«Lavado de cerebro» era como mima lo llamaba.

La guagua paró delante de la casa y Jackie se bajó. Papalfonso había construido la casa de La Habana después de la Primera Guerra Mundial y sus tres hermanos habían construido sus casas en la misma propiedad creando un complejo cerrado de primos que compartían patio, jardines y una cancha de *squash*. Cuando mima se casó su casa fue construida encima de la de sus padres mientras que cuando tía Isabel se casó, ella había escogido quedarse viviendo con Mamalara y Papalfonso.

En vez de subir las escaleras para su casa, Jackie trató de abrir la puerta a la casa de Victoria. No abrió. ¡Qué jodienda! Se había olvidado de nuevo que ahora la puerta siempre la mantenían cerrada. Entonces, tocó el timbre.

—¿Quién es?

—Soy yo, Pancha —respondió Jackie a través de la gruesa puerta de madera a la sirvienta que Mamalara tenía desde antes de casarse.

—Gracias a Dios. —El pestillo fue quitado y la gruesa puerta se abrió.

Jackie despidió al chofer de la guagua que tenía que esperar hasta que los estudiantes estuvieran dentro de su casa para irse. Por lo menos eso no había cambiado. Él siempre lo había hecho así.

Pancha la saludó con un beso antes de trancar la puerta detrás de ella. Antes la puerta de entrada siempre estaba sin seguro para que Jackie y Nestico, y Victoria e Inés, pudieran entrar al llegar de sus respectivos colegios durante las dos horas que tenían libres para almorzar en sus casas. Cuando llegaban, se congregaban en la cocina donde las dos cocineras españolas siempre tenían un almuerzo caliente para ellos.

Hoy un bocadito frío era el almuerzo de Jackie. Antes, cuando comían bocaditos, hubieran tenido tres para cada niño. Ahora, con la escasez de comida que había, Mamalara hacía lo que podía para alimentar a su familia.

—¿Ya llegó el correo? —preguntó Jackie.

Pancha respondió sentándose a la mesa de la cocina con la costura:

—Nada de Miami.

Jackie mordió su bocadito lentamente. No quería hablar de su preocupación en voz alta. Mamalara debía de estar igual de preocupada por la falta de noticias. Lo único que habían recibido era un telegrama de una sola palabra, «aquí», que significaba que habían llegado a Miami. Nada más. Jackie suspiró. Hasta extrañaba a su tía que siempre insistía que los bocaditos había que comerlos con cuchillo y tenedor.

—¿Está mima arriba? —preguntó Jackie mirando hacia arriba donde estaba su propia cocina que rara vez usaban porque era en esta donde todos se reunían y comían.

—Sí, está con Clark —respondió Mamalara al quitarle el plato vacío y reemplazarlo con un plato de frutas frescas de la finca—. Carmela dejó de trabajar esta mañana. Dijo que ella como persona valía más que tener que trabajar para aristócratas vagos.

—Pero le pagábamos muy bien. —Carmela había sido la última de las sirvientas de mima que contrataron cuando nació Clark para que lo atendiera durante la noche y que lo oyera en caso de que se despertara de sus siestas durante el día. Pero debía de ser ella la vaga si creía que la familia de Jackie no hacía nada.

—El dinero no tiene el mismo valor que tenía antes —comentó Mamalara.

Eso era el comunismo. Desecharse de las clases sociales y burocracias. Darles el poder a las personas.

—Pancha, ¿tú nos vas a dejar también? —preguntó Jackie sin ningún deseo de escuchar la respuesta. En estos tiempos todo el mundo se largaba.

—Niña, ¡claro que no! —exclamó la criada anciana. Jackie dejó escapar un suspiro de alivio—. ¿Adónde voy a ir yo? Toda mi familia está muerta, que Dios bendiga sus almas. Este es mi hogar.

Mamalara se inclinó hacia Pancha y apretó su mano.

—Yo no hubiera podido sobrevivir todo lo que ha pasado sin tu apoyo, en particular la muerte de Alfonso. Cualquier dificultad que tengamos que pasar, estaremos en esto juntas.

—Gracias, niña. —Pancha asintió sin ocultar las lágrimas que humedecían sus ojos.

Pancha había sido contratada para asistir a Mamalara personalmente antes de que comenzara la Primera Guerra Mundial. Enseguida se hizo evidente que el talento de Pancha estaba en diseñar la ropa de Mamalara en vez de ayudarla a vestirse. Diseñaba tanto vestidos de boda como disfraces de carnaval para los niños. Cosía para toda la familia usando solamente retratos que veía en las revistas o su imaginación. Cuando los muslos de Jackie se habían puesto en carne viva por los deportes y el sudor, Pancha le había hecho unos pantaloncitos largos para que sus muslos no se rozaran uno contra el otro.

Ahora, después de cincuenta años, Pancha era más parte de la familia que una empleada. A pesar de la posición de Pancha, Jackie nunca la había oído llamar a ningún miembro de la familia por otro nombre que no fuera «niño» o «niña». Los comunistas obviamente nunca se habían acercado a la casa de Mamalara si creían que las personas con dinero eran capitalistas que oprimían a los que estaban por debajo de ellos.

Jackie se levantó para llenar su vaso de la jarra de agua filtrada. Por la ventana abierta se oyó el chancleteo de pisadas en los escalones de concreto de afuera. Mima apareció en la cocina con Clark contra su pecho. Como la puerta de la cocina daba al patio que rodeaba las casas de los primos permanecía abierta por el momento.

Un movimiento anaranjado entró en la cocina con ellos. Era Gnomo, el gato huérfano que Victoria había cuidado, devolviéndole la salud. Cuando la mamá de Victoria estaba en la casa, el gato tenía prohibida la entrada. Ella decía que los animales estaban llenos de pulgas y de enfermedades. A los pocos días, el gato había aprendido que llorar por la ausencia de Victoria le había permitido tener entrada a la casa prohibida. Solamente para encontrar que Victoria ya no estaba.

«La extrañamos tú y yo, minino», pensó Jackie.

Mima le dio un beso a Jackie en los cachetes.

—Hola, Superman —dijo Jackie mientras le hacía cosquillas a su hermano en la barriga gordita. No podía esperar hasta que empezara a caminar. Había mencionado varias veces el deseo de enseñarle a pichar una pelota de béisbol.

Mamalara cargó a su nieto, cambiándolo por un vaso de refresco frío para mima.

—¿Cómo te fue en el colegio esta mañana? —preguntó mima.

Jackie gruñó. Dentro de poco el chofer de la guagua del colegio volvería para recogerla para que fuera a las clases de la tarde.

—Discutimos las ventajas y las desventajas del comunismo y como tarea tenemos que defender lo que creemos que es el gobierno ideal, ya sea real o imaginario.

—¿Y qué tú crees que sea eso?

Eso fue lo que inició el debate en el colegio y drenó a Jackie de energía. No sabía qué pensar. Las personas debían de poder avanzar y ser recompensadas por su trabajo. Por otro lado, ella no consideraba que fuera justo que algunas personas tuvieran todo sin hacer nada y que otras hicieran todo y no tuvieran nada. Pensando en su propia familia, el debate siguió en su cabeza. Papalfonso había levantado su dinero a través de buenas inversiones y Mamalara había nacido en una familia con dinero. Por lo tanto, pipo venía de una clase trabajadora, pero al casarse con mima ya no tenía que trabajar, aunque si mantenía su empleo. Una parte de Jackie se sentía culpable por tener dinero mientras que la otra estaba orgullosa de lo que tenían.

—Ninguna sociedad política es perfecta ni puede nunca serlo —respondió Jackie al fin.

Mima se rio y puso sus brazos alrededor de los hombros de Jackie y besó sus cachetes.

—Ay, mi hija cínica. Nada es blanco y negro.

—A menos que seas una monja —bromeó Jackie.

Mima y Mamalara se rieron mientras Pancha la regañaba: no era bueno hacer bromas sobre las sirvientas de Dios.

Jackie buscó papel de cartas de una gaveta de la cocina y regresó a la mesa. Como el pelo naranja de los gatos era considerado de alta moda, Gnomo decidió adornar las piernas de Jackie con su presencia. A Jackie no le importaba. Podía mejorar el uniforme monótono de pantalones grises cortos y pulóver blanco. Como pasaba la mitad del tiempo que tenía para almorzar yendo y viniendo en la guagua, solamente le quedaban veinticinco minutos.

—¿Le estás escribiendo otra carta a Victoria? —preguntó Mamalara mientras le daba el biberón a Clark.

Jackie respondió sin levantar la vista:

—Ella tiene que comprender que no voy a parar hasta que no sepa algo de ella.

—¿Tenemos una dirección para ellos? —preguntó Pancha.

—Tío dijo que mandáramos las cartas al correo principal en Miami.

Mima se paró detrás de Jackie, pasándole los dedos por su pelo rubio oscuro.

—¿Qué estás escribiendo?

—Sobre todo lo que está pasando.

Jackie sintió el silencio en la cocina tanto como lo oyó.

—No lo hagas. Es peligroso.

Jackie dejó caer el lápiz. No había pensado en eso, pero claro, mima tenía razón. La correspondencia podía ser interceptada fácilmente. Se podía perder, la podían robar, leer, alterar. Ella estaba segura de que por lo menos la iban a inspeccionar. Lo mismo harían con las cartas de Victoria. El gobierno ya estaba controlando los periódicos. El cine ya no enseñaba películas de Hollywood o de España. Solo propaganda.

Así que Jackie tenía que escribir sobre algo que no fuera amenazador. Tocó el lápiz contra sus dientes mientras Gnomo, la musa, ronroneaba sobre sus piernas. Quince minutos.

Una sonrisa se asomó en sus labios. No podía decir nada importante pero podía divertirse engañando al gobierno. Podía escribir en código como en los programas de radio que se escuchaban antes. Un mensaje en código para que el gobierno no lo confiscara. Victoria entendería. Buscó otro papel de cartas.

Querida Victoria:

Jackie acarició el pelo del gato, imaginándose a ella misma como un genio creador.

No vas a creer lo que tu perro hizo hoy.

No había ningún perro. Por lo tanto Jackie se imaginaba que Victoria se daría cuenta de que todo lo que escribía era mentira o era lo opuesto.

Quizás ahora que Victoria entendería cómo había que escribir las cartas, Jackie recibiría una respuesta. A menos que Victoria estuviera pasándola tan bien en Miami que se hubiera olvidado de Jackie.

4 DE NOVIEMBRE DE 1960

Miami, Florida, Estados Unidos

Victoria levantó su cabeza del asiento de la silla dura de madera al escuchar a papi despertarse. No era la primera vez que la habían botado de la cama que compartía con Inés y con mami. Literalmente botado, y tenía los golpes de las patadas en su espalda para probarlo. La última vez que se había sentido tan adolorida fue cuando su poni Diógenes había pasado debajo de una rama que la había tumbado de la montura y cayó sobre los arbustos tropicales.

El hotel Palm View solo tenía una palma en la propiedad que malamente había sobrevivido el último ciclón y la única vista era del Dixie Highway. Eso no hubiera importado si el resto del cuarto fuera cómodo, pero no lo era. No había nada cómodo en tener que dormir sentada sobre la alfombra con la cabeza sobre una silla porque la alfombra raída apestaba a sudor y a cigarrillos y estaba mugrosa. Por lo menos con la cabeza sobre la silla no tenía que preocuparse de que las cucarachas caminaran por su cara. Eso esperaba.

Su cuello y su espalda crujieron cuando se paró. Ahora con papi levantado, Nestico tenía la segunda cama para él solo. Qué afortunado.

Aunque solo tenía ocho años y era el menor, no era aceptable que compartiera una cama con sus hermanas.

«Ni una noche más», Victoria se juró a sí misma. No podía sobrevivir durmiendo así.

Tocó suavemente a la puerta del baño.

—Papi, ¿podemos hablar mientras te preparas para ir a trabajar?

En vez de contestar, papi abrió la puerta del baño. Estaba parado frente al espejo con la cara enjabonada, en camiseta interior, calzoncillos y tirantes que sostenían sus medias.

Victoria respiró profundamente. El discurso que tenía preparado después de que Inés la pateó como una ninja de la cama se volvió borroso ahora que estaba completamente despierta. Ella no estaba acostumbrada a hablar con su padre sobre dinero. En Cuba, los hombres se ocupaban de mantener a su familia mientras las mujeres se ocupaban de criar a los hijos. La única vez que ella había preguntado por qué Jackie recibía un *allowance* de sus padres y ella no, papi le respondió que Victoria no necesitaba su propio dinero porque él le compraba todo lo que ella quería.

Pero en Cuba el dinero nunca había sido un problema. Ella no creía que ahora él pudiera darle lo que ella quisiera.

Aun así ella tenía que preguntar.

—¿Tienes idea de cuánto tiempo vamos a tener que quedarnos en Miami?

Papi se raspó la cara con una cuchilla de afeitar.

—Tú sabes que eso depende de los resultados de las elecciones aquí en los Estados Unidos. Cada candidato tiene su propia agenda y nada va a cambiar hasta que uno sea electo.

—Lo cuál es la semana que viene —añadió Victoria. Era lo único que todos los periódicos publicaban.

—Sí —contestó papi antes de golpear la cuchilla de afeitar contra el lavabo—. Y después depende de cuán rápido el candidato electo ponga en marcha el plan para sacar al desgraciado de Fidel del poder. —Se afeitó y golpeó la cuchilla de nuevo—. Cuándo eso suceda es solo cuestión de llamar a la línea aérea y reservar cinco pasajes. Nuestros pasajes tienen el regreso abierto.

Victoria se acordó de las quejas de sus familiares la noche que ella y Jackie los habían escuchado detrás de la puerta.

—Pero con todos los cubanos desesperados por regresar a sus hogares, todos los pasajes van a estar reservados como estuvieron ahora para venir aquí.

Papi sostuvo en el aire la cuchilla, sorprendido de que ella, sobre todo siendo hija de mami y una niñita, estuviera interesada e informada sobre la política y las noticias. ¡Por supuesto estaba interesada! ¡Eran también su familia e isla de los que se habían despedido!

—Entonces, en realidad —ella continuó— puede ser un mes o más antes de que volvamos a casa. —Aunque Victoria había calculado esto mientras que estaba medio dormida le dolía decirlo en voz alta. Iba a ser solamente unas semanas. Eso fue lo que papi había jurado. Y no solo él. Casi todos los cubanos en Miami pensaban lo mismo. «Ya pronto regresaremos». La radio del hotel con las noticias estáticas lo prometía con regularidad. «Unas semanas más».

Pero aun unas pocas semanas más era demasiado para que su situación siguiera siendo la misma.

—Si ese es el caso —siguió Victoria— no podemos quedarnos en este hotel más tiempo. Es como una cárcel. Estamos todos volviéndonos medio locos. Mami solo nos deja salir cuando llega la criada a limpiar y solo podemos caminar alrededor del hotel.

—Todos tenemos que hacer sacrificios —gruñó papi—. ¿Crees que a mí me gusta trabajar cincuenta horas a la semana ganando el mínimo? —Alcanzó una toalla para secarse la cara. Aunque ya estaba afeitado se notaba que sus ojos estaban muy cansados. Dos días después de llegar, había conseguido trabajo como obrero en construcción aunque tenía un título universitario como ingeniero estructural. Le pagaban una miseria, solo $1.05 la hora, pero no había encontrado otra cosa y los cinco dólares por persona que le permitieron sacar de Cuba apenas les duraron hasta que recibió el primer pago por su trabajo.

Victoria no sabía lo que estaba carísimo ni regalado con respecto al alquiler de los apartamentos, pero ella era muy buena en matemáticas y en buscar información. Leyendo los periódicos, había calculado que era más barato alquilar un apartamento que quedarse en el hotel Palm View.

Antes de que ella diera su opinión, papi continuó:

—Pero sería bueno comer una comida cocinada en la cocina que de una lata. Y te he visto durmiendo con la cabeza en una silla. Si compro un periódico, quizás podamos encontrar algo durante el fin de semana.

Victoria sonrió señalando hacia la mesa en el cuarto oscuro:

—La criada me da todos los días los periódicos que botan los otros huéspedes. Yo revisé los clasificados del periódico de ayer y marqué los apartamentos que me parecía que eran buenas posibilidades.

Otra vez papi la observó asombrado. No había sido tan difícil. Bueno, a veces. A ella no le gustaban las palabras mal escritas ni era como Jackie que le gustaba descifrar códigos secretos y mensajes ocultos. No tenía otra cosa que hacer que adivinar lo que significaba «1 cua, 1 ba, sin mue, añ con, adul 68». Ayudaba que no todos los otros clasificados fueran tan tacaños con el número de letras.

—Ochenta al mes es el máximo que yo puedo pagar

—dijo papi abotonándose la guayabera que Inés lavaba todas las noches cuando llegaba cubierto de aserrín, suciedad y sudor. Inés era buena como lavandera. Mamalara le había enseñado a sacar manchas y pestes con la esperanza de que dejara de orinarse en la cama. Resultó—. Tres dormitorios sería lo ideal, dos sería apretado. Amueblado si es posible y sin contrato de un año.

—Y que admitan niños. Algunos dicen que solamente son para adultos.

Otra cosa que Victoria había encontrado era que algunos decían «sólo blancos». Qué estupidez el prejuicio de algunas personas. El dinero de cada persona valía lo mismo.

—Miraremos algunos esta tarde. Yo cobro hoy —dijo papi saliendo del baño para terminar de vestirse.

—Otra cosa —dijo Victoria en voz más baja al ver a mami moviéndose en la cama—. ¿Puedes darme dinero para comprar un sello? Los venden en la recepción que está a la entrada del hotel. Le he estado escribiendo a Jackie todos los días pero no he podido mandar ninguna carta. Probablemente piense que han sido mandadas a través de la China.

Papi suspiró pensando en el gasto. Metió la mano en su bolsillo y sacó un real.

—Espera hasta esta tarde y quizás puedas incluir nuestra nueva dirección.

Y salió por la puerta del hotel antes de que saliera el sol.

Victoria se llevó prestada la almohada de papi y la

acomodó sobre el asiento duro de la silla. Había hecho su trabajo como papi le había pedido en caso de que no pudiera salir con ellos de Cuba. Quizás ahora podría dormir un poco sabiendo que podía ocuparse de su familia.

Papi regresó en la tarde con una máquina de conducir prestada y unos bocaditos de un quiosco judío. En casa mami nunca comía de la calle pues estaba convencida de que sería envenenada si no conocía personalmente al cocinero. Pero sin cocinera, ni cocina en el hotel y con muy poco dinero, estaban sobreviviendo con lo que papi decía que era comida de guerra: leche en polvo, galletas de sal, carne y frijoles enlatados y a veces plátanos demasiado maduros. Tomaban agua de la pila súper caliente porque mami insistía que así mataba los parásitos.

El olor del pan recién horneado y relleno de carne fresca, mostaza, lechuga y tomate hizo que sus bocas se aguaran. La mostaza picaba la lengua de Victoria, pero estaba demasiado hambrienta por comida de verdad para dejar pasar el bocadito.

—Yo no creo que debamos comernos esto —dijo mami oliendo el bocadito, que estaba en un plato de papel, para ver si podía detectar veneno.

—Claro que sí —dijo papi. Ya se había comido la mitad de su bocadito—. El hombre detrás del mostrador se lavó las manos antes de prepararlos.

Victoria viró su propio bocadito en su mano, quitándole el papel para poder verlo mejor. Un bocadito era solamente una construcción de varias comidas ya hechas. Si ellos pudieran comprar el pan y la carne encurtida, ella podría hacer los bocaditos sin tener cocina (y sin añadir la mostaza). Esto definitivamente era mejor que la dieta de comida de guerra y tenía que ser más barato que pagarle a alguien para armarlo. Después de que encontraran un lugar para vivir, quizás papi los podía llevar a un mercado.

Luego de manejar la máquina prestada a varios lugares, que no servían para nada de acuerdo a mami, llegaron a un edificio de apartamentos de dos pisos en forma de L, recién pintado de color mango.

—*Good afternoon* —dijo Victoria según se acercaban a una señora mayor que tenía abierto un portón de hierro pintado de blanco en la entrada—. ¿Es usted la señora Greenwald?

—*Yes, welcome.* —Ella salió a la luz del sol y resultó ser una mujer alta con una peluca rubia que parecía haber sido peinada con regularidad en una peluquería—. ¿Todos ustedes hablan inglés?

—*Of course* —dijo mami en un tono altanero—. Nosotros somos educados.

—*No, I don't speak English at all* —dijo Nestico perfectamente sin acento pues asistía al colegio exclusivo de idioma inglés en Cuba.

—Compórtate bien. —Victoria le dio un codazo en las costillas. Si ella tenía que pasar otra noche con la cabeza en el asiento de la silla, lo iba a mandar al piso para tener toda la cama para ella misma—. *Please,* disculpe a mi hermano, señora Greenwald. Él tiene mucha energía.

—Mi hijo era igual de sabelotodo a su edad. Por suerte al crecer eso terminó —dijo la señora Greenwald, conduciéndolos a través del portón que iba del piso al techo hacia la entrada al aire libre donde se encontraban buzones de correo a un lado y una escalera hacia arriba al otro. Unos arbustos con espinas y otras plantas tropicales rodeaban una piscina. Lucía como un paraíso después de dos semanas de permanecer en el hotel que miraba al Dixie Highway.

Siguieron a la señora Greenwald por la escalera a donde todos los apartamentos tenían vista al patio y el área de parqueo para los residentes. Desde la ventana de un vecino los saludó un gato blanco y negro. Victoria le respondió con un maullido.

—Aquí vivía mi chico. Era bueno tenerlo como vecino. —La señora Greenwald los llevó al apartamento al final del pasillo—. Él y la señora llevaron a la familia a Nueva York por trabajo. Su contrato de alquiler no se ha vencido aún. Por eso estamos buscando a alguien para subalquilarlo hasta fin de año.

—Si necesitamos más tiempo, ¿podemos alquilarlo directamente del dueño? —preguntó papi en voz baja.

—Me imagino que sí —dijo la señora Greenwald.

Victoria se mordió el labio. ¿Más tiempo que hasta fin de año? Ella pensó que había sido generosa con el tiempo esta mañana cuando mencionó que podrían demorar más de un mes antes de regresar a casa.

Desde la puerta pudieron ver todo el apartamento apretado: una cocina pequeña, una mesa para cuatro personas, un sofá contra la pared y las dos puertas abiertas hacia los cuartos.

—¿No tiene baño privado? —exclamó mami horrorizada ante el hecho de tener que compartir un inodoro comunal con el resto de los inquilinos—. Lo siento pero esto no va a funcionar para nosotros.

—Sí tiene su propio baño. Tiene acceso a través de los dos cuartos. —La señora Greenwald señaló hacia la pared de la sala delante de ellos.

Se escabulleron a través de un cuarto con literas y papi les enseñó que las puertas del baño estaban escondidas en la pared y se deslizaban por un carril en el techo. El baño era lo suficientemente grande para acomodar el inodoro, un lavabo pequeño y una ducha tan estrecha que te golpearías los codos si los estirabas. Salieron hacia el otro cuarto donde malamente cabía una cama doble y un gavetero antes de volver al resto del apartamento.

—Pero qué chiquito es —murmuró Inés.

Indudablemente. El apartamento que las cocineras

compartían en el área de la servidumbre de la casa de La Habana era más grande que todo este lugar.

—El dueño obviamente convirtió un apartamento de un cuarto en uno de dos —dijo papi en español pasando su mano por la pared que dividía los cuartos con la sala—. No me imagino que esté hecho a código.

A pesar de todo, era el único apartamento con posibilidades que habían visto hoy.

Victoria abrió los gabinetes de la cocina y encontró lo más básico para cocinar: cuatro platos, cuatro tazas, una cazuela, un sartén y una tabla de cortar.

—Es un edificio tranquilo y todos somos muy amables —dijo la señora Greenwald desde la puerta de entrada—. Hay una bodega en la calle del frente y buenas escuelas públicas en el área.

—No vamos a mandar a los niños a la escuela —dijo mami mientras pasaba el dedo por el borde de la ventana. Estaba limpio—. Estaremos aquí por un corto tiempo hasta que podamos regresar a Cuba. Pero no se preocupe, pagaremos por los dos meses completos.

Victoria levantó la cabeza. Con una bodega cerca ella podía hacer bocaditos. Y con una escuela también, no estaba tan mal. Aunque solo fuera por unas semanas era mucho mejor que quedarse en casa todo el día.

—¿Cuán lejos están las escuelas? —preguntó Victoria.

La señora Greenwald sonrió.

—Alrededor de ocho minutos caminando para la elemental, la escuela intermedia está al lado y la superior está del otro lado de la calle.

—Eso no nos conviene. Los barrios cerca de las escuelas están llenos de maleantes —dijo mami en un tono como si esperara que la señora Greenwald moviera las escuelas más lejos.

En vez de discutir, la señora Greenwald se encogió de hombros.

—Tengo varias personas que vendrán a ver el apartamento durante el fin de semana. Estoy segura de que una de ellas lo va a alquilar.

—Mami, por favor —suplicó Victoria—. Me he pasado días buscando algo y no hay ninguna otra cosa. No quiero volver al hotel.

—Apesta. —Inés estuvo de acuerdo. El hecho de que Inés hubiera notado el mal olor demostraba lo malo que era.

—No hay cucarachas aquí. —Por supuesto que Nestico estaba decepcionado.

—Lo vamos a alquilar —dijo papi resolviendo la situación. Sacó su billetera del bolsillo del frente de su guayabera—. ¿Cuánto es?

—Ciento sesenta. Eso es noviembre y diciembre —respondió la señora Greenwald.

Victoria tragó en seco. Papi había dicho que lo que

podía pagar era ochenta. Probablemente era todo lo que tenía guardado. El clasificado del periódico no decía nada de que había que dar todo el dinero de golpe. Si lo hubiera dicho, ella nunca lo hubiera puesto en su lista.

—Solamente le puedo dar ochenta ahora, pero le puedo pagar veinte cada semana hasta que complete el total —dijo papi.

La señora Greenwald negó con la cabeza.

—Mi hijo me advirtió que recibiera el pago entero antes de que entregara las llaves. Si no, es muy fácil que se vayan sin terminar el pago. Además, ustedes están planeando regresar a Cuba.

—Yo tengo una carta de referencia de la compañía para la cual trabajo —dijo papi sacando una carta de su billetera, pero la señora Greenwald volvió a negar con su cabeza.

—A menos que diga que su compañía pagaría los gastos que usted no cubra, no vale por nada.

—Con su permiso, usted nos va a alquilar este apartamento —dijo mami con voz firme y autoritaria, y no con voz chillona—. Mi esposo tiene un título universitario como ingeniero, pero se ha tenido que conformar trabajando en construcción. No tenemos más dinero porque el desgraciado de Fidel Castro sólo nos permitió salir con cinco dólares cada uno. Somos ciudadanos respetables que nos han obligado a salir al exilio. Si él ha dicho que pagará a plazos es porque lo va a hacer así.

Victoria se quedó boquiabierta. Alrededor de ella su familia tenía la misma expresión de estupor. Ninguno de ellos había jamás oído a mami defenderse a sí misma o a su familia como lo haría Mamalara.

La cabeza con la peluca de la señora Greenwald se movió de un lado a otro, pensando en lo que mami había dicho.

—Creo que como usted me está pagando ochenta ahora, pues eso cubre el primer mes. Pero llamaré a la policía si no me paga los veinte la próxima semana.

—Me pagan los viernes y puede pasar a cobrar esa noche —le aseguró papi.

—Debo llenar el contrato.

—Y necesito un recibo —dijo papi.

—¿Podemos usar la piscina? —preguntó Nestico.

—Claro, cariño, todos los inquilinos pueden. —La señora Greenwald paró en seco porque Nestico gritó con alegría. Antes de que nadie se diera cuenta de lo que estaba pasando, él se lanzó escalera abajo hacia la piscina, se quitó el pulóver, los pantalones cortos y los zapatos mientras corría y se tiró a la piscina en calzoncillos.

—¡Niño! —gritó mami horrorizada desde el balcón—. Ernesto, ve detrás de él. ¡Se va a ahogar!

—Él nada mejor que un pez —dijo papi sin levantar la vista del contrato.

—Yo me hago cargo de él. —Victoria se ofreció de

voluntaria con Inés siguiéndola por la escalera. Se quitaron las medias y los zapatos y se sentaron en el borde de la piscina con los pies en el agua fresca.

Con algo de imaginación, hizo de cuenta que estaban en la piscina de la finca rodeados de árboles frutales y vegetación tropical. Cerró los ojos y se imaginó que escuchaba a los patos y los cisnes en la laguna y olía los caballos y las monturas en el establo.

Solo unas semanas más y estarían de regreso en casa.

4 DE NOVIEMBRE DE 1960

Jackie estaba a punto de ajustar un cable en la radio de la cocina cuando sonó el teléfono.

—Contéstalo, niña —murmuró Pancha con los labios llenos de alfileres mientras arreglaba el dobladillo del vestido de mima.

Jackie miró el teléfono con aprensión. Entre todos los que se habían ido y los que se habían quedado, que sabían que las operadoras comunistas escuchaban las conversaciones telefónicas, nadie llamaba ahora. Además no era ni siquiera su casa. Sin tener el deseo de hacerlo, contestó al tercer timbre.

—*Missus Lara del Mar?* —preguntó en inglés la voz nasal de una operadora telefónica.

Jackie movió el teléfono al otro oído apretándolo contra su cabeza. Una operadora de teléfono hablando en inglés solo significaba una cosa: algo malo había pasado en Miami.

—Sí, soy yo —mintió Jackie en el teléfono con el corazón latiendo como si estuviera corriendo por las bases antes de que le cantaran que estaba fuera.

—Hable por favor —dijo la operadora

—Jacqueline, es tu tía —chilló la voz de tía Isabel como si estuviera del otro lado de un túnel—. Pon a mi madre en el teléfono. Solo tengo tres minutos.

—Ella y mima están arriba con Clark. ¿Pasó algo malo? —gritó Jackie tan alto como su tía hablaba. Igual que la estática en la radio, la conexión de las llamadas internacionales siempre era mala.

—No se necesita a dos personas para acostar un bebé —la regañó tía Isabel como si fuera la culpa de Jackie que las dos mujeres estuvieran ocupadas. Aun así, su tía jamás había ayudado a Mamalara con sus propios hijos—. Apunta nuestra nueva dirección y el número de teléfono.

Jackie alcanzó la libreta y el lápiz que estaban al lado de cada teléfono en la casa y apuntó la información. Una vez que había escrito los detalles volvió a preguntar:

—¿Está todo bien?

—Habla con tu prima. —Tía Isabel pasó el teléfono como si fuera una papa caliente. No le sorprendió. Jackie sabía que no le caía bien a su tía. El sentimiento era mutuo.

—Hola, Jackie. —La voz de Victoria le llegó con claridad pero distante.

Jackie sonrió. Quizás no había pasado nada malo.

—Te he estado escribiendo todos los días.

—Lo mismo he hecho yo —dijo Victoria—. Acabo de mandar todas las cartas esta tarde con nuestra nueva dirección. Papi recién me dio dinero para un sello esta tarde.

El miedo de Jackie con las noticias que podía traer la llamada telefónica se transformó en frustración. Y dos semanas sin tener noticias de su prima se transformó en ira. Ahora sabía por qué. Miami no era como la Cuba del presente, donde los sellos de correo se habían vuelto un lujo. Tío Ernesto siempre les daba a sus hijos lo que querían. Evidentemente Victoria no había deseado un sello hasta ahora.

—¿Está cómoda la casa nueva? —preguntó Jackie, tratando de ocultar la amargura en su voz. En dos semanas la familia de Victoria había seguido viaje. Dos semanas y ya Jackie y su familia no importaban.

—Es un apartamento y es muy pequeño. Pero es solo por corto tiempo pues regresaremos pronto.

Jackie gruñó pero no dijo nada. Ella apostaría cinco dólares que no regresarían.

—Te extraño —dijo Victoria—. Yo…

Y la conexión telefónica se cortó.

—¿Hola? *Hello?*

Nada.

¡Desgraciados! Jackie colgó el teléfono de un golpe. ¿Había tía Isabel puesto un regulador de tiempo para que la llamada fuera de exactamente tres minutos? Por un lado, Jackie no tenía ningún deseo de escuchar lo fabulosa que era la nueva vida de Victoria. Pero esto no significaba que quisiera que le colgaran. No, no lo resistía.

Volvió a levantar el teléfono y le pidió a la operadora cubana que la conectara con el número que ella había apuntado.

—Lo siento. Todas las líneas con los Estados Unidos están ocupadas. Tiene que tratar más tarde —dijo la operadora cubana con acento de guajira.

Después de un minuto Jackie volvió a intentar y le dijeron lo mismo.

—¿Qué pasa, niña? —preguntó Pancha desde la mesa de la cocina con la boca ahora libre de alfileres mientras cosía el dobladillo con puntadas invisibles—. ¿Era tu familia? ¿Les pasó algo? ¡Ay, Dios mío!

Jackie se sentó al lado de Pancha y volvió con la radio que estaba tratando de arreglar. No importaba lo que ella hiciera, la comunicación seguía teniendo estática.

—Están bien. De lo más bien.

Definitivamente no. De ninguna manera. —Mami sacudió la cabeza, moviendo de sitio los rizos que tenía puestos con ganchitos en la cabeza—. No vas a crecer como una señorita bien educada en una escuela pública. ¡Y con varones presentes, además! Mira a tu prima, siempre con ropa sucia y rodillas magulladas. Nunca va a encontrar un esposo.

Victoria estaba sentada a los pies de la cama de sus padres en el nuevo apartamento peinando los rizos castaños de Inés. Habían estado teniendo esta discusión por años excepto que ahora un colegio privado y católico solamente de niñas no estaba en el presupuesto. Pero ella rehusaba pasar más tiempo sin hacer nada.

—Jackie es una atleta. —Y era tan sociable que no iba a tener problema para conseguir un esposo. Si así lo deseaba. Victoria sentía que Jackie no estaba interesada en lo que se esperaba tradicionalmente de las muchachas: casarse y tener hijos—. Además, ¿no sería mejor continuar con nuestros estudios en vez de atrasarnos? Un esposo moderno y respetable va a querer una esposa educada.

Victoria vio que su madre vacilaba. Sabía que estaba calculando mentalmente cuál sería el peor de los males en los ojos de los maridos del futuro y la clase social: una escuela de hembras y varones o atrasarse en los estudios.

—Yo echo de menos tener amigas —dijo Inés.

—Yo echo de menos tener enemigos —gritó Nestico brincando en el sofá de la sala que ahora era su cama.

—Para eso. Te vas a lastimar. —Lo regañó mami pero no hizo nada para que Nestico parara con los brincos. Se volvió hacia las dos niñas en la cama—. Ese ambiente no es apropiado. Van a aprender malos modales y malas palabras.

—¡Ay! —exclamó Inés llevándose la mano a su pelo—. Ya vivimos con Nestico.

Este justo se tiró un peo fuerte y apestoso.

—¡Ay, qué rico!

—¡Eres un grosero! —exclamó Inés.

—¡Ya lo sé! —respondió Nestico, tan orgulloso como si hubiera ganado una medalla en las olimpiadas.

—Mami. —Victoria suavizó la voz mientras trataba de desenredar el pelo de Inés—. No podemos permanecer encerrados en este apartamento todo el día. Estamos volviéndonos locos uno al otro.

—¿Entonces no tienes ningún problema en dejarme aquí sola para que yo me vuelva loca? —se quejó mami—.

¿Todo el día sola en este apartamento extraño, en esta ciudad extraña, en este país extranjero?

Victoria vio el miedo y la inseguridad en los ojos de su madre y se dio cuenta de que no estaba fingiendo. Ella dudaba que mami hubiera estado sola por una hora en su casa la cual estaba siempre llena de familiares y de la servidumbre.

—No va a ser todo el día —dijo Victoria tratando de no halar el pelo de Inés a la vez que mami la observaba con ojos de súplica—. Volveremos para el almuerzo.

Mami cruzó los brazos sobre el pecho en actitud desafiante.

—No, los niños son la responsabilidad de la mujer y yo no lo voy a permitir.

Fue entonces que papi, quien se había estado quedando dormido durante todo el debate, habló.

—Van a comenzar a ir a la escuela mañana. El conocimiento es lo único que nadie les puede quitar.

Mami suspiró pero no dijo nada. Victoria sonrió. Había ganado gracias a papi.

A la mañana siguiente Inés se aferró al brazo de Victoria como si fuera una niña pequeña, mientras que los rizos pelirrojos de Nestico se mecían delante de ellas y de papi. Victoria puso buena cara para alentar a su hermana. Inés nunca había asistido al colegio sin Victoria.

—Cuidado cuando uses el baño, Inés. —Nestico la asustó al aproximarse a la escuela elemental—. A veces los varones espían por las paredes.

Inés paró en seco, casi dislocando el brazo de Victoria.

—¡Eso no es verdad! No digas esas cosas —lo regañó Victoria. Como si Inés necesitara que le crearan más ansiedad con el baño cuando toda la familia sabía que Inés antes se orinaba en la cama. Era uno de los pocos temas que Nestico tenía prohibido tocar—. Pero acuérdate, Inés, no te sientes en el inodoro.

—Ernesto —papi puso un brazo alrededor de los hombros de su hijo—, en la escuela tienes que proteger a tu hermana y no dejar que nadie le haga daño. Si los otros niños te oyen burlándote de tu hermana van a pensar que ellos pueden hacer lo mismo.

Pero papi no hizo nada para tranquilizar a Inés. Eso era el trabajo de las mujeres.

Matricularon a Inés y a Nestico en quinto y tercer grado antes de pasar por delante de un terreno de deporte para llegar a la escuela intermedia.

Los varones jugaban con una pelota o forcejeaban unos con los otros mientras que las niñas brincaban la suiza o chismaban en grupos. Y debía de haber cientos de estudiantes. ¡Qué escuela enorme! En su colegio Mother of Mercy, había diecisiete niñas en el grado de Victoria y habían estado juntas desde el kínder. No en balde Inés estaba nerviosa. No en balde mami no quería que asistiera a una escuela pública de hembras y varones. Victoria vio a tres varones alrededor de otro del cual se reían y se burlaban. Estos eran los tipos de niños que espiarían en el baño de las niñas si pudieran.

Victoria se secó el sudor de sus manos contra la saya. Ojalá Jackie hubiera estado con ella. Jackie la sociable y simpática. Victoria podría hacerse cargo de sus hermanos pero ella necesitaba que alguien se hiciera cargo de ella.

Un hombre con una nariz colorada y grande, el pelo rubio pegado a los lados de su cabeza y pantalones que le llegaban casi hasta el pecho, buscaba algo detrás del mostrador de la oficina de la escuela intermedia cuando ellos llegaron.

—*Excuse me* —dijo papi—. Necesito matricularla. Acabamos de llegar a Miami.

Sin fijarse en ellos el hombre empezó a esparcir los papeles en el escritorio por todas partes.

—Regrese mañana. ¿No se da cuenta de que tengo más trabajo del que puedo hacer?

Victoria y papi se miraron. Ella no quería ver la reacción de triunfo de mami cuando ella regresara a la casa a media mañana. Y papi no podía faltar más tiempo de su trabajo para regresar mañana. Los estadounidenses tenían un dicho sobre que los niños debían poder verse pero no escucharse. Pero los cubanos nunca se quedaban callados. Había que resolver esto ahora como Mamalara lo haría.

—¿No es cierto que a ningún niño se le puede negar el derecho a la educación? —preguntó Victoria.

Esas palabras estaban escritas en la pared de la escuela elemental donde matricularon a sus hermanos sin ningún problema.

El hombre gruñó y les tiró un pedazo de papel y una pluma.

—Nombre, dirección, fecha de nacimiento y teléfono si tienen.

«Por favor», pensó Victoria mientras escribía su información.

Apenas él miró el papel antes de decir:

—Séptimo grado.

—Con su permiso, yo estaba en octavo grado en Cuba —le dijo Victoria corrigiéndolo. Además era alta. ¿Qué le hizo pensar que ella podía ser menor de lo que era?

—Y estaba entre las mejores de su clase —añadió papi. Lo cual era verdad.

—Ella no cumple trece hasta diciembre —le dijo el hombre a papi como si no lo supiera—. Tiene que cumplirlos antes del primero de septiembre.

Papi murmuró en español:

—Estos estadounidenses siempre siguen el librito sin variar nada.

—Yo no voy a repetir séptimo grado —respondió Victoria. Papi estaba de acuerdo. Sin mencionar cómo mami empezaría de nuevo las quejas de que iba a arruinar las posibilidades de encontrar un marido en el futuro.

Poco después, una mujer joven con un recorte corto al estilo de Audrey Hepburn y una mancha de aceite en su camisa azul, irrumpió en la oficina rescatando al hombre estresado.

—Marge, Dios santo, ¿dónde has estado, chica? —el hombre la castigó mientras se secaba el sudor de la frente. Victoria asumió que él debía ser el director.

Los aretes de plumas de Marge se movían sobre su cuello mientras ella señalaba a su camisa manchada.

—Tuve que cambiar una goma ponchada.

El director ignoró su excusa.

—Búscame el reporte del distrito sobre integración y encuentra *some classes to send her to.* —Señaló a Victoria como si fuera un bicho atravesado.

«*Some classes to which to send her*», ella lo corrigió en su mente. En inglés una oración nunca debe terminar con una preposición. Ella sabía esto desde el tercer grado.

—Y, Dios mío, búscame un café, chica. —Desapareció por la puerta situada en el otro extremo de la oficina.

Marge no había ni siquiera soltado su cartera cuando le dio a papi el papel correcto de la matrícula para que lo firmara. Ella leyó el papel de la libreta donde Victoria había escrito su información.

—Hola, Victoria, ¿eres cubana?

Victoria no tenía que adivinar cómo era que Marge lo sabía. La llegada de cubanos a Miami y la situación política de la isla estaba a diario en las noticias. Levantó la barbilla con orgullo y dijo:

—Sí, lo soy.

—¿Cómo está tu inglés?

—*Superb.*

Marge sonrió antes de meterse en la boca un nuevo pedazo de chicle.

—Cómo nuestro sistema de educación es diferente, necesitas tomar unos exámenes para poder ponerte en las clases adecuadas. *Peachy keen?*

¿Peachy qué? Sonaba como algo de uno de los discos de Jackie de *rock 'n' roll.*

—*Yes, thank you.* —Victoria se viró hacia papi y le habló en español—. No te tienes que quedar conmigo. Sé que estás faltando al trabajo.

Papi titubeó, mirando el reloj en la pared. Eran las 9:35 de la mañana. Él generalmente comenzaba a trabajar a las 6:30.

—No te olvides de recoger a Inés y a Nestico. ¿Te acuerdas como regresar a casa?

—Sí. —Y si ella no se acordaba, podía confiar en Nestico. Cómo un caballo, él siempre sabía cómo regresar a casa. Papi saludó a Marge y se fue de la oficina.

Los exámenes para situarla en las clases no eran difíciles. Algunos de los datos históricos la confundieron pues ella había estudiado historia de Cuba, España y Europa pero no de los Estados Unidos. Había tenido que adivinar algunas de las respuestas de las preguntas de ciencia pues nunca le había interesado ese tema. Pero en general se sentía confiada del resultado de los exámenes.

De vez en cuando sentía que tenía la mano cansada y paraba y escuchaba a Marge quejarse entre dientes.

—No puede sobrevivir unos minutos él solo. ¿Quién inició la importancia de integración en esta escuela? Marge la inició. ¿Quién preparó la propuesta para la junta? Marge la preparó. ¿Quién escribió la presentación de antidiscriminación cuando llegaron los nuevos estudiantes a la escuela? Marge la escribió. ¿Quién puede ocuparse de la escuela sin el otro?

—Marge puede —contestó Victoria distraída mientras corregía la ortografía de la palabra mal escrita, *photosynthises*, en una pregunta de ciencia que no sabía. Eso debía valer por lo menos medio punto.

Levantó la vista y vio que la cara de Marge se ruborizaba. Había hablado demasiado alto. Aun así, Marge sonrió y le ofreció un chicle.

Mami no les permitía masticar chicle. Decía que si hubiera querido una vaca hubiera comprado una en vez de haber tenido que pasar por el embarazo y el parto de tres hijos.

El dulce sabor a fruta se esparció por la boca de Victoria. No era una fruta tropical sino desconocida pero sabrosa. Las cosas sabían mucho mejor cuando estaban prohibidas.

—Asegúrate de escupirlo antes de ir a clase —le advirtió Marge.

Después de otra hora, Victoria terminó los exámenes y se los trajo a Marge. Durante ese tiempo, Marge había recogido el desorden que el director había hecho, había escrito a máquina varios reportes y tenía una taza de café caliente a su lado. A Mamalara le hubiera encantado la eficiencia de Marge.

Marge chequeó con un lápiz los exámenes, parando de vez en cuando para hacer unas marcas. Debía de saber las respuestas de memoria porque definitivamente no tenía tiempo para leer cada pregunta. Notó la corrección de la ortografía de «*photosynthesis*» y le puso un círculo alrededor para acordarse de que lo tenía que corregir. Victoria sonrió con orgullo.

Al terminar, Marge la miró con sinceridad.

—Desgraciadamente por tu edad te tengo que poner en séptimo grado. Es una regla de la escuela.

Victoria por poco se traga el chicle. ¿Qué va a decir papi? Era como si su educación se la hubieran borrado el golpe a pesar de que él había dicho que nadie se la podía quitar.

—Pero —Marge miró detrás de ella para asegurarse de que la puerta de la oficina del director permanecía cerrada—

tu ortografía y gramática es mucho mejor que la de la mayoría de los que tienen el inglés como su primer idioma. Tus conocimientos de matemáticas también son excelentes así que te voy a poner en el noveno grado en esas clases. *Peachy keen?*

Victoria buscó el basurero para botar el chicle y darse tiempo para pensar. Los estadounidenses realmente funcionaban por «el librito», como dijo papi. La idea de tener que repetir séptimo grado cuando ya había comenzado el octavo la indignaba como nada. Pero no tenía otra opción. No podía cambiar su fecha de nacimiento. Quizás no importaría estar con otros alumnos de su misma edad durante gran parte del día si por lo menos estaba en las clases importantes avanzadas. Cuando volviera a Cuba, no sería difícil ponerse al día con el octavo grado.

—Gracias, es muy amable.

Marge guiñó el ojo y puso en la máquina de escribir tres papeles. Papel en blanco, papel carbón y papel rosado de copia.

Los dedos de Marge apretaban a toda velocidad las teclas mientras mantenía los ojos fijos en el enorme horario que tenía a su lado y aun así mantenía una conversación.

—Las clases de español no son para los hispanohablantes así que te voy a poner en la clase de francés. *Groovy?*

—Perfecto. —Victoria había comenzado a estudiar francés este año y le gustaba mucho el idioma. Hubiera sido horrible no haber podido continuar. Y por lo menos no era latín. Estaría contenta de nunca más tener que volver a aprender en su vida ese idioma muerto.

—Mira a ver qué te parece. —Marge masticó el chicle, sacó el horario de la máquina de escribir y le dio a Victoria el papel blanco original. Tenía las diferentes asignaturas, las horas, el nombre del maestro y el número del salón de clase.

—¿Qué es economía doméstica? —Victoria señaló una clase que tenía en la tarde. Economía tenía que ver con dinero y la bolsa de valores. Esa era una sección del periódico que ella saltaba porque no la entendía y no le interesaba. ¿Sería una clase de matemáticas avanzada?

—Es un requisito de la escuela y gracias a una donación, está muy bien equipada. Es todo lo que una mujer necesita saber para poder estar a cargo del hogar. —Marge dejó de explotar el chicle y trató de no retorcer los ojos—. Cocinar, limpiar, coser, esa clase de cosas. Te estoy poniendo en una clase que se enfoca en cocinar. Creo que te va a gustar la maestra.

Algo de la tensión que había sentido por lo enorme que era la escuela y por tener que repetir el séptimo grado por la fecha de nacimiento comenzó a distenderse. Cocinar significaba comida, comodidad y cariño. Aunque Mamalara no estuviera presente.

—¿Y es solo para las niñas? —preguntó Victoria.

Ahora sí que la secretaria retorció los ojos.

—Ni me lo digas. Los varones tienen clases de carpintería y mecánica porque aparentemente las niñas no saben cómo usar ni un martillo ni las herramientas eléctricas. —Ella señaló su camisa de hombre que tenía manchas de grasa por haber cambiado la goma de la máquina.

Victoria sonrió pero sintió alivio. A ella no le interesaba usar ni martillos ni herramientas eléctricas. Ella dejaría esas cosas para Jackie. Volvió a repasar el horario que tenía en la mano.

—Cuarenta y cinco minutos no es tiempo suficiente para ir a casa a almorzar. —Aunque no habían chequeado el tiempo que les había demorado caminar a la escuela elemental esta mañana, la señora Greenwald había dicho que eran ocho minutos. Serían como diez minutos de la escuela intermedia de ida y vuelta, además necesitaba tiempo para buscar a sus hermanos y tiempo para encontrar la manera de volver al apartamento. Después, tenía que hacer los bocaditos que aunque parecían sencillos nunca los había hecho. Además, mami insistiría que le hicieran compañía en vez de regresar a la escuela. Por los cálculos de Victoria, y Marge tenía razón que era muy buena en matemáticas, sería un milagro si podía estar de regreso en las dos horas que las escuelas cubanas daban para almorzar.

Marge sacudió la cabeza.

—Yo no sé de ninguna escuela que deje salir a los estudiantes durante las horas escolares a menos que un padre venga a sacarlos. La comida de la cafetería es barata y más o menos comible.

Victoria sintió el calor en su cara. Ella no tenía nada de dinero ni tampoco lo tenían Inés ni Nestico. Ir a la casa para almorzar siempre había sido parte del horario escolar y nunca se imaginó que sería diferente aquí.

Ella había querido demostrarle a mami que podía asistir a la escuela pública y, aun así, ser una muchacha educada, y a papi que ella podía hacerse cargo de la familia, pero ya había fallado en lo más esencial.

Darle de comer a su familia.

7 DE NOVIEMBRE DE 1960

Marge puso en el mostrador frente a Victoria un montón de libros de texto, dos libros de composición con portada en blanco y negro y dos lápices.

—Tu número de la taquilla y la combinación para abrirlo están en tu hoja de horarios. Incluí un mapa de la escuela. Apúrate, el almuerzo para el séptimo grado se acaba en veinte minutos.

Victoria le dio las gracias a Marge y recogió el montón de libros. Era inútil ir a la cafetería sin almuerzo ni dinero para comprarlo. Por el bien de sus hermanos, solo podía esperar que alguien se hubiera apiadado de ellos y hubiera compartido su almuerzo. No podía hacer nada. Solo el pensar que había fallado a su familia le retorcía los intestinos.

Encontró su taquilla con facilidad pero nunca había tenido que abrir un candado de combinación. En las películas siempre usaban un estetoscopio de un médico para abrir una caja fuerte.

Un sentimiento de derrota la invadió mientras se

recostaba contra las taquillas de metal. No lo podía hacer. No sin Jackie ni Mamalara ni tía Larita. No en balde mami no podía hacerle frente a la vida. Nunca se había esperado que lo hiciera. En Mother of Mercy además de las clases académicas, le daban clases para enseñarle cómo ser una señorita de sociedad: bailes de salón, etiqueta, caligrafía, cortesía, cómo planear reuniones y cuánta comida debían tener para alimentar la visita y todo lo demás. Es decir, lo necesario para que pudieran conseguir un esposo respetable.

¿Pero sentido común? ¿Destrezas que necesitarían en la vida diaria? ¿Darles de comer a sus hermanos sin tener dinero? Las monjas no habían considerado enseñarles nada de eso. No, porque estaban Dios y los hombres para hacerse cargo de todo lo que ellas necesitaran.

Sonó el timbre y el pasillo se llenó con cientos de estudiantes como si fueran una manada de caballos. Ella se unió a la manada y se dirigió a su primera clase en esta escuela extraña. Sin nadie que la ayudara, no le quedaba otro remedio que seguir pa'lante.

Encima de cada pupitre había una máquina de escribir y alrededor del salón se congregaron grupitos de estudiantes intimidantes de doce y trece años.

En la esquina había un muchacho con la piel oscura y el pelo negro y rizado rapado a ras de la cabeza escribiendo a máquina mientras los demás lo ignoraban. Quizás él también era nuevo. Ella no quería que él pensara que ella era atrevida, pero hablar con él era menos intimidante que tratar de unirse a uno de los grupos que conversaban.

—Con permiso, ¿le corresponde esta máquina a alguien o nos asignan asientos? —le preguntó, señalando el pupitre libre que había a su lado. Le gustaba la idea de pasar desapercibida al fondo de la sala.

Él se sobresaltó como sorprendido de que alguien le hablara. Al subir la cabeza, ella notó que tenía pecas oscuras esparcidas por los cachetes.

—No hay asientos asignados y nadie se sienta a mi lado.

Victoria colocó el montón de libros que estaba cargando en la canasta debajo de la silla y estiró los brazos.

—Ay, pesan mucho y no pude abrir mi taquilla.

—Yo tengo que patear la mía para poder abrirla. —El muchacho señaló sus zapatos oscuros. El del pie derecho tenía marcas notables donde el cuero estaba gastado.

—A mi madre no le haría ninguna gracia si yo tengo que hacer lo mismo. —Victoria miró sus bailarinas blancas. Eran los únicos zapatos que pudo traer a Miami.

El muchacho sonrió.

—Mi *grann* es igual. «¿Philippe, qué has hecho tú?». —Habló con acento y con voz chillona, imitando a su abuela.

Victoria se rio. ¿Quién se iba a imaginar que sería tan fácil hablar con los varones?

—¿Philippe? *Es-tu français?*

—Phil, por favor —dijo en inglés aunque había entendido perfectamente el francés—. *Manman* y *grann* son haitianas. Papá es de Georgia.

Así que era caribeño. Era por eso que Victoria se había sentido cómoda hablando con él. Ella se presentó justo cuando llegó el maestro.

El maestro casi ni miró la nota que Marge le había dado para cada clase antes de comenzar a explicarle cómo funcionaba su clase. Ella podía escribir lo que estaba en la pizarra o podía escribir lo que quisiera mientras que fueran palabras de verdad. No se podía hablar. No se podía parar de escribir hasta el final de la clase. No le explicó más nada.

Ella observó cómo el resto de la clase ponía el papel en la máquina de escribir. Observando a Phil, ella se dio cuenta de que la tecla grande debajo de las letras creaba un espacio entre las palabras. La palanca a la izquierda llevaba el papel al comienzo. Quizás sí tenía algo de sentido común.

dear jackie te estoy escribiendo desde la escuela
publica las teclas no tienen ningun sentido pero es
divertido y futurista escribir usando una maquina
de escribb

A través del sonido de las teclas, nadie escuchó a Victoria gemir. Si esto era la manera del futuro, ella no quería tener nada que ver con él. Podría haber escrito a mano una página entera en el tiempo que le tomó escribir lo poco que hizo. Y lo hubiera escrito con ortografía y puntuación correctas.

—Señorita Pino, paró de escribir. —El maestro, quien parecía tener el oído de un director de orquesta, la miró desde su escritorio aunque ella estaba sentada hacia atrás.

—Cometí un error... —comenzó a decirle.

El maestro, del cual ella se había olvidado del nombre aunque Marge se lo había escrito, no aceptó su excusa.

—Continúe escribiendo y esfuércese más. Si sabe cómo corregir los errores, lo más probable es que los haga con más frecuencia.

Los ojos de Victoria regresaron al papel y se fijó en el error, escribb. Detestaba las palabras mal escritas y detestaba aún más haber causado el problema y no poder arreglarlo. Era difícil ignorar la falta de mayúsculas, de acentos y de puntuación, pero era peor la falta de ortografía. De ninguna manera le mandaría a Jackie una carta en esas condiciones. Pero tampoco se podía arriesgar a crearse problemas en su primera clase.

Le dio a la tecla del espacio y escribió «escribir» sin errores. Quizás debía enfocarse en el ejercicio de la pizarra, aunque era aburrido. Al lado de ella, parecía que Phil había dominado el arte de mecanografía. Sus dedos sabían dónde estaban todas las teclas y podía escribir tan rápido como cualquier persona lo podía hacer a mano excepto que cometía errores continuos. Sus dedos preferían escribir «los» como «lso».

Cuando esto pasaba, él movía hacia arriba el papel y sacaba un pomito de corrector líquido y lo pasaba por el error, soplaba para secarlo y volvía a poner el papel en la posición correcta para continuar escribiendo.

El maestro no le decía nada a él.

—Eres muy bueno escribiendo a máquina. ¿Cómo te puedes acordar de dónde están todas las letras?

—Señorita Pino, no se puede hablar.

A Victoria le ardió la cara. La habían regañado dos veces en la misma clase. Ella no se podía acordar de cuándo había sido la última vez que la habían regañado en su colegio anterior.

fue fui

A su lado Phil sacudió una mano extendida entre los dos pupitres hasta que Victoria lo miró. Había escrito en su papel:

¿Sabes cómo se deletrea sudonimo? ¿Como nom de plume?

Victoria vaciló un segundo. El maestro había dicho que podía escribir lo que quisiera mientras que fueran palabras de verdad. Le llevó unos minutos encontrar las teclas correctas.

seudonimo con acento en la primera o

Los dedos largos de Phil volaron sobre las teclas.

¡Me faltaba la E! Por eso no me lucía correcta.

Entonces borró la pregunta del papel con el corrector líquido.

Ella volvió a titubear. Técnicamente estaban «hablando» a través de las notas, pero ella continuaría aprendiendo si continuaban escribiéndole.

como puedo escribir en mayuscula y poner acentos
y puntuacion

Con sus dedos veloces, Phil le enseñó lo que a ella se le había pasado. También le enseñó otras funciones de la máquina de escribir.

Gracias, es una gran mejoría.

Phil le respondió: Ahora eres muy efisiente escribiendo a máquina.

Ella lo corrigió: eficiente.

A él no le importó que le corrigiera la ortografía. Es más, hasta se veía contento con su ayuda.

—Alumnos, escriban su nombre en el papel si todavía no lo han hecho y pásenlos hacia el frente —anunció el maestro treinta segundos antes de que terminara la clase.

Victoria tragó en seco. El maestro iba a leer la conversación que habían tenido por escrito. No habían dicho nada inapropiado, pero sentía que era privado. Phil le dio a Victoria su papel. Pero no era lo que él había estado escribiendo y corrigiendo durante la clase. Este decía: ay, hay, muy, hoy.

Se llevó un dedo largo a los labios. Ella observó cómo ponía el manuscrito verdadero entre las páginas de un libro de texto. Ella hizo como que sellaba sus labios y tiraba la llave lejos, como hacía Jackie.

Sin el papel de Phil no había prueba de su conversación. Además de la palabra mal escrita, ella había hecho lo que el maestro les instruyó: había escrito palabras de verdad.

Recogió todos los libros que había puesto debajo de la silla y los balanceó con la barbilla. Sin pensar que quizás no era apropiado, volvió a hablar con su vecino.

—¿Serías tan amable de ayudarme con mi taquilla?

Victoria caminó hacia la clase de economía doméstica con el estómago haciendo ruido por no haber almorzado y estando un poco cansada. Por lo menos era la penúltima clase del día.

El salón no se parecía a nada que Victoria había visto antes. En el centro había cuatro mostradores largos con hornillas eléctricas y espacios a los lados para poder trabajar. Debajo de las superficies había hornos que estaban alternados con gavetas. Contra la pared había más mostradores con equipos de cocina, un fregadero industrial, gabinetes para guardar comida y tres neveras. Como había dicho Marge, el programa de economía doméstica tenía muy buenos fondos de dinero. Aun siendo industrial, tenía algo que la hacía sentirse en casa.

—*Hi, who are you?* —le preguntó la maestra, la señorita Jiménez. Victoria le entregó la nota en papel rosado que Marge le había dado—. ¿Eres cubana? ¡Mi padre vino de Camagüey!

—¡Tengo primos de ahí! —Victoria sintió como el peso del día se le quitaba de encima. Ella y la señora Jiménez hasta podrían ser primas lejanas.

—Yo fui una vez después de la guerra. Es una isla muy bonita —dijo la maestra. Sonó el timbre y alrededor de quince muchachas dejaron de hablar para colocarse detrás de los mostradores que les llegaban a la cintura—. Clase, esta es Victoria Pino del Mar de Cuba. Victoria, ¿por qué no trabajas con Katya Volkova por el resto del año? Los delantales están en aquel gabinete. Todas, lávense las manos.

Al igual que con Phil en la clase de mecanografía, la muchacha que la señorita Jiménez había señalado se mantenía separada de las demás. En vez del pelo tizado y el peinado perfecto que tenían las otras muchachas de la escuela,

Katya tenía una raya al medio y una trenza rubia muy larga. Llevaba una blusa almidonada y abotonada hasta el cuello y metida dentro de la saya que le llegaba hasta los tobillos. No tenía ni cintas ni lazos ni encajes.

—*Hi, Katya. I'm Victoria.*

Katya casi ni la miró antes de dirigirse hacia la nevera para buscar los ingredientes que estaban apuntados en la pizarra.

«¿Qué hice?» Se había hecho esta pregunta por lo menos cien veces ese día. Cómo deseaba que Jackie estuviera ahí para ayudarla.

—¿Cuántos años tienes? —Victoria hizo el intento de comunicarse con su compañera cuando regresó con los ingredientes—. Yo voy a cumplir trece el próximo mes.

Katya se encogió de hombros antes de colocar un recipiente con huevos sobre el mostrador y seguía rehusando hacer contacto visual con ella. Las otras muchachas estaban hablando con su compañera lo cual indicaba que era permitido hablar en esta clase. Quizás ella no hablaba inglés.

—¿Hablas español? *Parles-tu français?* —El nombre Volkova sonaba como un apellido eslavo pero quizás ella había estudiado un idioma latino. Históricamente la aristocracia rusa hablaba francés. Con resentimiento Victoria pensó que probablemente los niños en Cuba tendrían que aprender ruso como en Alemania del Este. Todos sabían que era debido al respaldo de Rusia que Fidel estaba ganando más poder.

—No pierdas tu tiempo tratando de hablar con ella. No habla con nadie. Por suerte —dijo una muchacha al lado de ellas. Parecía que había salido en la portada de una de las revistas que Victoria había visto en la bodega. Tenía un vestido de lunares azul y blanco con un cintillo haciendo juego en su pelo castaño tizado en un peinado perfecto.

En Cuba los vestidos de Victoria se los hacían con un sombrero haciendo juego y a veces con los zapatos también. Victoria se viró hacia su compañera vestida con ropa sencilla. A juzgar por su cara que había enrojecido y sus labios apretados ella sí entendía inglés.

—No digas nada importante alrededor de ella.

—¿Perdón? —Victoria miró hacia la que había hablado.

La muchacha con el vestido de lunares azul y blanco se inclinó sobre el mostrador con sus codos, lista para divulgar el mayor secreto.

—Su padre es un espía ruso. Todos lo saben. Ella se mantiene callada para que la gente se olvide de que está aquí y así puede enterarse de los secretos de todos. En cualquier momento los Rojos van a lanzar un misil contra nosotros. Por suerte mis padres construyeron un refugio debajo de la casa para mantenernos a salvo. —Paró en seco y se enderezó pues se había dado cuenta de que había dicho demasiado—. Pero no te voy a decir dónde está.

Victoria tragó. Los Rojos era como algunas personas llamaban a los comunistas, o por su bandera roja o por la sangre capitalista que derramaban, Victoria no estaba segura. Lo que importaba era que, por culpa del comunismo, ella ya no estaba en Cuba.

Miró hacia Katya que había sacado todos los ingredientes y el equipo de cocina y estaba parada con las manos detrás de la espalda evitando hacer contacto visual con nadie.

—Hoy vamos a hacer suflé —dijo la señorita Jiménez cuando todas las muchachas tuvieron preparados los ingredientes—. Es delicioso cuando está hecho correctamente. Dejarán a sus invitados impresionados. Una advertencia, no cierren la puerta del horno de golpe para que el suflé no se desplome.

Victoria se atragantó. Ya no estaba contenta con esta clase. A ella le gustaba pasar tiempo en la cocina con Mamalara y oyendo los cuentos de España que contaban las dos cocineras. Siempre le daban a probar pedacitos de lo que cocinaban en varias etapas de preparación. Aun así, Victoria no había cocinado nunca en su vida. Abrir latas y servirse refrescos no contaba y eso malamente lo sabía hacer.

Y, por supuesto, lo primero que había que hacer según lo que estaba escrito en la pizarra era separar los huevos.

Mamalara podía romper los huevos y separar la yema de la clara con una sola mano. Victoria no se atrevía ni a intentarlo.

—Yo no sé cómo separar los huevos. ¿Me puedes enseñar? —le dijo Victoria a su compañera. Fuera comunista o no, a Victoria no le quedaba más remedio que trabajar con Katya.

Katya rajó un huevo contra el mostrador y dejó que la clara corriera por sus dedos hasta que lo único que le quedó fue la yema, que echó en un recipiente diferente. Con la mano limpia Katya le entregó a Victoria el próximo huevo.

Victoria le dio vuelta en sus manos. Las otras muchachas tenían diferentes maneras de separar los huevos, pero ella no quería ser grosera y no hacerlo como Katya. Mami estaría molesta de que ella tuviera comida en las manos y que tuviera las manos sucias. Pero las manos se podían lavar de nuevo.

Golpeó el huevo contra el mostrador, metió el dedo a través de la membrana del huevo como Katya había hecho y dejó que la clara drenara por sus dedos. ¡Qué extraño pero divertido! Con cuidado echó la yema en el recipiente con la de Katya, satisfecha de que la yema hubiera mantenido su forma. Cuando alcanzó el tercer huevo, Katya la paró señalando las claras. Primero había que sacar dos pedazos de cáscara de las claras.

Con las instrucciones silenciosas de Katya, alternaron haciendo la salsa bechamel y batiendo a mano las claras. Alrededor de ellas las otras muchachas se quejaban de no poder usar una batidora eléctrica. Pero la señorita Jiménez dijo que hasta que no supieran hacerlo a mano no podían hacerlo a máquina. Mamalara hubiera aprobado.

Cuando ni Katya ni la señora Jiménez la estaban observando, Victoria se metió un pedazo de queso en la boca. Mala idea. Su estómago se despertó y rugió con fuerza. Lo único que había comido en el día era un plátano para el desayuno. El chicle de Marge no contaba.

—¿Nos podemos comer el suflé? —susurró bajito mientras Katya abría la puerta del horno y sacaba el recipiente de cerámica para ponerlo encima de una hornilla y dejarlo enfriar. El olor a comida horneada llenó toda la clase. La boca de Victoria se hizo agua. Su familia no había tenido una comida cocinada desde que habían llegado a Miami.

Katya levantó el dedo, indicando que tenían que esperar y señaló a la señorita Jiménez que se acercaba a ellas.

—La corteza es bellísima —dijo la maestra, examinando el plato en todos los ángulos. Aceptó un tenedor pequeño que Katya había sacado y probó el suflé caliente—. Y tienen la cantidad exacta de mostaza que muchos cocineros no logran. Muy bien hecho, muchachas.

—Katya hizo gran parte —admitió Victoria. Si hubiera estado sola hubiera fracasado separando los huevos. Por lo menos Victoria había sido la que había añadido la mitad de la mostaza en polvo que aparecía en la receta en la pizarra. Ella todavía se acordaba de lo mucho que picaba el bocadito que papi había traído la semana pasada.

—Aun así yo vi a las dos trabajando juntas. Y la participación representa la mitad de las notas. —La señorita

Jiménez se fue hacia otra pareja de muchachas.

Victoria aceptó el tenedor que su compañera en la cocina le ofreció e iba a probar la primera comida que ella había cocinado en su vida cuando oyó una voz a su espalda.

—Yo no lo probaría. Quién sabe qué clase de veneno añadió esa comunista rusa cuando no estabas mirando —dijo la muchacha de los lunares.

Katya bajó su tenedor y se encogió de hombros. Victoria se enderezó. Como cubana exiliada, ella tenía más razones que nadie para desconfiar de una comunista rusa. Estas estadounidenses solo sabían sobre comunismo a través de sus padres o de las noticias. Nunca lo habían vivido.

Pero comunista o no, Katya había sido muy amable con Victoria. Eso valía mucho más que las palabras de recelo de una extraña.

Levantando su tenedor a lo alto, lo hundió en el suflé de ellas, y se metió un gran bocado. Enseguida se llevó la mano libre a la boca para dejar que saliera el vapor. Aun así rehusó escupirlo. Después de varios segundos ya se había enfriado lo suficiente como para poder saborearlo. Ligero y con mucho queso, sabía a gloria.

Ella señaló hacia Katya con el tenedor. No había probado nada tan delicioso desde que las cocineras habían regresado a España.

—Es como comer una nube de un restaurante francés. Eres una cocinera excelente. Pruébalo.

Los hombros de Katya se relajaron al probar un bocado. Asintió y comió otro antes de señalar a Victoria para que comiera más. No solo estaban comiendo del molde sino que además Katya había probado dos bocados con el mismo tenedor. Mami se hubiera sublevado en el acto. Victoria también comió otro bocado con el mismo tenedor. Lo que mami no sabía no le iba a molestar.

Terminaron de fregar el molde y los tenedores cuando la señorita Jiménez probó el suflé de la muchacha con los lunares.

—Demasiada sal, Rebecca.

14 DE NOVIEMBRE DE 1960

Querida Victoria:

Sé que la estás pasando de lo más bien en Miami con toda esa ton-
tería de la «tierra de la libertad», pero trata de mostrar un poco de
interés en tu prima que está muy sola aquí.

¡Cómo quisiera poder mandarte esta carta! Hay tanto que te
quisiera decir, hay tanto que debías de saber, hay tanto que quisiera
hablar con alguien. Sí, ya sé. Es muy peligroso. Pues este es mi
plan: te lo cuento todo y te lo mando telepáticamente. O quizás al
escribirlo, lo puedes leer de mi mente. Los cómics nunca explican
cómo funcionan estos poderes psíquicos.

Primero que nada, estaban murmurando en el colegio que
Kennedy había ganado las elecciones. Pero lo que nadie sabía era si
eso era bueno o malo. Tu padre decía que volverían después de las
elecciones, pero eso lo veo imposible. La situación aquí no se va a
resolver de un día para el otro.

El comunismo aquí se vuelve más fuerte y más controlador.
Vemos hombres armados marchando por las calles todo el tiempo.
El señor Schmidt, el maestro de educación física, ahora siempre

monta en la guagua con nosotros. Dice que es porque se le rompió la máquina pero yo sé que es para mantenernos protegidos.

Hace mucho tiempo que no vemos a Alto y tú sabes que él es quien sabe todos los chismes políticos. Mima dice que está envuelto en un grupo clandestino que significa contrarrevolucionario, o sea ilegal. A veces pienso que quisiera estar en ese grupo o algo parecido. Hacer algo importante como ser espía y salvar a mi país. Después me preocupo por lo que harán con Alto si lo descubren.

Mima y Mamalara también están preocupadas pero tratan de no demostrarlo. Todas las mañanas antes de irme para el colegio me besan como si fuera la última vez que me van a ver. Parece que a una guagua de un colegio en algún lugar le tiraron una bomba. Quisiera que no se preocuparan. No creo que el gobierno vaya a lastimar deliberadamente a los niños, pero la edad no frenó a los nazis.

Al igual que los nazis controlaban las noticias y daban información falsa para manipular a la gente, lo mismo están haciendo aquí. Solo hablan de lo bueno que es Fidel y de todo lo que él está dando a los pobres: cursos para que todos puedan leer, asistencia de salud, helado. Dándoles a todos las mismas oportunidades, pero en realidad lo que están haciendo es llevarse a todos a la pobreza. Ni podemos comprar helado ya. Tenemos que esperar hasta que el gobierno generosamente nos lo quiera dar.

Lo peor de todo es que mucha gente cree que esta igualdad es la gran cosa. Amenacé con golpear a un tipo en el parque porque no se callaba la bocaza sobre lo bien que estarían las cosas cuando todos tuviéramos helado gratis. Y tú sabes cuánto a mí me gusta el helado.

Pipo dice que la gasolina se está poniendo muy cara y está restringida. El otro día lo pararon y lo interrogaron por estar manejando fuera de su ruta habitual para ir a trabajar. No hemos podido chequear la finca por eso. Pero me parece que en el campo las cosas están menos controladas y son más seguras.

Clark tiene cólico y mima lleva una semana levantada con él durante las noches. Mamalara dice que es la nueva fórmula. No conseguimos ya la que era importada y de mejor calidad. Clark se tomó la nueva fórmula de lo más tranquilo, pero a su cuerpo no le gusta para nada. Mima lo bajó a tu casa para que Mamalara la ayudara con él por las noches, pero yo aún lo oía llorando. Pobrecito Superman. Sé que extraña a su madrina al igual que yo. Pipo terminó poniéndose algodón en los oídos para poder dormir.

Mima trató de llamar al médico, pero el teléfono no estaba funcionando. Creo que la mayor parte de las líneas telefónicas están cortadas. O quizás no tienen suficientes operadoras para manejar los teléfonos. Quiero decir, suficientes operadoras leales al gobierno para escuchar las conversaciones. Mima y Alto lo han mencionado y yo sé que es verdad. Cuando llamé a una compañera de colegio con respecto a la tarea podía escuchar a alguien respirando en la línea. Como si diagramar una oración estuviera en contra de la seguridad nacional.

Parece que fue hace mucho tiempo cuando mima nos llevó a comprar los nuevos discos de Celia Cruz y de Elvis Presley y después tomamos Coca-Cola con helado en el Ten-Cen. ¿Te acuerdas de eso? Nada de eso es posible ahora. Nada de discos y nada de

Coca-Cola. Mima rara vez sale de la casa y cuando lo hace se viste con ropa vieja para que no parezca que ella tiene dinero. Si luces como si fueras parte de la clase trabajadora, los hombres armados que patrullan las calles no se fijan en ti. Son los ricos de quienes abusan. Pero la mayor parte de las personas con dinero ya se han ido del país al igual que tu familia.

No sé cuándo las cosas se van a normalizar. Los seguidores de Fidel están aumentando y tienen la ayuda de la Unión Soviética entera.

Estoy asustada y tú sabes lo mucho que detesto sentirme así. Tanto como ser inútil, que es también como me siento. Esa no soy yo. Pero ya no sé quién soy. Como no sé qué cosa es Cuba ahora. Este ya no es nuestro hogar. Definitivamente no lo es. Quién sabe lo que ustedes van a encontrar cuando regresen.

Eso es si desean regresar. Estoy segura de que lo están pasando muy bien en Miami. Comiendo y haciendo lo que les da la gana. Quizás tú estás montando a caballo. Yo no sé si tienen caballos ahí, pero si los tienen estoy segura de que estás montándolos. Estoy contenta por ti. De verdad. Pero te extraño. Extraño como eran las cosas antes.

La última vez que Alto estuvo por aquí mencionó que la casa de un amigo la habían confiscado y se habían robado o habían destruido todo lo que era de valor. Me dijo que no tocara los discos con volumen alto para que las personas en la calle no los oyeran. Esta es realmente nuestra vida ahora. No es un cuento en la radio o en la tele.

Ahora voy a quemar esta carta y te voy a escribir una carta que no es real. Algo aburrido sobre tu «perro» y los sonidos que Clark está haciendo. Mima está convencida de que lo oyó decir «lele» por «leche» esta mañana. Nada importante. Nada malo ni peligroso para cuando la lean y la censuren.

Te quiero y te extraño. Y si puedes, averigua qué está pasando en Gunsmoke *y en* Suspense. *Me tiene loca no saber lo que está pasando. Detesto que hayan dejado de transmitir todo lo que es extranjero.*

Te quiero,

Jackie

22 DE NOVIEMBRE DE 1960

Al lado de la cafetería al aire libre de la escuela había un patio. No había mesas ahí en el sol pero nadie le impidió a Victoria almorzar debajo de un naranjo en el otro extremo.

Sola.

Durante varios días había escuchado a la gente hablar sobre el Día de Acción de Gracias. Según Victoria, había muy poco de lo cual estar agradecida.

Aun con una cocina su familia continuaba con el racionamiento de comida de guerra. La única diferencia era que ahora podían calentar la comida enlatada antes de comerla.

A pesar de las promesas de papi de poder volver pronto a casa no estaban más próximos a regresar que antes de las elecciones.

Las noticias sobre Cuba estaban limitadas a los encabezados de los periódicos, a estaciones de radio con estática y a la información que papi traía del trabajo, pero nada sobre su familia o la finca.

El día después de conocer a Phil en la clase de mecano-grafía, él le había hecho señas para que se sentara a su lado en la cafetería.

—Victoria, ella es mi hermana, Monique. —Phil gesti-culó hacia la muchacha sentada a su lado. Llevaba el pelo recogido en varias trenzas negras cortas. Las mismas pecas oscuras estaban esparcidas por sus mejillas al igual que Phil.

Frente a ellos había un banquete de arroz con vegeta-les, pollo cocinado en una salsa cremosa, papas horneadas con especias y los plátanos maduros que eran los favoritos de Victoria. Alguien en su familia obviamente los quería mucho. Victoria dejó de mirar todo lo que tenían para almorzar antes de comenzar a babearse.

—Encantada de conocerte. —Victoria le extendió la mano.

En vez de saludarla, Monique se viró hacia su hermano y comenzó a hablar en criollo haitiano mezclado con un poco de inglés. El resultado fue que con el conocimiento de francés de Victoria que era similar al criollo haitiano, ella pudo entender lo suficiente de la conversación para suplir lo que no entendía.

—¿Qué está haciendo ella aquí? —Monique había demandado—. Es una de ellos.

Phil se encogió de hombros y respondió en el mismo idioma que Monique.

—Ella es buena gente. Me ayudó con la ortografía.

Monique sacudió la cabeza con tanta fuerza que sus trenzas chocaron unas contra las otras.

—Papá nos advirtió que no nos hiciéramos amigos de los otros muchachos en esta escuela. No podemos confiar en ellos.

Victoria mantuvo la expresión de alguien que no entendía lo que estaba pasando a su alrededor.

—Ella no es como ellos. Es cubana —discutió Phil antes de comerse un maduro.

—Aun peor. Papá dice que nos están quitando los trabajos. Los empleados prefieren contratar a gente que luce como ella en vez de a nosotros sin importar si tiene la experiencia.

—*I beg your pardon.* —Victoria se paró con la cara roja de humillación y de rabia. ¿Cómo se atrevía Monique a insinuar que papi no estuviera calificado para trabajar en construcción cuando estaba más que calificado? Claro, era posible que no hubiera entendido todo lo que hablaban, pero el tono de Monique estaba súper claro. Victoria no era bienvenida en la mesa de ellos—. Me voy a comer a otro lugar.

Y desde entonces comía su bocadito debajo del naranjo.

Sola, pero era mejor que la alternativa.

Esa era otra cosa para añadir a la lista de «nada para estar agradecida». No tenía amigos aquí.

La verdad era que no sabía cómo hacer amigos. Todos los que ella conocía en Cuba habían estado siempre ahí.

Recostada contra el tronco del árbol con las rodillas levantadas se ajustó la saya alrededor de sus piernas antes de sacar su almuerzo. Hoy, como todos los días que había escuela, su almuerzo era un bocadito con una mermelada de uvas. No sabía a nada y era barato. La comida de la noche con su familia consistía en algo que salía de una lata, una caja o del congelador. Sin sabor y barato. Solo el desayuno era más apetitoso. Un plátano y un vaso de leche en polvo.

Mordió el bocadito envuelto en una servilleta y cerró sus ojos.

El dulce olor a naranjas transportó a Victoria a su último día en la finca, el día después de que ella y Jackie se habían enterado de que sus vidas iban a cambiar «por una temporada».

Victoria se despertó con la claridad del cielo y corrió hacia el potrero antes de que el sol alumbrara los árboles frutales. Algunos de los caballos se levantaron cuando la escucharon aproximarse pero Diógenes permaneció con las patas dobladas debajo de su panza gordita. Estiró su cuello hacia Victoria en anticipación de lo que le traía de comer. Victoria le dio la frutabomba entera antes de subirse a su lomo sin montura y escondió su cara en su crin revoltosa.

Por instinto sus brazos y sus piernas abrazaron al poni en lo que Diógenes estiraba sus patas delanteras y después las traseras para levantarse. Cuando él sacudió todo su cuerpo, Victoria se enderezó y después se acostó sobre su lomo. Sin prestar atención a su jineta, Diógenes caminaba lentamente para volver a hacer su actividad favorita: comer la vegetación tropical.

—¿Oíste? —preguntó Victoria en voz alta. Sus ojos estaban fijos en el cielo gris donde era imposible distinguir la atmósfera de las nubes. No había habido el más mínimo ruido, pero Victoria sabía que él estaba ahí.

—Tu padre se lo acaba de decir al mío. —Escuchó la voz de Gilberto que estaba montada sobre Lola, la yegua de paso fino que Papalfonso le había regalado.

Victoria continuó mirando el cielo gris e incoloro. Nada había cambiado. Excepto que todo había cambiado.

—¿Tu familia va a irse también?

Gilberto demoró en contestar.

—Solo se están yendo los que tienen miedo de perderlo todo.

En otras palabras, solo aquellos con dinero. No sabía qué pensar ni qué sentir. Claro que ella quería quedarse más que nada. Pero no si su vida y la de aquellos que ella quería estaban en peligro. Lo que él había dicho hizo que pensara con amargura: si su familia se quedaba, el gobierno comunista les quitaría todo. Si se iban, no podían llevarse nada con ellos. De cualquier manera lo iban a perder todo.

Aún acostada sobre el lomo de Diógenes, Victoria levantó los brazos para balancearse cuando Diógenes caminó hacia un pasto más verde.

—Papi dice que el control de Fidel es solo temporal y que volveremos pronto. Sin embargo, nuestras cocineras ya compraron pasajes en barco para regresar a España.

Otra vez, Gilberto demoró en contestar, como si no estuviera seguro de lo que debía decir.

—Tu padre le dio al mío el sueldo de seis meses para que continuara haciéndose cargo de la finca mientras que ustedes estén fuera.

Victoria enseguida se sentó para mirar a Gilberto a sus ojos oscuros.

—¿Seis meses? Solo vamos a estar fuera unas semanas.

Gilberto se haló el pelo oscuro que cubría su cabeza. Al igual que Victoria, estaba montando a pelo, pero Lola tenía un freno mientras se movía con su paso elegante alrededor de Diógenes que seguía comiendo.

—Creo que tu padre tiene miedo de que intervengan la finca. Él quiere que la protejamos contra los hombres de Fidel.

¡No, no! No podían. No lo harían. Excepto que sí podían y era muy probable que lo hicieran.

Victoria frunció los labios preocupada, como lo hacía su mami.

—Eso puede ser muy peligroso.

—Esa es la razón por la cual nos están pagando muy bien.

Diógenes movió su cola de un lado a otro rozando las

largas piernas de Victoria. Ella le rascó la crin ansiando deshacerse del desasosiego que sentía en su cuerpo. En su consternación por tener que dejar la finca no había pensado en lo que le podía pasar a la finca.

—Yo no quiero que te pongas en peligro, pero por favor, si puedes, cuida a Diógenes. Y a los otros caballos.

Hundió los dedos en la crin de Diógenes e inclinó su cabeza. No quería que Gilberto, a quien conocía de toda la vida, viera su dolor. Con equipos pesados podrían tumbar y destrozar los árboles frutales de Papalfonso conocidos por toda el área y disponibles para todos aquellos que tenían hambre. Ella sabía que algunas personas comían carne de caballos. Y también se mataban los animales para demostrar dominio político. Eso le podía pasar a Diógenes y a su finca querida...

—Tú sabes que voy a cuidar a los caballos —dijo Gilberto mientras acariciaba el cuello de Lola—. Pero yo estoy seguro de que no va a llegar a eso. Tu familia se preocupa demasiado.

—¿Tú no estás preocupado? —Por mucho que se esforzaba, no podía sacar las preocupaciones de su mente.

—¿Por qué? El preocuparse no va a cambiar lo que va a suceder. La vida continúa con comunismo o sin él.

«Excepto sin tu libertad», pero decidió no expresar ese pensamiento.

—Yo desearía no tenernos que ir.

Gilberto metió las manos entre las ramas de un árbol y

escogió una naranja madura con manchas oscuras para ella.

—En vez de preocuparte por tener que irte, ¿por qué no te enfocas en hacer que cada momento del presente cuente?

Las palabras de Gilberto ahora hacían eco en Victoria mientras comía el último pedazo de su insípido bocadito. No tenía ningún control sobre cuándo podrían regresar sin peligro, ni cuándo tendrían noticias de su familia o de la finca. La llamada de tres minutos con Jackie había costado más de lo que papi ganaba al día y no había revelado nada. Preocuparse por todo la hacía sentirse miserable. No en balde nadie quería hacerse amigo de ella.

Recogió una migaja de pan de su saya y la enrolló entre sus dedos. Papalfonso siempre decía que la comida era para comerla, compartirla y disfrutarla. Mamalara nunca dejaba que nadie estuviera hambriento. ¿Por qué el estar aquí tenía que cambiar eso? En casa ella siempre le daba a Clark el biberón de la noche que lo dormía. Aun Diógenes, con lo gordo que estaba, nunca prescindía de algo extra. Quizás había algo que ella podía controlar, algo que podía cambiar. Algo que había estado presente desde que empezó en esta escuela extranjera. Algo que trajera una migaja de bienestar a la realidad tan dura de su familia ahora.

—¿Señorita Jiménez? —dijo Victoria al final de la clase de economía doméstica. La receta de hoy había sido ensalada de pollo.

—Dime, Victoria. —La maestra caminó hacia ella. A su lado aún permanecía Katya, su compañera de cocina.

Victoria titubeó. ¿Serían verdad los rumores de que Katya y su familia eran espías rusos? Victoria solo sabía lo que las otras muchachas decían sobre Katya. Nada de lo que decían era amable. Katya aún rehusaba hablar.

Quizás Victoria debía hablar con la señorita Jiménez en español, pero no podía ser maleducada con Katya al igual que el resto de la clase lo era con ambas.

Así que Victoria respiró y continuó en inglés.

—Yo quisiera cocinar para mi familia mientras estamos aquí en Miami. Excepto que no podemos costear los ingredientes de la mayoría de las recetas que hacemos en esta clase. ¿Me podría dar algunas recetas baratas?

La señorita Jiménez sonrió.

—Claro que sí. Primero que nada, lo que sobra de la clase te lo puedes llevar a tu casa. Solo tienes que traer tus propios recipientes. Yo lo mencioné al comienzo del año pero parece que me olvidé de decírtelo.

Victoria asintió. Eso era fácil excepto que ella no se acordaba de qué había pasado con los recipientes que tenían la comida de ellos en el aeropuerto de La Habana.

Al lado de ella, Katya sacó un pote de boca ancha con letras en un idioma eslavo de la bolsa grande que ella cargaba. Después sacó de la nevera el pote con sus nombres escritos en una etiqueta. La señorita Jiménez había dicho que la ensalada de pollo sabía mejor cuando se comía fría y que la probaría mañana y les daría notas. Con cuidado, Katya echó la mitad de la ensalada en el pote vacío y se la entregó a Victoria.

Si lo dividía en cinco habría suficiente para que cada miembro de la familia de Victoria pudiera comerse dos cucharadas esa noche, ¡un lujo! Victoria puso sus brazos alrededor de Katya que se sorprendió.

—Te devuelvo el pote limpio mañana.

Katya se salió del abrazo con su cara pálida completamente sonrojada mientras sacudía la cabeza y le indicó con la mano que Victoria podía quedarse con el.

Mientras tanto, la señorita Jiménez había abierto una gaveta donde estaban los gabinetes y sacó lápiz y papel para escribir unos apuntes.

—El arroz blanco regular es barato. Sin cocinar se puede guardar por mucho tiempo. Es fácil de hacer y llena las barrigas. Dos partes de agua y una de arroz y puedes añadir cualquier vegetal o carne que tengas.

Otra vez, es más fácil decirlo que hacerlo. Ella se imaginaba que el arroz se volvería un engrudo del color de cualquier vegetal que ella usara.

—¿Y qué hay de frijoles? —preguntó Victoria.

La señorita Jiménez asintió mientras continuaba con sus apuntes.

—También son baratos pero requieren que les saques

las piedras y los pongas en remojo durante la noche. Así que tienes que planear con anticipación. Te voy a dar la receta súper secreta de mi abuela.

El segundo timbre sonó pero ningún estudiante entró a la clase.

Victoria mantuvo la vista fija en la maestra hasta que Katya le puso un papel delante de su nariz.

—¿*Draniki*? —Victoria entrecerró los ojos al leer la primera palabra garabateada y se viró hacia su compañera. Katya suspiró como si se los estuviera comiendo en ese momento.

—Tortas de papas rusas o latkes —contestó automáticamente la señorita Jiménez sin levantar la vista de sus apuntes. Victoria sacudió la cabeza. Ella no entendía lo que ambas querían decir.

Victoria leyó las instrucciones detalladas de Katya. En cuanto a la intuición para cocinar, Victoria todavía no la tenía. *Draniki* resultó ser papas ralladas que se freían. Sonaba como arañitas excepto que estaban hechas con papas en vez de plátanos.

—¡Esto luce riquísimo! —le dijo Victoria a Katya—. Gracias, eres una gran amiga.

Las palabras salieron de la boca de Victoria sin pensarlo. Sintió que su cara se enrojecía. ¿Eran realmente buenas amigas?

Antes de que pudiera preguntar, Katya se llevó la nota

de tardanza de la señorita Jiménez y enseguida salió aprisa de la clase.

—Dale un poco de tiempo. Ella ha pasado por mucho y no es fácil ser rusa hoy en día —dijo la señorita Jiménez dándole a Victoria las tarjetas con las recetas y su nota de tardanza—. Acuérdate, la variedad en la comida e ingredientes frescos son esenciales para una dieta saludable.

Victoria le dio las gracias a la maestra y caminó despacio hacia la clase de francés, la última del día.

Abrazó contra su pecho el pote con la ensalada de pollo y las tarjetas con las recetas.

Quizás sí tenía algunas cosas por las cuales estar agradecida durante el día de fiesta.

6 DE DICIEMBRE DE 1960

Con la raqueta, Jackie le dio tremendo golpe a la pelota de tenis contra la pared de la cancha de *squash* de la familia. Corrió un par de pasos y la volvió a golpear contra la pared.

No debería de haber abierto su boca (*¡zas!*) grande (*¡zas!*) y estúpida (*¡zas!*). Entonces no estaría afuera escuchando la discusión que salía del cuarto de sus padres. La discusión que ella había provocado.

—La responsabilidad de un hombre es proteger a su familia. ¡Nos has fallado como esposo y como padre!

¡Zas!

Como quiera que lo mirara era culpa de ella y de lo que había dicho.

Dos hombres armados habían entrado en su colegio mientras ella se dirigía al baño durante una aburrida clase de matemáticas. Botas negras, uniforme carmelita, gorras carmelita y rifles en las espaldas. La vieron y de inmediato entablaron una conversación. O mejor dicho, una acusación.

—Mira a esta gordita rica —se burló el más viejo con un cigarrillo prendido que se movía en sus labios sin caerse—. Dinos, gordita, ¿tú comes en platos de oro? ¿Tus sirvientas te sirven la comida en la boca mientras que el resto de la isla trabaja día y noche y pasa hambre?

Jackie se recostó contra la pared, más para sentirse segura que por miedo. Podía llamar a un maestro, pero nunca le había tenido miedo a una pelea. No había razón para comenzar ahora.

—Déjenme tranquila. No pertenecen aquí.

—Ese es el problema con ustedes desgraciados capitalistas. Creen que el mundo les pertenece. —Las cenizas cayeron del cigarrillo del hombre. Parecía que lo tenía pegado al labio inferior.

Las rendijas de los bloques de cemento se marcaron en las palmas de las manos de Jackie cuando los dos hombres se le arrimaron más cerca. Ella había querido decir que no pertenecían al colegio, pero si desaparecían del mundo, no se quejaría.

—Lo digo en serio. ¡Lárguense! —Usó su voz autoritaria que había heredado de Mamalara que en el pasado había hecho que muchachos mayores y más fuertes se fueran. Miedo o respeto no importaba. No estaba acostumbrada a que sus exigencias fueran ignoradas.

—¿O qué, gordita? ¿Le vas a decir a tu padre rico que estás demasiado malcriada para comprender la gloria que le estamos trayendo a esta isla?

Jackie se enderezó y alzó los puños para defenderse, lista para proteger su cara y su estómago. El hombre mayor, el que hablaba, no era un palillo de dientes y el otro no parecía ser mayor que Alto, un adolescente. Alto había sido quien le había enseñado a dar puñetazos y ella sabía que si le daba en los huevos siempre hacía daño.

Pero ella no había contado con que uno de ellos le agarrara el brazo y se lo retorciera contra su espalda. Cualquier movimiento que Jackie hacía le causaba dolor.

—Así que tenemos una pequeña luchadora aquí. Qué pena que es solo una niña. Los camaradas podrían usar a alguien como ella.

Jackie dio una patada pero los dedos de los pies que ella pretendía aplastar estaban protegidos por botas gruesas. No sabía qué era lo que más la enfurecía: el brazo torcido o que dijeran que era solo una niña o que hubieran sugerido que se asociara al partido comunista.

—¡Déjenme quieta! —La voz de Jackie resonó en el pasillo vacío. Al final, no estaba tan indefensa.

Las puertas de las clases se abrieron y se asomaron las cabezas de maestros y de estudiantes. El hombre que la tenía agarrada la soltó de inmediato.

El director del colegio, un estadounidense con una camisa de manga corta y una corbata de lacito caminó hacia ellos.

—Caballeros —los regañó en español con acento—, no

tienen nada que hacer aquí durante horas de clases y asaltando a una estudiante.

—Ella…

—¡Cállense! Ustedes dos a mi oficina ahora. —El director armado sólo con una voz de autoridad y con un dedo acusador tenía a los dos revolucionarios asustados como si Mamalara los hubiera descubierto despertando al bebé.

Algún día la voz de Jackie iba a tener ese mismo poder. Pero por ahora solo pudo aplastar el cigarrillo que al fin se había caído de la boca del hombre.

—Jackie, regresa a tu clase —le dijo el director en inglés.

—Pero necesito hacer pipí. —Ella señaló hacia el baño mientras masajeaba su brazo.

—¡Ahora!

Hizo lo que le dijo el director porque la parte blanca de sus ojos se pusieron más temibles que la de cualquier actor en una película de terror.

Cuando llegó a su casa al fin pudo usar el baño por el cual había esperado tanto. Mima le preguntó, como siempre hacía, cómo le había ido. Sin pensarlo, Jackie expresó su indignación porque había sido privada de poder ir al baño. Contó también el resto de lo que había pasado.

Por unos segundos mima permaneció sentada a la mesa de la cocina. Hasta el colorete en sus cachetes había palidecido a un rosado blanco.

—¿Cómo se te ocurre? ¡Estaban armados!

Sí, pero los rifles estaban en sus espaldas. ¿No era más importante cómo habían tratado a Jackie? ¿No había sido mejor cómo ella se había enfrentado a ellos? Nada de esto era importante para mima, que llamó a Pancha para que llamara a pipo para que regresara a la casa del trabajo de inmediato. Se fue de la cocina y subió las escaleras para su casa.

Ahora todo lo que Jackie le había contado fue el combustible para la peor pelea que sus padres habían tenido hasta entonces. Todo por culpa de ella.

La pelota de tenis voló por encima de la cabeza de Jackie y rebotó cerca de donde Gnomo, el gato, descansaba sobre las piedras en la sombra. Jackie se inclinó y descansó las manos sobre sus rodillas tratando de respirar. Gnomo jugó con la pelota brevemente antes de darse cuenta de que no valía la pena castigarla más.

—El momento de actuar fue ayer, cuando todavía teníamos opciones. —La voz de mima salía de la ventana abierta al patio que compartían con sus familiares y a la cancha de *squash* donde Jackie aún no había recuperado el aliento.

—No hay nada que hacer ahora. Las cosas siempre empeoran antes de mejorar —respondió pipo. Pero en vez de desesperarse, Jackie notó un poco de miedo en su voz. No era miedo de lo que podía pasar sino miedo de que quizás había estado equivocado.

—¡Dos hombres armados llegaron al colegio de nuestra hija y la asaltaron!

—¿Qué quieres que yo haga? —dijo pipo alzando la voz—. ¿Quieres que tenga una reunión con Fidel Castro y le diga que debe entrenar mejor a sus matones para que sean más respetuosos?

—¿Por qué no admites que estabas equivocado? Busca una manera de sacarnos de aquí.

Quizás Jackie debía exigirles que pararan. Antes de que alguien fuera de la familia los oyera y los reportara a los guardias que patrullaban el vecindario.

—Solo será por corto tiempo. Las cosas van a cambiar. Ya verás. —Pipo bajó la voz como si estuviera suplicando.

Jackie casi escuchó como mima sacudía la cabeza y bajaba la voz también.

—No vamos a permanecer en la línea de fuego como presa fácil. Esto se acabó. —Ahora el silencio que siguió de la ventana se podía oír a varios kilómetros de distancia. Y pensar que Jackie creyó que la gritería había sido lo peor.

Gnomo se levantó, se estiró y, con el desenfado que solo tienen los gatos, caminó hacia Jackie y enrolló su cuerpo y su rabo alrededor de sus tobillos.

Jackie se dejó caer al borde de la cancha de *squash* donde se unía a las piedras del patio. Con ronroneos de un león, Gnomo se desplomó sobre su trono, las piernas de Jackie.

No debía haberle dicho nada a nadie, ni a mima ni a los hombres armados. Por una vez, debería haberse echado atrás en una pelea.

El ruido de una puerta que se abrió de golpe, el clamor de unas chancletas bajando la escalera y, segundos después, la peste de humo del cigarrillo hicieron que mirara hacia arriba. Tuvo que protegerse los ojos del sol poniente. Por lo que podía ver, la cara de mima estaba roja. O quizás era culpa del sol.

—No vas a volver al colegio. Es muy peligroso. —Mima inclinó la cabeza hacia atrás para dejar salir una bocanada de humo.

—Pero pipo pagó hasta las Navidades. —Con sus primos que ya se habían ido, las estaciones de radio que ya no daban sus programas favoritos, Jackie estaba aburridísima en la casa. Aunque la mitad de sus amigos del colegio también se habían ido, por lo menos ir al colegio era algo que hacer.

—Él dijo eso también. Siempre tan tacaño. Él se preocupa más por perder unas semanas de la matrícula que por su familia. —Mima no paró las lágrimas en sus ojos rojos.

Jackie no sabía qué contestar. Los padres cubanos no decían que querían a su familia. Esas cosas no se hacían. Él nunca le había dado regalos. Pero pipo estaba involucrado en la vida de ella cuando podía dejar eso a mima y a Mamalara, como hacía el padre de Victoria que ignoraba a sus hijos. Él los llevaba a ella y a los primos a juegos de pelota. Había comenzado a enseñarle cómo manejar una máquina. Sin duda eso tenía que significar que él la quería y sí se preocupaba por la familia.

Jackie movió la mano para bloquear el sol mejor.

—Aunque yo siga yendo al colegio o no, eso no va a parar las peleas de ustedes.

Mima sacudió la cabeza mientras tomaba tiempo con el cigarrillo. Solo fumaba cuando estaba molesta y en una situación grave.

—Hemos dejado de pelear. Para siempre. Tu padre y yo nos hemos separado. Tú y yo nos vamos a mudar abajo. Yo lo quiero pero no puedo vivir más con él. Te ayudaré a empacar tus cosas mañana mientras él esté trabajando. Me imagino que vas a dormir en el cuarto de Victoria.

Jackie volvió a prestar atención a Gnomo, y no solo porque le había clavado las uñas en los pantalones cortos y la había lastimado. El amor duele.

—¿Qué va a pasar cuando Victoria y su familia regresen? —le murmuró al gato.

Mima tomó dos bocanadas más antes de responder.

—Yo no creo que eso vaya a suceder. Fidel nunca va a dejar el poder y las cosas van a ponerse peor. No hay regreso.

Una vez más, el silencio atravesó la humedad. Hasta Gnomo dejó de ronronear. Los sentimientos de autocompasión y de abandono que habían estado molestando a Jackie desde el comienzo, pues las cartas diarias aún no habían llegado, ahora se habían transformado en derrota y una sensación de vacío. El pensar que Victoria no quería regresar se había vuelto la autodefensa de Jackie. Ahora al escuchar a mima decir en voz alta que no iban a poder regresar la hacía sentirse más adolorida. Esta no era una batalla que ella podía pelear y mucho menos ganar.

La mitad del cigarrillo alumbró rojo cuando mima tomó la bocanada más larga antes de tirar el cigarrillo en el suelo de piedra. Ella exhaló sobre su hombro lejos de Jackie y se inclinó para apartar el pelo de la cara de Jackie.

—Yo me imagino que si tenemos la suerte de juntar a nuestra familia de vuelta y las cosas regresan a la normalidad, entonces perdonaría a tu padre.

Jackie hundió sus dedos en el pelo naranja de Gnomo que comenzó a ronronear de nuevo. Al menos uno de ellos era fácil de complacer.

—¿Nos vamos a mudar a Miami?

Mima se desplomó a su lado, hundiendo la cara entre el costado de Gnomo y el estómago de Jackie.

—Es demasiado tarde para eso. —La voz ahogada de mima pronunció cada palabra—. Tu padre nunca quiso gastar dinero en conseguirnos pasaportes y ahora el gobierno no los está haciendo más. Tenemos que quedarnos aquí para siempre.

9 DE DICIEMBRE DE 1960

L a boca de Victoria se aguó al volver a leer la última receta que la señorita Jiménez le había dado.

—Encontré esta en la caja con las recetas de mi abuela. —Esa tarde, la señorita Jiménez le había dado una tarjeta escrita en español con una caligrafía elegante—. Pensé que ustedes la podrían hacer en la clase, pero demora horas en cocinarse y no es lo convencional para que la mayoría de las familias traten de hacerla. Espero que a tu familia le guste.

¡Claro que sí les iba a gustar! Y sobre todo que la señorita Jiménez se la había dado hoy, el día que cumplía trece años. Casi tan agradable como la llamada que habían recibido de Cuba esa mañana.

La primera llamada que habían recibido de casa.

El teléfono sonó en tres ocasiones diferentes con el timbre designado a ellos. Cada vez que mami había contestado la línea no se oía nada. Mami juró que el que llamaba estaba tratando de hablar con otra persona en el edificio por lo tanto no iba a volver a contestar. Cuando sonó por cuarta vez, Victoria contestó. Un coro de voces se escuchó al otro lado de la línea, «¡felicidades!», antes de que la llamada se cayera otra vez. Ella no sabía de seguro, porque sucedió muy rápido, pero podía haber jurado que había escuchado a su ahijado, Clark, hacer un sonido de alegría también.

La llamada la había dejado con una sonrisa triste. El año pasado había celebrado su cumpleaños con dos fiestas. Una en la casa de La Habana con sus diecisiete compañeras y con Jackie, Inés y Nestico. Y la otra con su familia en la finca. El mejor regalo había venido de Gilberto cuando salieron a montar temprano y le había enseñado unas crías de tocororo. Aun así el hecho de que Mamalara, tía Larita, Jackie y Clark hubieran intentado llamarla cuatro veces para decirle una palabra había hecho su día. Debido a sus circunstancias no podía haber tenido un regalo mejor.

La receta de la señorita Jiménez era *icing on the cake*, como decían, la cereza del pastel.

Entre su inexperiencia cocinando y el presupuesto limitado de su familia que significaba que tenía que omitir muchos ingredientes, su éxito con la comida cubana había sido mediocre. Los tan esperados frijoles, a pesar de tener una cebolla frita, no sabían a nada hasta que les echó mucha sal.

Ella también había probado las recetas baratas que habían hecho en la clase de economía doméstica sin mucho éxito. Las habichuelas verdes en el caldo de setas en vez de la sopa de crema de setas habían sido un fracaso total. Ni Nestico había querido repetir.

Lasaña con *cottage cheese* y carne molida hubiera estado perfecta si no hubiera quemado los tomates de lata al hacer la salsa.

Pero ahora con algo tan delicioso y familiar a mano y con el dinero que papi le daba semanalmente guardado en su estuche escolar, la comida iba a ser como una fiesta. Aunque el gran gasto significara que tendrían que pasar los siguientes días comiendo de nuevo su dieta de guerra, que consistía en carne enlatada y leche en polvo, valdría la pena.

—¿Cuánto me quieren? —les preguntó a Inés y a Nestico cuando los recogió de la escuela.

Nestico frunció el ceño mientras pensaba durante unos segundos.

—Más que al Llanero Solitario y menos que a Superman.

Victoria pestañeó. A todo el mundo le encantan los vaqueros así que la quería mucho.

—Debes decir que la quieres sin condiciones porque es tu hermana —lo regañó Inés.

—Pasando la hoja —los interrumpió Victoria. Lo que no deseaba era que Nestico declarara dónde estaba Inés en la escala de sus preferencias y que Inés le respondiera—. Tengo una receta para ropa vieja.

—¡Ropa vieja! ¡Ro-pa vie-ja, ro-pa vie-ja! —cantó

Nestico añadiendo un baile donde sacudía las caderas mientras otros niños de su escuela le lanzaban miradas cautelosas. Pero esto no hizo que parara.

—Pero necesito la ayuda de ustedes —dijo Victoria aún más fuerte mientras les agarraba las manos para cruzar la calle—. Es complicada y la carne necesita hornearse por tres horas.

—¡Ro-pa vie-ja, ro-pa vie-ja!

—Yo ayudo si le dices que pare —dijo Inés.

Victoria se viró hacia su hermano. Una sílaba salió de la boca de Nestico pero se tragó el resto con su sonrisa desenfadada. Ella casi podía oír cómo lo seguía cantando en su mente.

La sonrisa triste de ese día volvió a su cara. La receta sugería prepararla un día y comerla al día siguiente para dejar que supiera más sabrosa. Esa parte no la iba a hacer. Nada les iba a impedir comerla esta noche. Si la receta salía tan buena como ella esperaba iba a superar a Superman.

—¿Puedo cortar las cebollas? —preguntó Nestico cuando entraron con los ingredientes de la bodega que estaba enfrente del apartamento.

Victoria titubeó. Honestamente, los cuchillos afilados aún la asustaban. ¿Y si Nestico se lastimaba? Mami no la perdonaría nunca. Excepto que mami estaba en la ducha. Lo que no sabía...

—Con cuidado. Las cebollas te pueden hacer llorar.
—Le dio a Nestico un cuchillo pequeño y le enseñó cómo colocar sus dedos y rozar la parte lisa del cuchillo contra la parte de atrás de sus dedos para evitar lastimarse. En un par de segundos, él tenía la parte de arriba y la de abajo cortadas. Y no salió sangre de sus dedos.

Impresionante. Había aprendido la tarea más rápido que cuando Katya le había enseñado a ella.

—¿Qué puedo hacer yo? —preguntó Inés. Ella también miró el cuchillo con recelo.

—Seca la carne con papel de toalla y después échale esta mezcla de sal y pimienta. —Victoria le pasó a su hermana la otra tarea que no le gustaba hacer. Tocar la carne cruda le revolvía el estómago. Cualquier carne cruda se transformaba en el animal vivo rogando por su vida. Se lo había dicho a Katya, que se hizo cargo de trabajar con la carne cruda durante la clase. A pesar de su silencio, Katya se había convertido en una gran amiga.

Los tres estaban aplastando los tomates con las manos cuando papi llegó del trabajo con una caja de la panadería.

—Ay, ¡qué bien huele!

Pero sus ojos se entrecerraron al ver que los tres estaban en la cocina. Con dos pisadas se acercó a ellos y medio haló y medio cargó a Nestico del brazo fuera de la cocina. Salpicaduras de jugo de tomate y de semillas mancharon el mostrador y todas sus camisas.

—¿Qué estás haciendo en la cocina? —gritó papi.

—Yo quise ayudar —jirimiqueó Nestico.

Papi le soltó el brazo con disgusto. Huellas rojas aparecieron en el brazo delgado de Nestico.

—Cocinar es para las niñas. No voy a permitir que mi hijo crezca siendo afeminado.

—Yo necesitaba su ayuda. Estamos haciendo ropa vieja. —Victoria convenientemente no mencionó la facilidad con que Nestico había cortado la cebolla y el ají verde.

—Eso no es una excusa. ¿Ustedes creen que yo no sé cómo comienzan esas cosas?

—Pero, papi —dijo Nestico.

—No —respondió papi, cortándolo en seco—. Tienes que aprender. Nada de ropa vieja para ti esta noche.

Nestico se tiró contra las piernas de papi llorando y suplicando.

Mami, que había salido del baño con su pelo en rizos hechos con ganchitos, lo regañó.

—Es solo un niño. Necesita su fuerza.

—Se ha vuelto débil —dijo papi con ira—. Míralo llorando, qué desgraciado. Nada de comida para él. Victoria, a tu edad, esperaba más de ti.

¿Más de *ella*? La quijada se le trancó. ¿Acaso no estaba ahí cocinando y haciéndose cargo de sus hermanos? ¿No era mejor para Nestico aprender a ayudar? Solo porque fuera un varón no lo hacía superior. ¿Y qué quería papi decir con «a tu edad»? Había cumplido los trece años hoy. Nadie que ella conociera cargaba con sus responsabilidades.

—¡No es justo, te odio! —dijo Nestico y lanzó un grito que probablemente despertó a Clark en Cuba. Antes de que nadie lo pudiera parar, abrió la caja de la panadería de un tirón, se robó el pedazo de queique y salió corriendo del apartamento tirando la puerta detrás de él.

—¡Ve detrás de él! —ordenó mami.

—¡Malcriado! —gritó papi con desprecio a la puerta cerrada antes de girar en sus talones y dirigirse a la ducha.

Victoria entrecerró los ojos. Las manos le temblaban pero no dijo nada. Una señorita no grita ni tira las cosas. En especial una que no quería echar a perder todo el trabajo que había hecho.

Pinchó con el tenedor el pedazo de carne sazonada que se estaba friendo y la viró en el sartén. Luego miró hacia su hermana.

—Inés, necesito que apagues la estufa en cinco minutos. Mira el reloj y no te olvides. Cinco minutos.

Inés asintió en lo que Victoria salió del apartamento.

Victoria encontró a Nestico en el área de la piscina, tirando gravilla y palos al agua con una mano. Cuando la vio, se metió en la boca lo que sobraba del queique y se tiró completamente vestido, con zapatos y todo, al agua. Por varios segundos no salió a flote.

Victoria suspiró. Se sentó en el borde, se envolvió las

piernas con la saya y respiró varias veces para calmar su agitación.

Once segundos después, Nestico al fin salió a flote.

—Me pude haber ahogado.

—Es verdad, pero no lo hiciste —suspiró Victoria. Honestamente, algo se había preocupado. Si se hubiera demorado un poco más, ella se hubiera tirado para sacarlo con restos de glaseado y todo.

La cara de Nestico se frunció. Victoria sabía que estaba pensando en lo próximo que iba a hacer para llamar la atención. Pero se conformó con hacer burbujas en el agua. Qué antihigiénico.

—¿Tú sabes que ese era mi queique de cumpleaños, verdad? —le dijo con amargura.

Nestico respondió haciendo burbujas más grandes. Bien. Había escuchado.

Esperó a que las burbujas pararan de nuevo.

—Me gustó tener la ayuda tuya y la de Inés en la cocina. Ser parte de la familia es estar unidos. Todos tenemos que trabajar juntos. Es la manera de sobrevivir estando lejos de casa.

Nestico mantuvo la boca bajo el agua. Su voz sonaba como gárgaras, pero se podía descifrar.

—Mami no ayuda.

Victoria pensó en esto. ¿Cómo podía explicar cómo era mami? Sobre todo que venía de una familia muy fuerte e independiente. Papalfonso había desarrollado la finca con sus dos manos. Mamalara nunca estuvo de acuerdo en no hacer nada. Larita siempre había resuelto las cosas ella misma. Mientras que mami solo se preocupaba por mantener sus manos limpias.

—Yo creo que mami nunca aprendió a ocuparse de ella misma. Mamalara y después papi siempre lo han hecho. —Victoria fijó su vista en la vegetación tropical sin ver el verdor—. Yo creo que por dentro está muy triste y se siente sola. Y probablemente tiene mucho miedo. Aunque es solo por poco tiempo, nuestra vida ahora sin el resto de la familia es muy diferente de la que teníamos antes. Yo no creo que mami sepa cómo adaptarse.

—¿Y papi puede adaptarse?

Otra vez Victoria pensó antes de responder. A simple vista, papi era el que más se había tenido que adaptar. Pasar de ser un jefe con una oficina a ser un trabajador no podía ser fácil. Pero por dentro se había mantenido igual o se había puesto peor desde que llegó aquí. Como que tenía que probar algo ahora ya que no podía trabajar como lo hacía en Cuba. La última vez que papi había regañado a Nestico por ser débil había sido por intentar tocar el piano de Mamalara. Nestico tenía cuatro años en ese entonces.

—Intentaré hacerlo razonar. Yo no puedo estar a cargo de la cocina y cocinar para la familia sin mis asistentes. La forma en que manejaste el cuchillo fue de una persona madura y muy macho. Ninguna persona débil lo hubiera podido hacer.

Y quizás le debía mencionar que muchos cocineros famosos, al igual que los compositores de música, eran hombres.

—¿Crees que yo todavía pueda comer ropa vieja esta noche?

—Sí, pero te tienes que disculpar por lo que dijiste antes de salir corriendo del apartamento.

Nestico salió de la piscina entrelazando los brazos sobre su camisa empapada.

—No estaba tan rico. El queique.

Victoria le limpió de la nariz el glaseado del queique que milagrosamente había sobrevivido en el agua con cloro.

—Pero era mío, aunque lo hubiera compartido contigo y con Inés. Hizo bien papi en comprármelo.

—Perdóname. —Nestico le agarró la mano y ella se la apretó.

—Te perdono.

Regresaron al apartamento y se encontraron con todo el delicioso olor de la carne con la sazón cocinándose en el horno donde iba a permanecer hasta que estuviera tan suave que se caía a pedazos y se derretía en sus bocas.

—Encontré la tarjeta y puse todos los ingredientes juntos en la bandeja de asar como decía la receta. —Inés señaló el horno—. No fue difícil y mami prendió el horno. Tenía sentido seguir la receta porque demora otras tres horas para cocinarse.

Victoria se agarró del mostrador como soporte. ¿Inés había sabido qué tenía que hacer? ¿Mami había ayudado? ¿Había ella regresado al apartamento equivocado?

Pero voces muy fuertes salían del cuarto. Solamente los cubanos podían discutir de manera tan vocal. Desde que llegaron a Miami, las discusiones de sus padres habían empeorado. O quizás era que en Cuba la casa era lo suficientemente grande para que no las escuchara.

Victoria miró dentro del horno. Si el olor era una indicación, la carne iba a estar deliciosa. Abrazó a Inés y le dió un beso en la parte de arriba de la cabeza.

—Gracias, mamita.

Papi salió del cuarto con mami detrás de él. Papi miró a Nestico que estaba desnudo junto a la pila de ropa empapada. Nestico lo miró como si fuera una confrontación del Llanero Solitario.

Cuando el silencio se rompió, fue Nestico quien habló con el pecho flaco, mojado e hinchado como un gallito.

—Victoria necesita que yo la ayude con los cuchillos en la cocina porque yo soy un hombre.

Victoria se mordió el labio. ¡Eso no era lo que ella había querido decir! Lo que quería decir era que las hembras y los varones deberían poder hacer las mismas cosas.

Papi continuó observando a su hijo. Ella esperaba que

papi no estuviera tan bravo que fuera a botar la carne.

—Todos tenemos que hacer sacrificios mientras estemos aquí —dijo papi—. Tenemos que trabajar en cosas que no nos gustan.

Entonces papi condujo a Nestico a la ducha. Algo que no había hecho antes pues bañar y ocuparse de los niños estaba reservado para las mujeres.

Jackie descansó su barbilla en las manos y suspiró. Detestaba estar encerrada en la casa. Antes, en los días libres que no iban a la finca, mima los llevaba a pasear por la capital e iban a las tiendas o a actividades. Otras veces, la familia de Victoria decía que era otra hija y se iban todos a nadar al club. Si no había nada planeado, Jackie se unía a un grupo que estuviera jugando a la pelota en el parque o planeaba su disfraz para los carnavales con Pancha. Ahora todos los días eran aburridos. Aunque hubiera podido convencer a mima para que la dejara volver al colegio no hubiera servido de nada. Unos pocos días después de que Jackie se fuera, el gobierno había cerrado el colegio para siempre.

Y continuaba sin recibir cartas de Victoria, la cual debía de estar muy ocupada comiendo helado y montando a caballo para acordarse de los que había dejado atrás. Con todo lo que los adultos hablaban delante de Jackie, nadie había sabido nada de ninguna persona en Miami. Cómo detestaba Jackie estar fuera de lo que estaba pasando.

—¿Qué pasa, mi'ja? —Mamalara le acarició su pelo rubio oscuro. —¿Extrañas a tus primos?

—Sí —contestó Jackie.

—Yo creo que vi un poco de leche malteada en la parte de atrás de los gabinetes. ¿Por qué no preparo un poco para nosotras? —Mamalara desapareció en la despensa.

Ya no existían los días en los cuales llamaban a los almacenes chinos y les llevaban un camión cargado de delicias importadas de los Estados Unidos y de Europa. Ahora las tablas de la despensa estaban medias vacías con la realidad de que no se podían volver a llenar con facilidad.

Los otros países rehusaban comerciar con Cuba por diferencias políticas. La comida que antes estaba en los gabinetes de todas las cocinas cubanas ahora era ilegal porque venía de los Estados Unidos, que era la oposición.

Jackie observó cómo su abuela mezclaba la leche malteada en polvo con agua insípida en vez de la leche fresca que antes les llevaba a la casa el lechero, pero no dijo nada. Ahora toda la leche en polvo o en latas, pues la leche fresca ya no existía, era para su hermano, el bebé Clark. Las bodegas continuamente se quedaban sin la fórmula de los bebés. Y cuando sí había, la gente compraba extra para cuando no volviera a haber más. Era un círculo vicioso.

Mamalara puso el líquido transparente en un vaso frente a Jackie, quien tomó un sorbo y se esforzó para no reaccionar. La leche malteada supuestamente era una comida reconfortante, pero esto no lo era.

—Gracias —dijo Jackie.

Mamalara no respondió. No había nada que decir.

—Niña —llamó Pancha mientras cerraba la puerta artesanal que había pertenecido a la familia de Victoria. Como Pancha le decía a todo el mundo cariñosamente «niña» o «niño», antes con frecuencia un coro de personas respondía sus llamadas. Ahora solo había una voz que respondió. Tanto Jackie como Mamalara sabían que no hablaba con ellas.

—Dime —contestó Mima desde el otro extremo de la casa. Ella estaba acostando a Clark en el cuarto de los padres de Victoria.

—No pude encontrar nada en ninguna parte. Vamos a tener que usar una almohada vieja. —Los pasos de Pancha creaban un eco en la casa casi vacía mientras caminaba desde el vestíbulo hacia la cocina donde Jackie estaba sentada con Mamalara. Aun ahora cuando solo quedaban cuatro y media personas en la casa seguían reuniéndose en la cocina.

—¿Por qué necesitan almohadas viejas? —preguntó Jackie.

—Para hacer nuevos pañales para Clark. Los que tenía ya no le sirven. El relleno de algodón de la almohada los hace más absorbentes. —Mima entró en la cocina sosteniendo una almohada frente a ella. Jackie reconoció las flores bordadas en la funda y sabía que era del cuarto de Inés.

Mamalara buscó ropa de los cuartos de los primos mientras Pancha empujaba hacia la cocina un carrito que tenía una máquina de coser eléctrica.

—Termina de tomarte la leche y busca el costurero —le dijo mima a Jackie—. Está en el estante encima de la lavadora.

Jackie trajo el costurero y quitó todo lo que había encima de la mesa. Puso su vaso de leche malteada a medio tomar en el fregadero. Después, como mima le había dicho que terminara de tomárselo, se llevó el vaso a los labios y tragó el líquido horrible tratando de no saborearlo.

Mima movió el dial de las estaciones y la antena de la radio hasta que encontró una transmisión ilegal de una canción que le gustaba. Bajó el volumen para poder mantener la ventana abierta.

Con las instrucciones de Pancha, Jackie rasgó las costuras de la ropa. Estaba segura de que Victoria no tenía que hacer esta clase de trabajo en Miami.

Mima cortó la tela y separó el relleno de la almohada mientras Mamalara unía los pedazos con alfileres para que Pancha los cosiera. Aun con ellas teniendo una línea de ensamblaje, Pancha podía coser más aprisa en la máquina de lo que ninguna de ellas podía hacer su tarea. Ella alternaba entre hacer los pañales y unos pantalones cortos de marinero con elástico invisible para Jackie.

—Dime lo que quieeeeres —cantó Pancha junto a la radio—. Dime la verdaaaad.

Mamalara se unió cantando el próximo verso de una canción de lamentos de su infancia. Mima miró a Jackie y las dos contuvieron sus risitas. Ninguna de las mujeres mayores era una buena cantante, pero lo superaban con su entusiasmo.

—Dime cómo pueeeedo. ¡Dime yaaaa! —Jackie se unió al final. La canción era tan trágica que fue difícil resistir.

¡Pum, pum!

Todas saltaron cuando alguien golpeó a la puerta de la cocina. Hasta la frecuencia de la radio cambió y dejó de oírse.

Y si eso no era suficiente para darles un ataque a todas, la luz se apagó en toda la casa.

—¡Ave María! —Pancha se hizo la señal de la cruz mientras rezaba.

Mamalara se levantó de la mesa con los hombros derechos y firmes.

—¿Quién es?

—Soy yo.

Mamalara quitó la tranca de la puerta para dejar entrar a su primo Alto. De inmediato, las mujeres quitaron todo de la mesa donde estaban haciendo pañales. Prendieron unas velas y se quejaron de la ropa arrugada de Alto, su cara sin afeitar y mágicamente produjeron una Coca-Cola de contrabando de una reserva secreta. Jackie tendría que buscar muy bien en la cocina la próxima vez que estuviera sola.

En vez de contestar las preguntas sobre su salud, sus padres, si estaba comiendo lo suficiente, sus estudios y su bienestar en general, Alto fue al grano.

—Por su seguridad, Jackie no se puede quedar aquí más tiempo.

Lo que dijo hizo que todas se callaran por exactamente un segundo antes de comenzar a hablar todas a la par.

—¿Qué quieres decir? Es solamente una niña —dijo Mamalara.

Mima cruzó los brazos sobre su pecho.

—Ella no va a ningún lugar sin mí.

—Yo me puedo cuidar yo misma —insistió Jackie. Ella había lidiado con los hombres armados en el colegio. Ella podía lidiar con cualquier otra cosa que se presentara.

—Santa María, madre de Dios —rezó Pancha.

Alto puso los codos sobre la mesa. La luz de las velas creaba un brillo extraño en sus facciones que lo hacía lucir como un monstruo que había regresado de la muerte. Suspiró y dijo:

—El gobierno ha cerrado el orfelinato de la Beneficencia y mandaron a todos esos pobres niños a Rusia para ser entrenados en el comunismo. Se han llevado a niños de familias también. Niños y niñas.

Otra vez todas protestaron.

—Eso no puede estar permitido. ¿Quitarles los niños a los padres? Eso es una monstruosidad —protestó Mamalara.

—¡No me pueden mandar a Rusia! —Jackie se paró, lista para darle un puño a quien fuera que tratara.

Mima la volvió a sentar en la silla.

—Claro que no. Yo no lo permitiría.

—Ruega por nosotros. —Pancha apretó las manos aun más al rezar.

Alto dejó caer la barbilla entre sus manos como si pesara mucho para sostenerla.

—Aun así, está sucediendo y es imposible saber quiénes serán los próximos que se lleven a Rusia. Yo sé de niños que ya los han mandado.

—¿Los niños de quién? —demandó Mamalara.

—Diana y Guillermo Iglesias.

En una gran hazaña, la mesa se quedó en silencio por cinco segundos enteros. Todos conocían a la familia Iglesias.

Mima frunció el ceño.

—Debe de haber habido un pacto. ¿No está Guillermo en el círculo íntimo de Fidel?

—Estaba. —Alto tomó un sorbo de su refresco—. En cuanto se llevaron a sus hijos, entró a la oficina muy alterado y lo mataron en el acto.

—Ay, Dios mío. —Pancha volvió a hacer la señal de la cruz.

Jackie cerró los ojos con fuerza. Los niños Iglesias iban a su colegio. Eran chismosos en los cuales no se podía confiar nada y estaban desesperados en ganarse a los maestros con su información. Ella no los iba a extrañar. Pero eso no era excusa para que los mandaran al otro lado del mundo sin consentimiento.

O para matar a su padre.

Ella no quería pensar lo que sería perder a pipo así o de ninguna otra manera. El hecho de que ella, mima y Clark se hubieran mudado abajo era como si ya hubiera perdido a parte de él.

—Tengo que comunicarme con Diana. —Mamalara se levantó como si fuera a visitar a la viuda en ese momento—. Sin su esposo y sus hijos, ni te puedo decir cómo debe estar…

—No puedes —dijo Alto levantándose y poniéndole la mano firme sobre el hombro. Mamalara en general no seguía las órdenes de nadie pues solo seguía su propia voluntad, pero ahora aceptó que la llevaran de regreso a la mesa—. Es muy peligroso. El hecho de que se fuera la luz fue planeado. Podemos esperar que continúe pasando con regularidad. No quieren que dejemos nuestras casas. Más guardias van a patrullar las calles día y noche.

Mima dijo una mala palabra pero ni Mamalara ni Pancha dijeron nada sobre su vocabulario.

Alto terminó su refresco de un trago ensordecedor.

—Van a dividir la ciudad en distritos y van a asignar

oficiales a cada distrito. La mayor parte de las casas que están vacías las han saqueado y se han llevado todo lo que era de valor. Es solo cuestión de tiempo hasta que invadan las casas que están ocupadas.

Jackie miró hacia arriba donde pipo ahora vivía solo en lo que había sido la casa de su familia. ¿No estarían más seguras si él se mudaba para abajo con ellas? ¿O podría una casa vacía arriba llamar más la atención? No había manera de predecir las acciones de un demente y no había duda de que a Fidel le faltaban algunos tornillos.

El sonido de arañazos venía de detrás de la puerta de la cocina. Jackie automáticamente abrió la puerta de la cocina para dejar que Gnomo entrara. La bestia naranja esperó con paciencia a que Jackie volviera a sentarse antes de colocarse en su trono en las piernas de Jackie.

—Hay una manera de poder mantener a Jackie fuera de peligro, pero no les va a gustar. —Alto jugó con la tapa del refresco pasándola por sus dedos—. ¿Conocen a Míster Baker?

Claro que sí. Todos los que asistían a colegios privados lo conocían y sabían la función que tenía en la educación en Cuba.

—Está creando un programa humanitario y se está uniendo con el Catholic Welfare y con el Jewish Family and Children Services. El programa hará todos los arreglos para que los niños puedan salir de Cuba y situarlos con la familia o en hogares temporales en los Estados Unidos hasta que sus padres puedan salir de Cuba. Es la mejor opción para garantizar la seguridad de Jackie.

Pancha agarró la mano de Jackie mientras mantenía la cabeza gacha moviendo los labios en una oración silenciosa. Mamalara y mima se miraron, comunicándose telepáticamente. Las uñas de Gnomo se clavaron en los muslos de Jackie como diciendo: «No, que no se vaya ella también».

—¿Me quieren mandar a Miami? —susurró Jackie. Demasiados pensamientos pasaron por su cabeza. Los huérfanos, los niños Iglesias, todos estaban en Rusia. Hacía mucho frío en Rusia. Aquí no habría ni más colegio, ni más amigos, ni más deportes. Ella no era ni católica ni judía. Victoria lo tenía muy fácil en Miami. Sin miedo ni obligaciones. Esa podría ser su vida también. Excepto que nunca dejaría a su familia aquí—. No pueden hacer eso. No lo voy a permitir. Yo pertenezco aquí con todos ustedes. Este es mi hogar.

Además, Jackie había prometido que iba a cuidar al gato.

Una de las Coca-Colas mágicas apareció frente a Jackie. Ya no la quería.

Mima apagó la radio para que no las asustara cuando volviera la electricidad. Abrió la ventana lo más que pudo y encendió un cigarrillo.

—Prefiero mandarte a noventa millas para que estés con nuestra familia en Miami, a que te separen de mí para lavarte el cerebro al otro lado del mundo.

Estaba equivocada. Eran los cayos de la Florida los que estaban a noventa millas de la punta norte de la isla. Miami estaba más lejos de La Habana. Había sido una de las últimas cosas que Jackie había aprendido antes de dejar el colegio.

Jackie apretó a Gnomo con fuerza haciendo que el gato ronroneara más alto, y dijo:

—Pues, vámonos todos juntos. O todos o ninguno.

—Este programa es solo para menores —dijo Alto suspirando. Él había cumplido diecinueve años hacía cinco meses. De todos modos, Jackie sabía que no iba a abandonar su país o la contrarrevolución—. Ellos te van a conseguir el pasaporte. El gobierno solo les está dando pasaportes a los viejos ahora. Fidel no quiere mantener a aquellos que no pueden trabajar.

Jackie entrecerró los ojos. Aceptó la verdad de lo que él decía sobre el gobierno, pero ella conocía a su primo mejor que eso. Alto, quien siempre tenía los oídos muy atentos y sabía cosas antes de que sucedieran, no estaba tan indefenso como quería hacerles creer.

—¿Y tú nos estás diciendo que no conoces a nadie que pueda conseguirnos pasaportes a todas? —Jackie señaló a las tres mujeres sentadas a la mesa aunque solo sería en realidad mima la que necesitaría un pasaporte falso. Mamalara y Pancha eran viejas aunque trabajaban más que los otros adultos. Si se podía conseguir el pasaporte de mima, pues entonces no sería un problema conseguir otro para pipo también. Si conseguían esos pasaportes, quizás mima volvería a hablar con él otra vez—. Alto, yo te oí decir una vez que por el precio adecuado una persona podía conseguir lo que quisiera.

Aunque Pancha no había podido conseguir pañales para Clark, Jackie aprendió que no era difícil hacer pañales. No tan difícil como los pasaportes.

Alto bajó la cabeza a sus manos y pasó sus dedos por su pelo enmarañado.

—Mi amigo Coco que hacía los pasaportes falsos desapareció hace dos días. Los pasaportes de mis padres puede que hayan sido los últimos que él pudo hacer. Yo lo previne pero si se lo han llevado, estoy seguro de que lo van a torturar para conseguir información antes de matarlo. Sus otros clientes, si todavía están en Cuba, pueden estar en peligro si los descubren.

Jackie cruzó los brazos sobre el pecho.

—Entonces está decidido. Nos tenemos que quedar todos aquí.

Nadie discutió pero tampoco nadie la miró. Pancha continuaba rezando en voz baja.

—El bebé está llorando —dijo Mamalara.

Mima giró hacia la puerta con las cenizas a punto de caer de su cigarrillo.

—¿Estás segura?

Mamalara asintió.

—Yo siempre sé cuándo algo está molestando a mis nietos.

15 DE DICIEMBRE DE 1960

Con come como perseverar
Victoria miró con disgusto las palabras que acababa de mecanografiar. Parecían parte de una adivinanza. Pero mientras las escribiera correctamente, al señor Hiller no le importaba cómo lucían juntas y le daría una A por el ejercicio.

Al lado de ella, Phil sacó su corrector líquido y arregló la ortografía de la palabra «perseverar» antes de que sus dedos regresaran a las teclas a toda velocidad. Aunque no había podido almorzar con él y su hermana, Victoria disfrutaba «hablando» con él a través de la máquina de escribir. Hoy él estaba enfocado en su propio trabajo, dejando que Victoria escribiera el ejercicio que estaba en la pizarra. Era más fácil que tener que pensar en algo para escribir.

Carro caso casa

Suspiró.

Al menos al escribir de la pizarra ella había comenzado a dejar de mirar sus dedos y había dejado de pensar que le habían dado una máquina de escribir que no funcionaba bien cuando ella no encontraba una letra.

Miró para leer el papel de Phil otra vez cuando vio que él movía sus dedos oscuros y delgados entre el espacio que había entre los dos pupitres. Era la señal secreta entre los dos para que ella mirara el papel de él.

Esto es un poco extraño, pero ¿podrías hacer algo por mí?

La falta de palabras escritas incorrectamente le sorprendió tanto como la pregunta.

Claro que sí.

Sus hombros enseguida se relajaron.

¿Podrías leer y corregir un cuento que quisiera publicar en el periódico de mi tío? Me dijo que lo publicaría si yo se lo entrego sin ningún error.

Victoria lo pensó por un segundo solo para cerciorarse de que usaba la gramática correcta en su respuesta. Sí, me gustaría hacerlo. ¿Deseas que lo lea después de la clase?

¡Gracias! Necesito que esté presiso.

Preciso. Ella lo corrigió con una sonrisa. Quizás la clase no iba a estar tan aburrida hoy como ella se había imaginado.

¡TUIIIIIIII!

El sonido de la alarma hizo que la mitad de los estudiantes saltaran asustados y la otra mitad se metiera debajo de los pupitres.

—¿Qué 'tá pasando? —Victoria puso las manos sobre los oídos al oír la sirena.

—Es un ataque aéreo. ¡Nos van a matar! —gritó alguien.

—*Duck and cover, children* —dijo el señor Hiller desde el frente del cuarto. Por primera vez, su voz había perdido la monotonía—. Agáchense y cúbranse.

Victoria hizo lo que los demás habían hecho y se metió debajo del pupitre como una pelota pequeña. Su corazón latía con fuerza en su pecho. ¿Sería esto el final? ¿Sería esta la razón por la cual nunca volvería a su hogar?

—¡Los soviéticos están viniendo! ¡Nos vamos a morir! —gritó la misma voz.

Victoria se volvió para ver a un niño gritando histéricamente encima del sonido de la alarma y corriendo como un loco a través del cuarto. El señor Hiller trató de decirle que se agachara y que se cubriera, pero él no lo escuchó. Parecía que se había olvidado de la puerta y corrió hacia la ventana al lado de Phil. Excepto que se había olvidado también del panel de cristal.

Chocó con la ventana y cayó al piso.

—Señor, ¡está sangrando! —gritó la muchacha que estaba agachada a dos pupitres de donde estaba Phil.

—Ay, cómo es posible. —El señor Hiller gateó de debajo de su mesa y se dirigió al niño. Puso sus brazos en las axilas del niño y lo arrastró por el piso entre los pupitres hasta salir por la puerta—. Qué nadie se mueva hasta que yo regrese o lo suspendo.

La sirena continuó sonando, pero sin ningún grito por encima, el cuarto se sumió en un extraño silencio. Algunos estudiantes estaban temblando de miedo o llorando. Otros tenían las manos juntas al frente de ellos en forma de rezo.

Después de todo, no pasó más nada. A pesar del dolor en los oídos, el corazón de Victoria dejó de latir fuerte por el miedo. Lo más probable era que este no fuera el final.

Se volvió hacia Phil. Él había liberado su papel de la máquina de escribir y tenía una libreta, una pluma y una bolsa de comida de la canasta debajo de su asiento en su refugio debajo del pupitre. Sonrió con timidez y le ofreció a Victoria la bolsa. Ella metió la mano asumiendo que eran papitas y al sacar un puñado se dio cuenta de que se había equivocado.

—¡Mariquitas!

Phil inclinó la cabeza hacia un lado. Y con razón. Ella no

había hablado lo suficientemente fuerte para que la oyeran por encima del sonido de la dichosa alarma. Y como él no entendía español, no podía leer sus labios. Ella sacó su libreta de la canasta debajo de su asiento y tiró las mariquitas en una página en blanco. Se estiró y se acostó sobre su estómago en el piso sucio cruzando sus tobillos detrás de ella.

Si los soviéticos iban de verdad a tirar una bomba por lo menos moriría estando cómoda.

«Yo no sabía que la gente aquí comía mariquitas. ¡Me encantan!». Victoria se metió en la boca unas cuantas mientras escribía en la parte de la página que no estaba cubierta con la delicia salada.

«*Chips* de plátanos verde son *favourites* de mi familia. Acuérdate que mi madre es haitiana».

Ella no se había olvidado de que él era caribeño. Ella no sabía qué era, pero algo en sus modales y su personalidad le resultaban muy familiares, como si compartieran una especie de lazo. Pero su hermana, Monique, con lo poco que habían compartido, le parecía más estadounidense, una extraña, alguien de afuera.

«Claro. Pero en este país la palabra se escribe FAVOR-ITES».

«Ay, no. Yo creo que luce mejor con una U».

Victoria sacudió la cabeza en burla aunque estaba secretamente de acuerdo. Ella también prefería como lucia el inglés británico.

La sirena dejó de sonar tan de pronto como había comenzado, aunque el sonido continuaba vibrando en su cabeza. Algunos de los muchachos comenzaron a salir de debajo de sus pupitres mientras que otros los regañaban, diciéndoles que tenían que permanecer donde estaban como el señor Hiller había dicho. Voces y pasos comenzaron a oírse en el pasillo aunque nadie entró a la clase. Victoria alternó sus tobillos cruzados, pero no se movió. Estaba muy cómoda descansando debajo de su pupitre. Phil también se mantuvo donde estaba.

Para no ser interrumpidos, continuaron con su diálogo escrito a mano.

«¿Tienes ese cuento que quieres que lea para corregir la ortografía?», escribió Victoria.

Phil sonrió de la misma manera que hacía Nestico cuando sabía que había conseguido lo que quería. Le pasó un papel doblado y más mariquitas.

Su mano izquierda alimentó su boca sin prestar atención mientras que la derecha pasaba un lápiz sobre lo que Phil había escrito, corrigiendo algunos errores de ortografía.

«¿Qué es una cornetta?». Ella señaló una palabra en el papel.

«Es un instrumento musical. Como una trompeta».

Victoria asintió y corrigió la ortografía. Aunque no sabía lo que significaba la palabra eso no impedía que supiera cómo escribirla. Era como un instinto que ella siempre había tenido.

Al principio el cuento de Phil era ameno. Trataba de un músico talentoso que se unía a una orquesta exclusiva. Excepto que cada vez que tocaba una nota en la corneta, los demás tocaban sus instrumentos más fuerte o lo ignoraban por completo. El que tocaba la corneta se preguntaba si debía seguir en la orquesta donde no lo querían. El conductor insistía en que lo necesitaba para completar el sonido, pero no les decía nada a los otros músicos para que pararan su comportamiento.

«¿Qué crees? Honestamente».

Victoria saboreó una mariquita dejando que se disolviera en su lengua mientras pensaba cuál sería la mejor manera de expresar lo que pensaba.

«¿Es esto una autobiografía?».

«No, yo no toco la corneta».

«Pero es una alegoría, ¿verdad que sí?».

«Supongo».

Victoria se tragó la mariquita masticada que estaba en su lengua.

«El cuento es bueno. Es interesante y está bien escrito. La parte sobre el músico majadero que toca la tuba que estaba demasiado estreñido para tocar está graciosa. Pero yo no entiendo por qué los otros músicos no se llevan bien con el que toca la corneta. Parece que es buena gente y que tiene talento».

«No lo aceptan», explicó Phil. «Es diferente».

«¿Diferente cómo?».

Phil puso su brazo de piel oscura al lado del brazo pálido de Victoria.

Ella aún no entendía.

Entonces se acordó que la reacción de las personas de diferentes razas era diferente aquí de lo que era en Cuba. En su país, el médico de su familia era uno de los más prominentes en la isla, sus habilidades eran más importantes que el color de su piel. Cuando había leído sobre Rosa Parks en el periódico en inglés, Papalfonso que siempre montaba en la guagua para conversar con sus guajiros amigos, había comentado que un caballero de verdad le hubiera dado su asiento a la dama.

Pero aquí les gustaba segregar todo incluyendo baños, fuentes de agua y piscinas. Cuando estaba buscando un apartamento, ella recordó que algunos anuncios decían «sólo blancos». Ninguna de esas restricciones tenían sentido para ella. Ahora comprendía por qué Monique se refirió a ella como «una de ellos». Phil y Monique eran probablemente los únicos estudiantes en la escuela que claramente tenían antepasados africanos.

No en balde el músico que tocaba la corneta y Phil se sentían excluidos. Los estadounidenses miraban a las personas solo a través de un lente.

«Me da pena que no seas aceptado aquí».

«Así son las cosas». Phil encogió sus hombros. «Nuestro

pastor nos informó a Monique y a mí que seríamos discriminados, pero nos explicó la importancia de la integración de la escuela».

Pero como Victoria bien sabía, «así son las cosas» no las hacía correctas ni más fáciles. «Me alegro de que estés aquí».

Phil esbozó una enorme sonrisa. Victoria se viró para esconder su cara enrojecida. ¡Qué atrevida debía de haber lucido!

Algunos de los estudiantes habían salido de la clase a pesar de que les habían advertido que estarían en problema. Dos continuaron con los ejercicios que estaban escribiendo antes de que sonara la alarma aunque continuamente miraban a la puerta. Unos grupos hablaban sobre sus planes para el fin de semana. Solamente una persona además de ellos permanecía debajo del pupitre. Parecía haberse dormido o desmayado.

—¿Cómo están todos aquí?

Victoria se viró para ver a Marge de la oficina de la escuela, parada en el umbral de la puerta con botas de piel y una saya asimétrica. Nunca parecía que le interesara la ropa de moda tradicional.

—Les quería decir que la alarma fue solo un simulacro. Su maestro se lo debió haber dicho—. Marge puso una cara que demostraba cómo se sentía con respecto al señor Hiller. Victoria se había olvidado de lo bien que le caía Marge.

—¿Qué le pasó a Richard? —La muchacha que estaba sentada a dos pupitres de Phil señaló a la ventana.

—Está con la enfermera y llamaron a sus padres. Va a estar bien. El resto de ustedes recojan sus cosas. Se pueden ir de la clase.

Victoria salió de debajo de su pupitre barriendo el piso con su vestido. Se sacudió la frente y esperaba que se pudiera cambiar de ropa antes de que mami la viera tan sucia. Se agachó para sacar lo que había acumulado en el refugio y le entregó a Phil el papel que había corregido.

—Yo creo que a tu tío le va a encantar.

—Gracias. Me alegro de que tú también estés aquí, amiga.

—¿Amiga? —ella preguntó sorprendida.

Phil paró en seco.

—¿No lo somos?

—Yo pensé que éramos más como primos. —Victoria dejó que una sonrisa de orgullo cruzara su cara—. ¿Quién sabe si tus antepasados haitianos no estaban relacionados con mis antepasados cubanos? —Y si lo estaban, ella podía tratarlo como familia sin preocuparse de ser atrevida.

—Primos —Phil dijo la palabra despacio para ver cómo le sonaba—. Me gusta. Sería bueno tener más familiares aquí.

«Yo también desearía eso», pensó Victoria, pero sacó esa amargura de su mente antes de que se esparciera.

16 DE DICIEMBRE DE 1960

Mi querida Victoria:

M—Léela en voz alta. —Inés estaba acurrucada con Victoria en el sofá que era la cama de Nestico, quien jugaba en el piso con unos yaquis que se había ganado en la escuela.

Victoria titubeó. La carta los estaba esperando en su buzón cuando llegaron de la escuela. La primera carta que habían recibido de Cuba, y estaba dirigida a ella. Había demorado muchísimo para tener noticias de ellos. Dos meses completos y doce sobres con varias cartas en cada una que le había mandado a Jackie. La voz dentro de ella le preguntaba si se habrían olvidado de ellos.

Observó la fecha que Jackie había escrito en la parte de arriba de la carta: 11 de noviembre, hacía cinco semanas. La voz se volvió sabelotodo. Ella debería haber sabido que el gobierno se iba a demorar en entregarles las cartas a los gusanos. Así llamaban los seguidores de Fidel a los que se habían ido de la isla: gusanos.

—Mami, ¿quieres venir? Estoy a punto de comenzar a leer la carta de Jackie. —Victoria la llamó aunque el apartamento era tan pequeño que cualquier cosa dicha en un susurro se podía oír dondequiera. Aunque el susurro de los cubanos era el tono de voz normal de los demás.

Un suspiro le llegó del cuarto de sus padres.

—Yo dudo que una niña de doce años tenga nada interesante que contar. —Pero el sonido de los muelles del colchón se oyó cuando mami se levantó de una siesta y se envolvió en una bata de casa de algodón rosada y algo apagada que papi le había comprado con sus escasos recursos después de que ella se quejó de sentirse vulnerable cuando se quedaba sola en el apartamento sin una bata.

Por lo menos el miedo de los gérmenes de mami hacía que ella mantuviera el apartamento limpio. Victoria no había querido limpiar encima de todo lo demás que ya hacía.

«No vas a creer lo que tu perro hizo el otro día. Fue de lo más extraño», leyó Victoria.

—¿Perro? ¿Qué perro? ¿Estabas escondiendo un perro en la casa? Yo sabía que había sentido pulgas caminando por la cama antes de irnos. —Mami sacudió las mangas cortas de su bata como si se imaginara que las pulgas habían salido con ellos como polizontes.

—No había ningún perro. —Pero Victoria sí había dejado que Gnomo, el gato, se colara en la casa las últimas noches antes de ellos irse. Pancha la había ayudado a deshacerse del pelo del gato por las mañanas. Aun así, su gato no tenía pulgas—. Quizás Jackie escribió la palabra incorrecta.

—Te aseguro que es un código. Como una carta secreta de un espía —dijo Nestico desde el lugar donde estaba jugando en el piso.

—No seas ridículo —lo regañó Inés—. Eso sólo pasa en las películas. —Inés se acurrucó contra Victoria que puso un brazo alrededor de su hermanita—. Sigue leyendo.

«El perro se paró en sus patas de atrás y comenzó a bailar como un animal entrenado del circo haciendo todo lo que le habían enseñado a hacer». Victoria sonrió. La carta de Jackie no tenía ningún sentido, pero la idea de un perro en el circo la entretenía. «Mima parpadeó y dijo que el perro sólo sabía hacer lo que le decían».

Como si se lo hubieran ordenado, Nestico se sentó en sus talones y anduvo con las manos como si fueran patas contra su pecho. Inés se rio.

—Cuántas tonterías. —Mami fue a la cocina para servirse agua fría que habían hervido. No tenían un sistema de filtro para el agua de la pila—. Está clarísimo que la niña cayó de cabeza demasiadas veces. Yo se lo advertí a Larita.

Al continuar leyendo la carta sobre los trucos del «perro», Victoria se acordó de la alegoría de Phil que ella había corregido en la clase de mecanografía. ¿Estaría Jackie haciendo lo mismo?

—Yo creo que Nestico está en lo cierto. —Victoria bajó la carta cuándo Jackie terminó de describir al perro entrenado—. Yo creo que Jackie escribió esta carta en código.

—Se los dije. —Nestico se paró e hizo una reverencia exagerada tirándoles besos a sus fanáticos invisibles—. Por favor, dinos más de la grandeza que es mi maravilla.

—Haz que pare —suplicó Inés.

—Yo sigo considerando que esto es una tontería —dijo mami con desdén. Pero se sentó en el otro extremo del sofá con un vaso de agua evidentemente absorta con la fábula.

—Piénsalo. —Victoria abanicó la carta con cuidado—. Nosotros no tenemos un perro. Así que o está creando cosas para tener algo de lo cual poder escribir. O nos está tratando de decir algo y usando «nuestro perro» como un símbolo.

—¿Y qué es lo que tú crees que nos quiere decir? —preguntó Inés.

Tres pares de ojos se volvieron hacia Victoria. Esto nunca le había pasado. Siempre era papi el que sabía las noticias. Papi era el que sabía cosas. Papi era a quien la familia escuchaba.

—Creo que nos está tratando de decir que el control de la revolución de Fidel en Cuba está creciendo. Que tienen que simular comportarse como los animales entrenados y no desobedecer las nuevas reglas que han implementado.

Mami tosió, probablemente para esconder el miedo de que lo que Victoria decía fuera verdad.

—Pero ¿por qué nadie está peleando contra Fidel? —razonó Nestico.

—Es muy peligroso. Por eso nos hemos ido muchos de nosotros, —les recordó Victoria. Cuando Victoria iba a la bodega para comprar los suministros para cocinar, los encabezados de los periódicos siempre mencionaban la enorme cantidad de cubanos que llegaban a Miami y la situación política en la isla. En las últimas semanas, papi se había enterado de miembros de la familia y de amigos que se habían mudado a Coral Gables, Miami Beach y Kendall. Otros se habían ido a Puerto Rico, pues por lo menos se hablaba el mismo idioma. La familia de Victoria no había visitado a nadie. No había espacio en su apartamento para ser anfitriones y mami se negaba a montarse en la guagua como cualquier guajiro.

—¿Por qué no creamos un ejército? Todos los gusanos aquí en Miami. Demostrarles a ellos lo que tenemos. —Nestico extendió un brazo como si tuviera una espada.

—Ningún hijo ni esposo mío va a pelear en ninguna guerra —insistió mami en su tono nasal de superioridad como si lo que estaba diciendo fuera el punto final. Seguro, esto sería con Nestico pues sólo tenía ocho años. Pero si hubiera una guerra, ¿iría papi? No, Victoria concluyó. Porque no habría nadie que se ocupara de la familia y él tomaba muy en serio esa función.

Victoria suspiró. No tenía que preocuparse de perder a más miembros de su familia.

—No has terminado con la carta —dijo Inés.

Los ojos de Victoria buscaron en el papel para ver dónde había parado de leer.

«Anoche comimos…»

—¿Qué? —Nestico sorbió su estómago para dentro en una delgadez exagerada. Aunque era verdad que todos estaban más delgados que antes—. ¿Fue flan? ¿Queique de tres leches? Estoy seguro de que fue ese postre que Mamalara hace con galletas de María.

—No sé. Las próximas palabras están tachadas. —Victoria les enseñó la próxima línea que estaba marcada con tinta negra gruesa. Ella había oído que esto se solía hacer durante la guerra en caso de que la carta cayera en manos del enemigo. Excepto que ahora ellos eran el enemigo. Lo que Jackie había escrito, el gobierno cubano no quería que aquellos que estaban en Miami se enteraran. Jackie debía de haber adivinado que su carta la iban a leer. Fue por eso que describió con detalles el perro entrenado del circo.

—Déjame ver.

Victoria le entregó la carta a Nestico que la puso debajo de un bombillo, entrecerró los ojos, raspó la tinta, hasta trató de leerla por atrás. Nada.

—¿Qué puede ser peligroso sobre la comida? —preguntó Inés. Ella también trató de leer el borrón en tinta negra sin éxito.

—Quizás no es lo que comieron sino lo que no pueden

comer. —Victoria pensó en voz alta. Ay, cómo extrañaba la fruta fresca de la finca. Los plátanos que conseguían aquí para el desayuno no sabían nada parecido a los plátanos que ella había comido en Cuba. Ni siquiera sabía si Jackie y los demás podían visitar la finca. Uno de los periódicos que había leído cuando aún estaban en ese hotel horrible decía que un puerto cerca de la finca lo habían secuestrado para uso de los militares—. Yo no creo que el gobierno quiera que sepamos lo que está pasando.

Mami apretó la abertura de su bata cerca del corazón.

—¿Cuán mal crees que están las cosas?

Victoria miró la fecha en la parte de arriba de la carta. Cinco semanas. Cinco semanas era mucho tiempo para recibir una carta de una isla que estaba más cerca de ellos que el resto de la Florida. Si ella estuviera a caballo, podría cubrir esa distancia en solo unos días. A Jackie le gustaban los cuentos de espías, pero ella no escribía sus propios cuentos como hacía Phil. El tono de su carta era inusualmente ligero y alegre. Jackie solía preferir el realismo al optimismo.

«Tiene miedo», pensó Victoria. Y si Jackie estaba asustada significaba que había razón para estarlo. La preocupación y el sentimiento de impotencia eran las emociones principales que dominaban a Victoria ahora y aumentaron en su interior.

La carta tembló en las manos de Victoria.

—Honestamente, creo que las cosas están muy mal.

21 DE DICIEMBRE DE 1960

La alegría que circulaba por la escuela en el último día de clases antes de comenzar las vacaciones de Navidad no logró animar a Victoria. Al contrario, fue un recordatorio de que no habría ninguna alegría este año. Debían de haber estado de vuelta en casa empacando las máquinas con lo que se iban a llevar para pasar todas las vacaciones de Navidad en la finca.

En vez de eso, estaban todavía atascados en este país miserable que no era la tierra de los libres. Por mucho que tratara, no podía reemplazar lo que había dejado atrás. Ni a quienes.

Papi ahora decía que estarían aquí por lo menos hasta después de la inauguración de Kennedy. Nada iba a suceder ahora con los días de fiesta y Eisenhower no tenía tiempo para actuar en nada importante en sus últimos días como presidente. Así que tendrían que pasar otro mes aquí. La posibilidad de que quizás pudieran estar de vuelta para los carnavales en febrero no hacía las cosas más fáciles.

Entre la correspondencia demorada y las cartas censu-radas de Jackie (solo habían recibido otra carta más) era imposible saber si su familia no estaba en peligro. ¡Ay, como Victoria detestaba no saber! Trataba de consolarse pensando que si algo había pasado, ella ya lo sabría. La red de chismes de los cubanos en Miami había ganado fuerza en el exilio y siempre se sabía lo que estaba pasando en la vida de los demás. Muchas veces antes de que sucediera. Este pensa-miento le daba muy poco aliento.

Primero, vamos a celebrra la Nochebuena con la familia de manman. Después, la familia de papá vienen de Georgia para el día de Navidda.

Victoria leyó el papel de Phil sin prestarle mucha aten-ción y escribió magnífico de respuesta. Esperaba que el sarcasmo no fuera evidente. Tampoco tenía la energía para corregir la ortografía y la gramática de Phil. Para ella nunca había tenido sentido que la palabra «familia» fuera singular tanto en inglés como en español. No tenías una familia si estabas sola.

Eso suena divertido, escribió a máquina Victoria. Le hubiera gustado añadir «me encantaría compartir con uste-des» como una manera nada sutil de invitarse a las celebra-ciones de su familia. Después de todo, podrían ser parientes lejanos.

Excepto que invitarse a sí misma no era correcto. Y ella no podía abandonar la familia que tenía aquí.

—Solo te quiero informar que yo estoy de mal humor —gruñó Victoria advirtiendo a Katya cuando entró a la cocina de economía doméstica. Puso sus codos en el mostrador y descansó su barbilla en sus manos antes de dejar salir un gran suspiro.

—Quiero volver a casa. Extraño a mi familia. Echo de menos a mi abuela, mi tía, mi prima, mi ahijado y los otros primos también. Extraño mi poni, mi gato y la finca de mi abuelo y toda la comida que puedo comer sin tener que cocinarla. —Victoria apretó sus ojos con fuerza. Si continuaba, estallaría en lágrimas frustradas—. Yo no pertenezco aquí. No quiero pertenecer aquí.

Katya puso su mano sobre el hombro de Victoria por un segundo y la retiró enseguida al escuchar la voz fuerte de superioridad de Rebecca cuando entró a la clase. Ahora definitivamente no era el momento de sollozar. Victoria llenó los pulmones de aire, abrió sus ojos y se enderezó. Pa'lante. Y exhaló. No tenía más remedio que continuar hacia delante. Por lo menos hasta que terminara el día en la escuela.

—Hola, señoritas —dijo la señorita Jiménez en una voz que era muy alegre para Victoria en el día de hoy—. Como es nuestro último día de clases del año, pensé que quizás les gustaría hacer unas galletas festivas.

Chillidos agudos se escucharon a través de la clase. Victoria se encogió por los gritos y se llevó las manos a los oídos. Por lo menos Katya a su lado había permanecido en silencio.

La señorita Jiménez continuó:

—Tengo tres recetas en la pizarra para que escojan la que quieran hacer, pero siéntanse libres de cambiarlas o usar sus propias recetas. Como siempre, van a recibir una nota basada en preparación, en presentación y en sabor. Pueden trabajar en parejas o solas.

Victoria leyó las recetas: galletas de azúcar, de jengibre y algo que se llamaba *snowballs*. No sabía lo que era ninguna de ellas. En Cuba no había galletas de Navidad. Lo que tenían eran tres tipos de turrones importados de España, hechos con claras de huevos, miel y almendras. Pero no lo tendrían este año.

Cuando se viró para sugerir las galletas de jengibre, Katya ya estaba trabajando en su propia receta de galletas que se sabía de memoria. Victoria supuso que no podía culpar a su compañera por querer trabajar en lo que era tradicional para ella. Por lo menos Katya comprendía lo que era estar lejos de casa durante los días de fiesta.

Aun así, tener que hacer galletas navideñas sola no la hizo sentir mejor.

—¿Todavía tienes familia en Rusia? —preguntó Victoria mientras medía los ingredientes secos. No quería dejar salir su amargura con Katya que había sido muy buena con ella.

Ella asintió.

—¿Debes de extrañarlos?

Asintió otra vez.

Victoria mezcló las especias con la harina, observando cómo añadían color y textura a la blancura de la harina.

—No sé cómo lo puedes resistir. Yo extraño a mi familia más que nada.

Katya abrió la boca para responder, pero Rebecca habló primero.

—Los Rojos no saben lo que son los sentimientos. No sé cómo nadie puede extrañar y menos querer a una comunista.

—Con tu permiso —la regañó Victoria—. Yo no estaba hablando contigo.

Rebecca frunció los labios, le lanzó una exagerada mirada de maldad y se volvió a su receta, pero solo porque la señorita Jiménez se acercó para ayudar a otras estudiantes que estaban cerca.

Más bajo de lo que sus normalmente ruidosas cuerdas vocales cubanas sabían llegar, Victoria se disculpó con Katya.

—Siento lo que ella te dijo.

Katya se encogió de hombros como para decirle a Victoria que no era su culpa. Después, cuando Katya se aseguró de que nadie la estaba mirando, entrecerró los ojos y le sacó la lengua a Rebecca. Victoria sonrió.

Victoria añadió la mantequilla suavizada, la melaza, la

leche y el huevo a los ingredientes secos para hacer una bola carmelita y pegajosa que olía deliciosa. Las instrucciones decían que podían añadir cucharadas de la masa en una bandeja de galletas o podían dejar que la masa se pusiera firme en el congelador, luego extenderla con un rodillo y cortarla en diferentes figuras. La masa fue para el congelador. La idea de usar los moldes de cortar galletas por primera vez en su vida la animaron.

O quizás fue el pedacito de masa que se llevó a la boca. Las especias mezcladas con la melaza le hicieron cosquillas en su paladar e hicieron que ese día miserable pareciera como algo que le había pasado a otra persona. Y decían que la ambrosía era la comida de los dioses.

Limpió su lío y lavó su taza de medir y los utensilios antes de volver al lado de Katya.

—¿Necesitas ayuda?

Pero en vez de darle algo para hacer, Katya le ofreció un pedacito de su masa. Victoria cerró los ojos para saborearla. En vez del jengibre y la canela que ella había usado, las especias de Katya eran más complejas con quizás cardamomo y anís, endulzada con miel, por lo que no quedaba un sabor de melaza. Diferente del de ella, pero igual de sabroso.

—Estoy sorprendida de qué tú, de todas las personas, confíes en una rusa.

Los ojos de Victoria se abrieron de golpe.

—¿Qué quieres decir con eso?

Rebecca limpió el azúcar en polvo de su área de trabajo y la hizo una bola que aplastó con el dedo como si fuera un insecto.

—Tú eres cubana, ¿no es así? ¿No tuviste que salir huyendo porque los soviéticos están controlando tu país?

Esa no era exactamente la situación. Fidel tenía una alianza con los soviéticos porque él y el dictador de ellos, Nikita Khruschev, eran comunistas. Pero fue mayormente la llegada al poder de Fidel que hizo que su familia tuviera que irse. Victoria alzó la barbilla como lo hacía mami para dignarse a hablar con Rebecca.

—Te aseguro que Katya no tuvo nada que ver con el hecho de que yo tuviera que irme de Cuba.

—¿Y qué hay de su padre y el resto de sus familiares? —dijo Rebeca con desprecio—. O quizás tú eres una comunista también que está aquí para espiarnos.

La bandeja de las galletas que Victoria estaba engrasando se cayó al piso haciendo un ruido tremendo.

—¡Cómo te atreves!

—Tranquilícense, señoritas. No hay discusión en mi cocina. —La señorita Jiménez advirtió desde el otro lado del cuarto. Había oído solo la exclamación de Victoria. Pero tan pronto como la maestra volvió su atención hacia una muchacha que lloraba porque se le seguían rompiendo las puntas de sus galletas de estrellas, Rebecca continuó como un bicho atravesado.

—Todos ustedes cubanos son iguales. Descansando en la playa en sus hamacas, dejando que Fidel Castro suba al control de su isla pobre y de segunda categoría. —Rebecca terminó en voz baja—. Y ahora están aquí aprovechando todos nuestros recursos, quitándonos los trabajos y esperando que los americanos buenos los ayuden.

—*I beg your pardon!* —Victoria cruzó sus brazos sobre el delantal. ¿De dónde estaba sacando Rebecca toda su información? Victoria no sabía por dónde comenzar su defensa. De reojo vio a Katya sacudiendo su cabeza, pero Victoria la ignoró. Con cada palabra, alzó más su voz—. Cuba no es un país pobre de segunda categoría. Y no somos personas vagas.

—Victoria, eso es suficiente. —La señorita Jiménez le advirtió, pero Victoria no oía a más nadie. Tenía que aclarar cómo eran las cosas. Tenía que defender su hogar de la única manera que sabía: fuerte y con honestidad.

—Fidel, como todos los comunistas, atraía a los trabajadores, prometiendo igualdad y oportunidad y la demolición de la clase media y la más alta. —Victoria sintió los ojos de todo el mundo fijos en ella, pero no le importaba si toda la escuela la oía—. No lo dejamos asumir el poder y definitivamente no queríamos salir huyendo a este lugar des...

La señorita Jiménez se colocó en medio de las dos muchachas y señaló hacia la puerta.

—Victoria, te puedes marchar a la oficina del director ya mismo.

Bien. Todo *peachy*. Trató de quitarse el delantal pero tenía un nudo. Bien, no se lo tenía que quitar. Ella era una señorita bien educada que nunca antes se había envuelto en problemas. No le importaban las galletas de Navidad. No le importaba esta escuela. No le importaba…

—Señorita, no fue su culpa. —El tono bajo y suave de Katya hizo que toda la clase se girara y la mirara. Katya bajó su cara roja de vergüenza y se alejó de las miradas intensas de la clase.

—*Nyet, Russki, nyet.* —Rebecca se volvió con rabia hacia Katya y la señaló con el dedo como si fuera un niñito que se estaba portando mal.

—¡Rebecca! —la regañó la señorita Jiménez. —No puedes faltarle el respeto a tu compañera.

—Katya y yo tenemos el mismo derecho de estar aquí que tú. —Victoria le agarró la mano a su amiga.

En vez de demostrar arrepentimiento, la expresión de Rebecca se volvió inocente.

—Cómo una americana preocupada, yo estoy cumpliendo mi deber patriótico. No me siento segura teniendo una *russki* aquí. De hecho las dos se deberían ir.

—Basta ya, Rebecca. Puedes ir junto con Victoria a ver al director.

Katya apretó la mano de Victoria, dándole alivio y apoyo, lo cual Victoria no había sentido en mucho tiempo. Y Katya la había defendido a costa de que se burlaran de ella. No podía dejar de darle apoyo a su amiga. Con una inhalación profunda y un tono de calma que no sentía, Victoria aplicó una nueva táctica.

—Perdónenme Rebecca y señorita Jiménez. —Si había algo que había aprendido durante todos esos años en un colegio católico era cómo hacer una buena confesión—. He hablado fuera de tono y me he portado de una manera que no es civilizada. No debí desahogar mi mal día con ustedes y el resto de la clase. Por favor, ¿puedo quedarme?

La señorita Jiménez frunció los labios y miró el reloj para calcular el tiempo que la interrupción había durado. Ninguna de las galletas estaba en el horno.

—Gracias, Victoria. Acepto tus disculpas y te puedes quedar. Rebecca, ¿tienes algo que decir o vas a ir a la oficina del director?

Rebecca suspiró. Quería defender su inocencia, pero se resignó.

—Lo siento, señorita Jiménez por interrumpir su clase.

—¿Soy yo la única que merece una disculpa? —La señorita Jiménez alzó las cejas.

Otra vez Rebecca parecía estar a punto de discutir, pero cambió de parecer.

—Lo siento, Victoria. Lo siento, Katya.

—Está bien. —La señorita Jiménez batió sus manos—. Calienten los hornos, muchachas, y espero que todas puedan hornear unas de sus galletas antes de que suene el timbre. Manos a la obra.

Ya no quedó tiempo para usar el rodillo en la masa ni los cortadores de galletas (Victoria tenía los ojos puestos en el reno e iba cortar las astas para que lucieran como caballos). Victoria echó dos cucharadas de la masa en la bandeja engrasada. Mientras se horneaban, envolvió el resto de la masa en papel encerado para llevarla a su casa. Diez minutos más tarde, sacó la bandeja del horno donde sus galletas lucían como medallones perfectamente redondos y olían riquísimas.

Al sonar el timbre, le dio a la señorita Jiménez la galleta más bonita y redonda para que la probara. En papel de toalla, le entregó a Katya la suya. Katya le dio cuatro de sus galletas con especias. De alguna manera, había encontrado el tiempo para hacer una bandeja completa de galletas.

—Es la receta de mi *babushka* —Katya susurró aunque Rebecca se había largado cuando sonó el timbre—. Mi abuela que está todavía en Rusia.

Victoria apretó las galletas aún calientes contra su corazón y le dio a Katya un beso en el cachete como hubiera hecho con Jackie o alguna de sus compañeras en Cuba.

—Ya verás, algún día las dos nos vamos a volver a reunir con nuestras familias.

30 DE DICIEMBRE DE 1960

—Estén ahí a las siete y media —gritó mima en el teléfono público por encima del escándalo alrededor de ellas. Gente discutiendo, gente llorando, gente discutiendo porque estaban llorando. Jackie se recostó contra mima, desesperada por no tener que unirse a la multitud, desesperada por el último momento de consuelo con su madre.

Mima se quitó el auricular del oído y lo volvió a colocar en el teléfono.

—Creo que me escucharon.

Jackie no dijo nada mientras mima la abrazaba más fuerte con su brazo sobre sus hombros. Si la habían oído y la habían comprendido, no hacía ninguna diferencia. En unas horas estaría montada en un avión por primera vez en su vida aunque la familia de Victoria no estuviera al otro lado para recibirla. Nada iba a hacer cambiar la realidad de que Jackie iba a dejar Cuba para siempre y nadie de su familia inmediata iba a ir con ella.

Dos meses atrás cuando había despedido a la familia de Victoria, la promesa de volver aún estaba en las mentes de ellos. Pipo seguía jurando que todo iba a pasar. Quizás porque Jackie era una pesimista o una realista, su corazón le había dicho que esta era la realidad. No iba a haber regreso.

Y si mima no conseguía un pasaporte falso, Jackie no vería más nunca a nadie de su familia.

Los que se iban y aquellos que dejaban atrás también parecían saberlo. Por mucho que discutieran o lloraran, eso no iba a cambiar la situación. La presencia de los militares en el aeropuerto se había intensificado desde la última vez que Jackie había estado ahí. Más soldados armados para asegurarse de que nadie sin permiso pudiera dejar la isla.

El pasaporte y la visa de Jackie, una cortesía de la operación secreta que Alto había mencionado, le rascaban la cadera en el bolsillo interno que Pancha había cosido en sus pantalones cortos. La idea de salir oculta del país debajo de las narices del gobierno como una espía no levantaba el ánimo de Jackie. La vida no era como las películas y las novelas en la radio. Había mucho más en juego.

Anoche, ella y pipo habían estado lanzando una pelota en el patio. La luz que les llegaba de las dos cocinas de las dos únicas residencias que se mantenían habitadas hacía posible ver la pelota que tiraban.

—Yo sé que tu madre me culpa por muchas cosas. Los dos pensamos que estamos en lo correcto con respecto a la política. Créeme cuando yo digo que esto va a pasar. —Pipo pichó una pelota rápida—. Aun así, los dos estamos de acuerdo en que es peligroso que estés aquí mientras tanto.

La pelota golpeó con fuerza el guante de Jackie. Eso era lo más cerca que estaría de decir que la quería. Ella le devolvió el cariño con una bola curva.

—Yo también quiero que tú no corras peligro.

Pipo movió la pelota en el guante como queriendo estudiar su guante en la luz tenue.

—No te preocupes por mí. Yo crecí sin tener dos pesos. Yo sé cómo trabajar y hacer mi trabajo. Yo me llevo bien con la mayoría de las personas y no soy tan estúpido como para discutir de política en público.

Pipo tiró la pelota sin esfuerzo y cayó en el guante de Jackie con facilidad. Ella sabía que él se llevaba bien con la mayoría de las personas. Si no, ¿cómo pudo enamorar a mima cuando venían de clases sociales tan diferentes? Pero ella no podía confiar en que él iba a estar seguro. Que los miembros de su familia que ella dejaba atrás lo iban a estar.

—Si resulta que esto no pasa de largo, ¿tratarías de conseguir un pasaporte falso? —Jackie cambió de mano y lanzó con la zurda. Sabía que mima estaba tratando de conseguir un pasaporte falso, pero después de la desaparición de Coco, el contacto de Alto, parecía que la mayoría no querían involucrarse en esa línea de negocio criminal.

Pipo se rio con amargura.

—¿Tú sabes cuánta plata cuestan esas cosas ahora en el mercado negro? Por lo menos ciento cincuenta por uno bien hecho. Si luce falso, la embajada de los Estados Unidos no te dará la visa. Lo cual es mejor que si los oficiales en el aeropuerto sospechan algo y te mandan con un pasaje de ida solamente directo a la cárcel. Yo no botaría el dinero.

La pelota pasó por encima de la cabeza de Jackie. Si hubiera levantado su brazo la habría alcanzado con facilidad. Ella tenía que mantener la esperanza de que, si mima conseguía un pasaporte falso, sería una réplica perfecta. No se podía preocupar por la alternativa.

También se le había ido la esperanza de que sus padres volvieran a estar juntos. No importaba cuánto dinero tenía su familia ni lo mucho que mima recibió de la herencia de Papalfonso, pipo siempre se preocupaba por el dinero y el gasto de las cosas. Como el gobierno no les daba pasaportes a aquellos que podían trabajar y pipo no pagaría por un pasaporte falso, porque insistía que no lo necesitaba, eso significaba que ella definitivamente no volvería a ver a su padre.

Suspiró. Nunca más volvería a ver a su familia. Este era, de lejos, el peor día de su vida.

Deseaba que pipo estuviera aquí en el aeropuerto. Era más fácil ser valiente con él a su lado. Excepto que no le había sido posible tomarse el día libre ahora que el gobierno había intervenido el negocio. Se despidieron en la casa por la mañana, pero parecía como si hubiera sido hace años y que eso le había sucedido a otra persona. Jackie, la fuerte y valiente del pasado, era otra persona. Ahora era una persona vacía y desinflada que se encontraba en su lugar.

—¿Tienes tu real, verdad? —preguntó mima mientras caminaban de vuelta a las sillas donde Mamalara esperaba con Clark y Pancha. Ya le había hecho esta pregunta tres veces.

Jackie movió los dedos del pie contra el pedazo de metal redondo dentro de su media. Era el lugar más seguro que ella podía pensar para guardarlo. Ya no podían salir con cinco dólares por persona como lo había hecho la familia de Victoria. Ahora solo podían llevar los diez centavos necesarios para hacer una llamada en el teléfono público al llegar. Jackie no lo podía perder. Ella no sabía cuánto había escuchado la familia de Victoria con la llamada de mima. Ella no sabía si tendría que dormir en el aeropuerto de Miami si nadie pasaba a recogerla.

Se unieron a las mujeres mayores y caminaron despacio hacia la pecera, el área con cristales que rodeaba la puerta de embarque. Guardias ya habían aprobado el pasaje y el pasaporte de Jackie, ya habían revisado su maleta para cerciorarse de que solo llevaba dos mudas de ropa y nada más. Cuando la familia de Victoria se fue, habían entrado enseguida a la pecera porque existía la posibilidad de que tío Ernesto no pudiera irse.

Jackie sabía que ella no tendría ningún problema para salir. El destino traía muchos desalientos.

Cerca de la entrada, la familia paró y mima la envolvió en un abrazo completo. Con la misma estatura y el mismo color de pelo rubio oscuro descansaron las cabezas juntas y dejaron que cayeran las lágrimas.

—Has bajado de peso. —Mima estiró los brazos para poder ver mejor a Jackie—. No has estado comiendo lo suficiente.

Jackie sacudió la cabeza.

—He comido lo suficiente. Es todo el tiempo que he pasado en la cancha de *squash*. —Se subió la manga de su blusa para mostrar sus músculos. Pancha había tenido que abrir la bocamanga de las dos blusas que llevaba para que le sirvieran pues sus hombros y brazos estaban más anchos.

—Mi hija, tan fuerte y bonita. —Mima besó a Jackie—. No dejes que mi hermana te diga nada diferente. Tú sabes que ella va a pensar que tus brazos…

—No son los de una señorita —dijo Jackie interrumpiéndola con una sonrisa de amargura—. No te preocupes. Yo sé lo que tengo que mantener en secreto alrededor de la tía.

Dos guardias armados pasaron cerca. Aunque miraban al frente daban la impresión de tener una visión de 360 grados.

Los ojos de Jackie se volvieron hacia Mamalara, que estaba meciendo a Clark contra su pecho tratando de que se durmiera, y bajó la voz.

—Ella es la que no está comiendo lo suficiente. Me ha estado dando la mitad de su porción.

No era solamente la fórmula de leche de los bebés que se hacía difícil conseguir. Las entregas de comida en las bodegas estaban muy limitadas y solo aquellos que estaban dispuestos a pasar horas en fila podían irse con la compra.

—Yo sé, mi'ja, ¿pero qué puedo hacer? Ella es muy testaruda —dijo mima.

—Que sea vieja no quiere decir que no pueda oír. —Mamalara las regañó en voz baja para no despertar a Clark—. Me he pasado toda mi vida alimentando a mi familia y la falta de comida no me va a detener ahora.

—Yo me despertaré temprano para ir a hacer fila para la comida. Nadie se va a morir de hambre, niña —dijo Pancha y Jackie respiró un poco mejor. Las mujeres de la familia siempre se ocupaban de los demás sea que estuvieran relacionadas por sangre o por historia.

Y con el hecho de que ella se iba habría una boca menos que alimentar.

Jackie se secó la cara con su hombro. Dios mío, cómo las iba a extrañar.

Dos monjas vestidas de blanco con crucifijos de oro alrededor del cuello pastoreaban a un grupo de niños que parecían ovejas perdidas. Ellas eran las que iban a acompañar a Jackie.

Pero aún no. Jackie no estaba lista.

Tres guardias más las pasaron. Estos tres daban la impresión de tomarlo con tranquilidad, pero sus cabezas se movían continuamente para observar a la muchedumbre. Sin embargo, sus miradas ni siquiera se fijaron en las monjas. Parecía que los soldados comunistas no se atrevían a sospechar de que una sirvienta de Dios estuviera envuelta en un comportamiento sospechoso.

Jackie puso un brazo alrededor de los hombros de su madre y le murmuró al oído:

—Si tomas prestado un hábito de monja, quizás te podamos sacar de aquí.

La risa de mima resonó en el aeropuerto abarrotado, haciendo que todos los que estaban cerca se viraran y la miraran. Había pasado mucho tiempo desde que alguien se reía en el aeropuerto. Mamalara se inclinó hacia ellas para oír el chiste mientras mecía a Clark.

—Yo creo que hacerme pasar por una monja me daría más tiempo en el infierno que falsificar un pasaporte —dijo mima con sus brazos alrededor de Jackie otra vez. Para los que estaban alrededor parecía que aún seguían llorando con las cabezas juntas—. Pero si la oportunidad se presenta, definitivamente la aprovecharía. Tú sabes cuánto deseo poder irme contigo.

Jackie asintió.

Una de las monjas se apartó de su grupo y se acercó a ellas con aquel andar etéreo que parecían tener todas las monjas.

—¿Jacqueline Romero del Mar? Ya es hora.

Una vez más, mima apretó a Jackie bien fuerte y le cubrió la cara con besos. Luego Mamalara le dio a Clark a su madre para poder abrazar a Jackie también.

—¿Tienes tu almuerzo? —bromeó Mamalara. Al igual que mima con el real, ella había preguntado lo mismo varias veces.

—Sí.

Arroz con huevo frito… era el último huevo de la compra de la semana pasada. Garbanzos, lascas de mango seco y galletas de María que habían descubierto al buscar en los lugares secretos de la cocina. Gracias a lo bien que la familia había almacenado comida en los gabinetes no tenían que depender solamente de lo que tenían las bodegas.

Jackie entonces abrazó a Pancha. La costurera anciana no ocultó las lágrimas.

—Yo me voy a cerciorar de que tu pipo también tenga comida. No te preocupes.

—¿Y el gato? —Jackie inhaló para parar las lágrimas—. Yo le prometí a Victoria.

—¡Qué va! Ese gato va a sobrevivir mejor que nosotros.

—Pero Jackie sabía que Pancha había adoptado en su corazón al gato al igual que el resto de la familia.

Jackie besó al bebé, su hermanito, quien se movió pero no se despertó. Ella se iba a perder sus primeras palabras, sus primeros pasos, quizás toda su vida. ¿La recordaría? ¿Estaría este programa aún andando cuando él tuviera suficiente edad para que lo mandaran a Rusia? Ella siempre había dicho que sería la que le enseñaría como pichar una pelota.

—Jacqueline, apúrate —dijo la monja.

Jackie se tragó sus sentimientos, levantó su pequeña maleta con las dos mudas de ropa y se despidió de su familia.

—Nos veremos pronto, mi amor —dijo mima—. Ya verás.

Una monja puso un cordel con una etiqueta de cartón para equipajes alrededor de su cuello con su nombre, fecha de nacimiento y el nombre de la madre de Victoria como el contacto para recogerla. A su lado niños más pequeños que ella estaban jirimiqueando. En cuanto ella y los otros cinco niños entraron a la pecera, Jackie se encogió como si fuera una pelota. Un sonido de dolor como el de una ballena que la habían arponeado salió de su interior.

No le importaba quién la oyera. Jackie, la fuerte que casi nunca lloraba, no le importaba un comino. Probablemente nunca volvería a ver a estos extraños, a estos cubanos. Nunca más vería a…

Levantó la cabeza para buscar más allá de la multitud atrapada en las paredes de cristal a la gente que esperaba del otro lado de la barrera. No podía saber si mima y Mamalara aún se encontraban ahí. Otros dos niños le apretaron las manos. No se podía mover más cerca al cristal para buscarlas. Quizás era lo mejor. No quería saber si su familia ya se había ido. No quería saber si todavía estaban ahí. Hubiera sido aun más difícil dejarlas. ¿Cómo podía ser posible que dejar a su familia y a su isla fuera lo mejor para ella?

Bajó su cabeza sollozando más fuerte. Admiraba a mima por ser optimista y por confiar que conseguiría el pasaporte falso para poder salir. Pero eso no cambiaba la realidad. Jackie no volvería. Probablemente no vería más nunca a su familia.

«Maldito sea Fidel Castro por desgraciarles la vida a todos», pensó Jackie.

30 DE DICIEMBRE DE 1960

Victoria alternó de un pie al otro en la sección de llegada del aeropuerto internacional de Miami. El reloj en la pared marcaba las ocho y media de la noche.

Al lado de ella, papi hizo un sonido que era mitad suspiro, mitad bostezo.

—Vámonos. No van a venir. Debes de haber oído mal.

Volvió a reproducir la llamada que había recibido esa tarde de tía Larita. «¡Recojan… aeropuerto… siete y media… siete!». El resto fue ahogado por el ruido de la multitud y la estática.

¿Habría querido decir las siete y media de la mañana? Quizás fueran solo las ilusiones de Victoria y su tía había querido decir otra cosa. Quizás había querido decir que había comenzado a trabajar en el aeropuerto y tenía que montarse en la guagua a las siete y media. Pero eso no era tan importante como para que ella les hiciera una llamada internacional.

—Por favor, no hemos visto salir a nadie que luzca que

son del vuelo de La Habana. Quizás están cortos de empleados en la sección de pasaportes.

Papi volvió a bostezar y recogió un periódico que
alguien había dejado en una silla. Inés y Nestico habían
querido venir al aeropuerto también, pero papi se rehusó.
Él no quería ser responsable de tres niños, y mami jamás se
montaría en una guagua.

Tres hombres con guayaberas salieron de la terminal.
Luego una familia vestida para viajar con dos niñas en crinolinas. ¡Estas personas parecían cubanos! Dos parejas de
personas mayores hablando en español confirmaron sus
sospechas.

Victoria se paró de puntillas buscando a su familia
entre la multitud. Por la mala conexión telefónica no sabía
a quién esperar. ¿Habían podido al fin convencer a tío
Rodrigo? ¿Había también venido Pancha, la única criada
que quedaba en la casa? Se moría de ganas de ver cuán
grande estaba su ahijado, Clark.

De pronto aparecieron dos monjas de blanco con un
tren de niños asustados. Cada niño tenía una etiqueta de
maletas alrededor de su cuello. Victoria casi los ignoró
pero una cabeza con pelo rubio oscuro encima de hombros
anchos y una blusa marinera con pantalones cortos a juego
le llamó la atención.

—¡Jackie! —Victoria se abrió paso entre la multitud
para recibir a su prima hermana en la barrera. Las lágrimas

corrían por su cara mientras abrazaba a Jackie. Estaba aquí. Pero, ¿por qué era ella la única que estaba aquí?

—¿Tía Larita te mandó sola?

La cara de Jackie se frunció mientras sacudía la cabeza con fuerza. Victoria conocía esa expresión. Significaba que Jackie no quería hablar de eso, pero con tiempo se lo contaría. Al mirarla más de cerca, notó que Jackie tenía los ojos enrojecidos como si se hubiera pasado el vuelo llorando en su asiento.

El corazón de Victoria casi se paró. No podía esperar hasta más tarde.

—¿Pasó algo? ¿Están todos bien?

—Estamos bien. —Jackie lo dijo con un tono de voz que significaba que ninguno estaba bien pero por lo menos todos estaban vivos.

Victoria volvió a poner sus brazos alrededor de su prima hermana. No, las cosas no estaban «bien» si tía Larita había mandado a Jackie sola para que estuviera con ellos.

—Por lo menos nos tienes a nosotros. No te preocupes, te vamos a cuidar.

Se volvieron hacia papi que estaba hablando con una de las monjas que había traído a Jackie. Su cabeza se movía con exasperación y disgusto.

—Por amor de Dios, ni me lo diga.

—Usted no entiende la situación, mi'jo —dijo la monja con el tono condescendiente que Victoria conocía muy bien por los años que pasó en un colegio católico—. Estos pobres niños son los afortunados. El trabajo de Dios no ha terminado. Buenas noches.

La monja asintió a un matrimonio que les daba la bienvenida a sus dos nietos con abrazos y besos. Victoria volvió a abrazar a Jackie. En vez de aceptar el abrazo, Jackie se tensó.

Papi levantó el sombrero y pasó los dedos por su pelo. Sin cruzar mirada con ninguna de las niñas gruñó:

—¿Tienes todo?

Jackie levantó su pequeña maleta y la sacudió.

—Nada.

Ni papi ni Jackie dijeron nada durante el viaje en la guagua de regreso al apartamento. Las preguntas de Victoria no fueron contestadas. Cuando ella señalaba la extravagante decoración navideña que pasaban, Jackie ni siquiera miraba por la ventanilla. Victoria se rindió y apretó las manos en su regazo. Jackie había rehusado su último abrazo. Era como si su prima hermana, su mejor amiga, hubiera sido reemplazada por una persona vacía. Por lo menos cuando Katya no hablaba daba alguna señal visual de que estaba escuchando o la alentaba para que continuara hablando.

Mami debía de haberlos oído subir las escaleras porque abrió súbitamente la puerta antes de que llegaran.

—Mamá... —mami paró en seco cuando la tenue luz alumbró sus caras— ¿Eres solo tú?

Victoria abrazó el brazo de Jackie. No iba a dejar que su

prima la eludiera esta vez. No mientras mami estaba siendo tan maleducada.

—¿No es fantástico volver a verla?

—¡Jackie! —Inés y Nestico irrumpieron del apartamento hablando a la vez: la escuela, tienes que conocer... Cada uno le agarró una mano y la llevaron adentro.

Cuando Victoria pasó por al lado de mami le susurró:

—A mí no me importa que tú pienses que no se comporta como una señorita. Ella ha pasado por mucho.

Mami respondió con su mirada altanera pero no dijo nada. Papi gruñó otra vez.

—¿Tienes hambre? —Victoria abrió los gabinetes en la cocina. Qué pregunta estúpida. Jackie siempre tenía hambre. Y mirándola notó que había bajado de peso. ¿No había estado Mamalara dándole de comer? Nadie había pasado hambre en su casa antes. No era que Victoria pudiera decir lo mismo. Los gabinetes aquí estaban prácticamente vacíos. Entre la llamada de su tía y la llegada de Jackie, Victoria no había tenido tiempo de ir de compras.

—Está la última lasca de pan. La puedo tostar en el horno. Nestico dice que sabe a gloria untada de manteca.

—*Yummy in the tummy!* —dijo Nestico en inglés con un baile de caderas.

Jackie sacudió la cabeza. Sus hombros se encogieron como si cargara algo demasiado pesado.

—Por favor, yo solo quiero que este día termine.

· · ·

La litera de arriba crujió cuándo Victoria se deslizó hacia la escalera. Al lado de ella Jackie respiraba profundamente. Qué bien. Obviamente debía de estar agotada. La pobrecita.

Sin querer ponerse los espejuelos, Victoria se dirigió al baño casi a ciegas. Deslizó la puerta para abrirla y de inmediato vio la luz de una lámpara que salía por debajo de la puerta del cuarto de sus padres junto con murmullos.

—Tu hermana tiene tremenda osadía de mandarla sin preguntarnos —susurró papi con ira. Victoria cerró la puerta detrás de ella.

—Tú mismo dijiste que están mandando los niños a Rusia para hacerlos buenos comunistas. ¿Qué iba a hacer Larita? ¿Iba a esperar hasta tener tu aprobación para poder salvar a su hija? —El tono de queja de mami se había transmutado a un susurro ahogado. Victoria nunca había escuchado a sus padres discutir en voz tan baja. En general no les importaba quién los oía ni si herían los sentimientos de nadie.

—La hermana de Rodrigo llegó la semana pasada con su esposo. ¿Por qué Jackie no puede ir a vivir con ellos?

Victoria se olvidó de lo que iba a hacer en el baño y se sentó sobre la tapa del inodoro agarrada de sus rodillas. No, papi no podía mandar a Jackie a otro lugar. No cuando acababa de llegar. Tener a Jackie de vuelta en su vida era lo mejor que le había pasado desde que llegaron a Miami.

¡Y la pobre Jackie! Mientras se estaba quedando dormida, le había hecho un resumen medio coherente de todo lo que había pasado. «Las bodegas siempre se quedan sin mercancía. Hombres armados entraron en mi colegio y no me dejaron ir a orinar. Mis padres se han separado. Gnomo lo ha visto todo. Dije que no me quería ir». El próximo sonido había sido un bostezo que se convirtió en un profundo ronquido.

Todo el resentimiento hacia su prima por no haber estado contenta de verla desapareció. Ahora en el baño oyendo a sus padres discutir, Victoria no podía hacer lo que tenía que hacer hasta que no supiera que Jackie se iba a quedar.

—Jackie ha vivido en la casa de arriba de nosotros toda su vida. —La voz de mami empezó a subir de tono hasta que se acordó de que las otras personas en el edificio de apartamentos estaban durmiendo—. Ella casi no conoce a la familia de Rodrigo.

—Yo malamente puedo mantener a mi propia familia.

Aunque las palabras de papi no eran un secreto, lo que dijo hizo que Victoria sintiera pena. Al final de la semana los gabinetes de la cocina estaban vacíos excepto por un pomo de aceite o un cartón de sal. Victoria había tenido que dejar de llevarse un bocadito para la escuela dos veces porque se habían quedado sin pan y estaba avergonzada de tener que pedirle más dinero a papi.

—Tú estás trabajando horas extras —lo acusó mami.

Ahora fue la voz de papi que estaba a punto de despertar a todos en el edificio.

—Ese dinero no es para dar de comer a otra boca.

—¿Entonces para qué es?

—Yo estoy bajo mucha presión y estrés en este momento. Lo mejor para todos es que Jackie se quede con sus otros familiares.

Victoria recostó la cabeza contra la pared, esperando que mami respondiera que papi había evadido la pregunta.

Mami escogió otro camino.

—Mi familia ha sido más que generosa contigo. Papá te consiguió tu primer trabajo. Te mudaste a la casa de mis padres. Y hasta el último día, mamá costeaba todos los gastos de comida. Casa y comida de gratis.

—Eso fue antes. Las cosas son diferentes aquí.

—Por eso. Ahora que las cosas han cambiado completamente, ¿qué clase de hombre eres para negarle a una niña estar con la familia que te dio todo?

Victoria aplaudió en silencio la defensa de mami. Ella no sabía que la familia significaba más para mami que el comportamiento social. Victoria no podía estar más orgullosa.

—'Tá bien —gruñó papi y un segundo después se apagó la lámpara. Fin de la discusión. Jackie se quedaba.

Victoria enderezó su espalda e hizo lo que tenía que

hacer en el baño. En qué mundo de locura vivían. En Cuba su familia tenía mucho dinero, pero ahora Jackie, aunque media dormida, había dicho que las bodegas continuamente se quedaban sin mercancía. Mientras tanto, aquí las bodegas estaban repletas de mercancía que ellos no podían pagar.

Haló la cadena del inodoro, se lavó las manos y, a oscuras, buscó la escalera de la litera. Se las tendría que ingeniar de nuevo. Había encontrado la forma de darle de comer a su familia. Tendría que encontrar la forma de darle de comer a otra boca más. Ahora que la tenía a Jackie aquí, no iba a dejar a su prima otra vez. No hasta que todos volvieran a estar reunidos en su casa.

31 DE DICIEMBRE DE 1960

Se habían despertado con una sorpresa. Tío Ernesto se había pasado toda la mañana en el teléfono haciendo arreglos.

—He conseguido una máquina prestada. Esta noche vamos a celebrar el fin de año en Kendall. Toda la familia va a estar ahí.

Jackie no había dicho nada en ese momento mientras sus primos chillaban de emoción y hablaban de lo que iban a comer y a quién iban a ver. Hasta la tía Isabel, que Jackie pensó iba a comprender cómo ella se sentía, empezó a preocuparse de que no tenía nada que ponerse y de lo que los otros miembros de la familia iban a pensar de su estado desaliñado pues no había podido ir a la peluquería en meses.

Cuando Victoria le preguntó qué le pasaba, una vez que el alboroto se calmó, Jackie le recordó que ella había llegado la noche anterior y estaba cansada.

Ahora, ya entrada en la celebración que duraría toda la noche (con fuegos artificiales y comiendo las doce uvas a la medianoche), el agotamiento pesaba aún más sobre Jackie. Ella estaba cansada de aparentar que estaba contenta de estar ahí. Cansada de que le recordaran que no estaba en su casa.

—Jackie, mira qué grande estás. Eres igualita a tu madre. ¿Dónde está Larita? —dijo una de las primas de Papalfonso con su cara muy maquillada a unas pulgadas de la de Jackie.

Jackie liberó sus cachetes de los dedos que la pellizcaban. ¿Cuál era el problema con los familiares viejos y su necesidad de tocarle la cara? Ella no era un bebé y sabía que a Clark no le gustaba tampoco que le pellizcaran los cachetes.

Su hermana, Jackie nunca podía recordar los nombres de sus familiares viejos, puso una mano sobre su corazón y dijo:

—Mi'ja, ¿no oíste? Larita todavía está en Cuba. No puede conseguir el pasaporte y Rodrigo se niega a marcharse.

—¡Ay, niña, la pobrecita!

Y otra vez le tocaron la cara a Jackie. Ella forzó una sonrisa y se alejó. Las hermanas ni se dieron cuenta. Continuaron chismeando sobre Jackie y mima como si una de ellas no estuviera presente.

El año pasado en la finca, el fin de año se lo habían pasado jugando con la enormidad de juguetes que habían recibido en la Navidad, y evadiendo a cualquier familiar con dedos que pellizcaban.

Cualquier otro año le hubiera encantado unirse al grupo que jugaba bádminton con las raquetas y volantes que uno de los primos había recibido en la Navidad. Pero ahora sentía que era demasiado grande para jugar con los niños. Específicamente cuando cada familiar fulano-de-tal le seguía recordando por qué no podía sentirse emocionada con el nuevo año.

Los primos que daban la fiesta eran parientes de algún antepasado que ella nunca había conocido, y ellos habían invitado a todos los cubanos en Miami que podrían estar relacionados con ellos. El resultado fue sesenta o setenta personas que lucían familiares pero no sabía quiénes eran. Jackie reconoció a la hermana de pipo y su marido, que solo había conocido una o dos veces porque no se llevaba con su padre.

Se viró en otra dirección para no tener que escuchar la disculpa y pena de su tía paterna después de pasarse años hablando mal de pipo y en su lugar se encontró cara a cara con los padres de Alto. Se debía haber unido al grupo que jugaba bádminton.

—¿Has visto a Alto? —preguntó Sonia, la madre de Alto, con voz desesperada mientras agarraba con fuerza el brazo de Jackie. Al lado de ella, Berti, el padre de Alto, se inclinó para escuchar la respuesta.

Jackie asintió. Ella podía hablar con estos dos familiares. Ellos entendían. Ellos sabían lo que era irse y dejar atrás a la familia inmediata.

—Sí, hace dos días. Él hizo los arreglos para que yo pudiera venir aquí. Me trajo mi pasaporte y el pasaje.

—Gracias a Dios. Le suplicamos que viniera con nosotros, pero dijo que se tenía que quedar para defender su país, ay, Dios santo. —Sonia hizo la señal de la cruz, pero la tensión que tenía en sus hombros se relajó un poco.

Berti apretó la mano de su esposa.

—Él es un adulto. No lo podemos obligar.

Como mima la había obligado a ella. Jackie entendía su dolor.

—Y ahora, si quisiera irse, no puede conseguir un pasaporte.

—¡Ya tiene uno! —Otra vez Sonia bajó el tono de su voz y miró alrededor para cerciorarse de que nadie la podía oír—. Él tiene un amigo, quién sabe dónde conoce a esta gente, que falsifica los pasaportes y consiguió uno para él, por si acaso. Yo me pregunto qué tiene que suceder para que lo use.

Una pelota surgió en la garganta de Jackie. Así que Alto consiguió un pasaporte para él mismo. Pero no pensó en conseguir uno para mima. Desde la reunión de la familia en la finca que Jackie y Victoria habían escuchado detrás de la puerta, mima venía diciendo que quería irse. ¿Por qué no le había conseguido uno a ella «por si acaso» también?

Era muy tarde ahora que su amigo que falsificaba pasaportes había desaparecido. Y Jackie pensaba que Alto haría cualquier cosa por mima. Antes de Fidel y la revolución, él estaba siempre en la casa de ellos.

—Con permiso. —Jackie forzó la sonrisa que estaría permanentemente en su cara si no tenía cuidado. Se abrió paso entre los invitados vestidos de punta en blanco. Para unos, eso significaba una camisa planchada y zapatos brillosos. Para otros, era como si nunca hubieran salido de Cuba con sus joyas y su ropa elegante. O habían tenido la suerte de conseguir trabajos que pagaban muy bien o habían podido sacar escondida parte de sus riquezas.

Pasando la terraza había un césped que conducía a un pequeño lago o a un canal. Jackie se sentó en el borde arrancando la hierba debajo de su mano. No era justo. Mima debía de estar ahí. Con ella.

Detrás de ella se oía la música que había comenzado: trompeta, guitarra, maracas, tambores y güiro. Alguien comenzó a cantar «Miñoso al bate» y todos se unieron como solo los cubanos podían hacerlo. En cualquier momento comenzarían a encender los fuegos artificiales.

Victoria fue donde ella y se sentó a su lado en la orilla.

—Te traje pedazos de turrón y membrillo. No me acordaba cuál era el turrón que a ti te gustaba así que te traje de los tres. También un poco de Gouda y de guayaba. Nunca he estado tan llena en mi vida, pero no puedo dejar de comer.

Distraída, Jackie tomó un pedazo del turrón de Jijona, hecho con almendras molidas, y un pedazo de membrillo. La combinación de los dos siempre había sido su dulce favorito. Ahora apenas los probó.

—No es lo mismo sin tus padres y sin Mamalara. —Victoria trató otra vez—. Yo también los extraño.

La mano de Jackie agarró algo más del plato. No le importaba lo que fuera.

—Excepto que tú tienes a tus padres aquí.

—Yo sé. Lo siento.

Jackie cerró sus ojos con fuerza. No debía desquitarse con Victoria que la había buscado y le trajo comida para que se sintiera mejor. Jackie sabía que Mamalara había sido la que crió a Victoria y no era ningún secreto que mima quería a Victoria de una manera que la tía Isabel, la madre de Victoria, nunca la había podido querer. Jackie nunca había visto a los padres de Victoria abrazarla.

Con un suspiro, Jackie reveló lo que pesaba en su mente.

—Yo quiero tener a mima conmigo y no me importa quién lo sepa ¿Tú crees que tu padre la pueda sacar de Cuba? ¿No iba él a salir a través de Costa Rica si no dejaban salir a los ingenieros?

—Podemos preguntarle, pero no creo que funcione. —Victoria sacudió la cabeza—. Costa Rica era una opción para él porque su padre había nacido ahí durante la Guerra de los Diez Años.

Jackie gruñó. Claro, eso hubiera sido muy fácil.

—En ese caso, tenemos que conseguirle a mima un pasaporte falso para que ella y el resto de la familia puedan salir de Cuba. Pipo jamás se va a ir.

Jackie esperaba que Victoria discutiera con ella, que le dijera que era imposible, muy peligroso, que eran señoritas bien educadas en un país extranjero. Pero Victoria asintió.

—De acuerdo. Quién sabe cuánto tiempo vamos a estar aquí, pero no podemos quedarnos con las manos cruzadas mientras tanto. ¿Cuál es tu plan?

Esta vez Jackie comió un pedazo de guayaba con queso, sintiendo en su lengua la textura suave y a la vez rasposa de la guayaba.

—No sé. El contacto de Alto en la isla desapareció. Ya sabes lo que eso significa. Pues tenemos que conseguir un pasaporte aquí en el mercado negro y de alguna manera hacérselo llegar a mima. Quizás las monjas que me traje-ron aquí podrían esconderlo en su hábito. Dijeron que iban a volver para sacar más niños del país. Pensaremos en eso más tarde. Según pipo, necesitamos unos ciento cincuenta dólares para conseguir un pasaporte falso.

Victoria suspiró al agarrar algo de comer del plato.

—No se lo podemos pedir a papi. Él ya se queja de que el dinero no le alcanza para lo necesario.

Jackie oyó el resentimiento, pero no dijo nada. En casa, el padre de Victoria les compraba a sus hijos todo lo que querían. Mientras tanto, pipo le daba a Jackie dinero para que aprendiera el valor de un peso. Aquí una persona tendría que estar inconsciente para no darse cuenta de lo pequeño que era el apartamento. Cuando se había despertado para comer algo a medianoche, solo había encontrado una jarra de agua en la nevera. Y Jackie había pensado que vivían por todo lo alto en Miami.

Victoria continuó.

—Yo no creo que pueda ahorrar más de uno o dos centavos del dinero que papi me da para la compra de comida cada semana.

Para la comida de esta noche, los familiares habían juntado varias mesas y tenían varias fuentes de frijoles negros y arroz blanco, bandejas de carne de puerco y de pollo, tostones y plátanos maduros, tamales envueltos en hojas de maíz, piña cortada y mangos. Jackie había visto a Victoria llenar su plato, sirviéndose de todo tres veces. Un banquete como nadie había tenido en meses. Aun cuando no hubiera nada que sobrara, Victoria le recordó que los cubanos eran los mejores en darles de comer a los otros. Jackie pudo escuchar la disculpa en la voz de Victoria. En un día regular ellas no iban a comer como reinas.

Jackie masticó el turrón duro, turrón de Alicante. El tener que masticar las almendras enteras la ayudó a pensar.

—En mi colegio anterior, yo conocía a dos niños con becas. Como ellos vivían en el campo y no les daba tiempo para almorzar en la casa, el colegio pagaba para que recibieran un bocadito de la bodega todos los días. Me dijeron que las escuelas estadounidenses les daban a los niños pobres almuerzos gratis. Quizás las escuelas aquí hacen lo mismo.

La luz de la luna alumbró la cara esperanzada de Victoria.

—Si nosotras podemos conseguir almuerzos gratis, también podrán Inés y Nestico. —Ella se detuvo para pensar—. Eso sería alrededor de un dólar con cuarenta y dos centavos a la semana. Le voy a preguntar a Marge cuando regresemos en enero. Ay, si no tengo que volver a comer un bocadito de mermelada de uva en mi vida, me moriría contenta.

Jackie no era tan buena haciendo cálculos mentales como lo era Victoria. Pero podía hacer cálculos sencillos. Aun si podían ahorrar un dólar con cincuenta centavos semanales, les llevaría dos años poder ahorrar el dinero para el pasaporte falso de mima. En ese tiempo, el gobierno cubano podría poner todo tipo de restricciones para los residentes. Podrían dejar de existir los vuelos, por ejemplo. No, eso no lo iba a resolver.

El momento de actuar era ahora.

—Uno cuarentidós a la semana no es suficiente —dijo Jackie—. Necesito conseguir un trabajo.

Victoria estuvo de acuerdo de inmediato.

—*Las dos* necesitamos conseguir un trabajo.

2 DE ENERO DE 1961

Temprano por la mañana, Victoria y Jackie esperaban para cruzar la calle para ir a la pequeña bodega que estaba en la esquina diagonal al edificio de apartamentos.

—¿Necesitábamos levantarnos tan temprano? —preguntó Jackie bostezando mientras se recostaba contra Victoria como si se fuera a quedar dormida parada.

Nadie de la familia se había recuperado de haber estado despiertos casi toda la noche de fin de año. Pero Victoria no veía otra alternativa.

—Si venimos más tarde y el dueño ya no está, tendremos que esperar otro día más.

—Sí, ya sé. Pero la cama estaba muy cómoda —dijo Jackie suspirando antes de comenzar a saltar con los brazos dando palmadas sobre su cabeza. Si alguna persona la viera, parecería que una abeja enorme e invisible la estaba atacando. Cuando paró, sus cachetes estaban sonrosados y sus ojos habían perdido esa mirada media dormida.

Al fin pudieron cruzar la calle y la atención de Victoria se enfocó en el papel con el anuncio que habían creado:

Dos chicas cubanas
¿Necesita ayuda? ¡Llame a Victoria y a Jackie para todo lo que necesite!
- Cuidado de niños
- Cuidado de animales
- Tutoría: ortografía, gramática, lectura, matemáticas
- Deportes: compañera para jugar tenis, pelota, ráquetbol, voleibol
- Clases de natación
- Ejercitación de caballos

Listas, amables y responsables. Llame en las tardes, de noche y fines de semana al FR 4-6802

Victoria gruñó.

—Debí haber escrito «ejercitación de equinos». Así hubieran sabido que yo sé de caballos.

Jackie la rodeó con un brazo.

—Está perfecto. Confía en mí.

Habían dormido hasta tarde el primer día del año y se pasaron la tarde escribiendo el anuncio con su mejor letra. Inés ofreció decorar el margen con flores y enredaderas. Les habían dado el anuncio a todos los inquilinos del edificio. (Nestico quería hacerlo, pero también quería una peseta por su esfuerzo. Lo hicieron ellas mismas). La señora Greenwald de al lado dijo que les pagaría «*one whole dollar*» por cuidar a su gato por cuatro días. Solo les faltaban $149.

A mami, por supuesto, no le gustaba la idea de que se ofrecieran a trabajar como si fueran sirvientas de una clase social baja, mientras que papi pensaba que era una idea excelente pues aprenderían responsabilidad y podrían contribuir a la familia.

—Las mujeres de nuestra clase social no trabajan —arguyó mami.

—Mima trabajaría —respondió Jackie de inmediato. Mami puso una cara de disgusto que demostraba lo que sentía hacia su rebelde hermana mayor.

Victoria respondió enseguida antes de que mami continuara con su soberbia:

—Cuando regresemos a Cuba, las cosas volverán a ser como eran antes, pero para poder integrarnos aquí nos tenemos que volver mujeres modernas que no dependen de los hombres para que las mantengan.

Mami suspiró, papi hizo una mueca y Victoria y Jackie continuaron preparando los anuncios.

A la entrada de la bodega había cestas y canastas repletas de frutas y vegetales frescos, algunos con nombres extraños como *rutabaga* y *artichoke*.

—Mira. —Jackie señaló hacia la puerta donde al lado de los letreros anunciando las ventas de ORANGES, 60¢ A

DOZEN! Y POTATOS, 35¢ FOR 5LBS! había una nota que decía: SE BUSCA AYUDA. PREGUNTE ADENTRO.

—*It's a sign!* —dijo Jackie y se rio. En inglés, «letrero» y «señal» se decían con la misma palabra.

Victoria sostuvo los anuncios con firmeza para evitar que se doblaran.

—El dueño no va a contratar a dos niñas para que trabajen para él. Tú recién cumples trece en unas semanas.

Adentro había tres pasillos de comida con neveras y congeladores contra una pared. Dos cajas registradoras metálicas con teclas que sobresalían como en las máquinas de escribir brillaban a la entrada. La oficina se encontraba justo al lado.

El olor del pan fresco acabado de hornear les dio la bienvenida cuando los cascabeles anunciaron que acababan de entrar. Victoria cerró los ojos por un segundo y respiró el aroma. Hacer las compras al salir de la escuela significaba que el olor del pan fresco ya se había ido. Ella ni sabía que la bodega vendía pan de una panadería. La última vez que había comido pan fresco fue cuando papi había comprado los bocaditos para ellos del quiosco judío cuando estaban buscando un apartamento. Las lascas del pan Wonder Bread que ella compraba para los almuerzos no sabían ni olían a nada. Quizás para el cumpleaños de Jackie, ella gastaría un poco más y compraría para la familia la delicia de un pan recién horneado.

Una mujer con pelo negro tizado tanto que desafiaba la

gravedad estaba recostada contra el mostrador con la caja registradora leyendo una revista. El muchacho que colocaba la mercancía puso el pie encima de una caja mientras amarraba lentamente los cordones de sus zapatos. El único cliente que había era un hombre mayor que andaba con calma por los pasillos, deteniéndose de vez en cuando para leer las etiquetas de la comida, pero no lucía interesado en comprar nada a las siete de la mañana. Solo el hombre gordo con hilos de pelo castaño detrás del escritorio cubierto de papeles parecía estar trabajando.

—Con permiso, ¿es usted el dueño? —preguntó Jackie—. ¿El Pulaski del Pulaski's Market?

Victoria se puso inquieta. Se había olvidado de lo directa que era Jackie.

El hombre en la oficina se levantó de su escritorio.

—¿Sí?

—¿Sería usted tan amable —dijo Victoria con extra cortesía para compensar la forma tan directa de Jackie— en dejarnos poner un anuncio en su ventana?

El señor Pulaski miró el papel y movió su mano en aprobación. En un segundo, la cajera, que obviamente consideró que ellas eran más interesantes que su revista sensacionalista, les extendió un pedazo de adhesivo colgado de una uña larga. Victoria le dio las gracias y fue a colgar el anuncio.

—Si ya tienen catorce años, me vendría bien su ayuda aquí —dijo el señor Pulaski.

—¡Claro que tenemos catorce años! —mintió Jackie—. Yo estoy emparentada con Superman y puedo colocar la mercancía en los anaqueles. —Y sin esperar autorización, Jackie levantó sin esfuerzo una caja de veinticuatro latas de cóctel de frutas que el muchacho que llenaba los anaqueles había dejado en el piso al lado de la puerta del almacén. Cargó la caja hasta el anaquel de las frutas enlatadas y comenzó a colocar las latas con la etiqueta al frente. Excepto una lata que puso en las manos del único cliente diciéndole—: ¿Ha probado estos? Son mis favoritos.

—Miren cómo toma la iniciativa —dijo la cajera. Su nombre, Gladys, estaba cosido al delantal—. Yo he oído que los cubanos son muy trabajadores.

—Ha escuchado correctamente —contestó Jackie antes de buscar otra caja para colocar en los anaqueles.

El señor Pulaski le sonrió a Jackie.

—Gracias, chica, pero todos mis empleados deben pasar dos semanas a prueba.

Victoria respiró con fuerza anticipando qué tendrían que hacer para pasar el período de prueba. Gladys llamó su atención con una mirada y sacudió la cabeza como diciendo que la prueba no era gran cosa.

Pero Victoria aún estaba preocupada. ¿Cómo podía probar que podía trabajar en la bodega como alguien de catorce años?

—Desgraciadamente yo no soy tan fuerte como Jackie, pero puedo llenar los anaqueles. O si quiere, le puedo ayudar a organizar su oficina. Soy buena con los números y estoy aprendiendo a mecanografiar.

El señor Pulaski asintió mientras consideraba esa posibilidad.

—Te he visto venir aquí a hacer la compra de la familia con tus hermanos, siempre sumando el costo de la mercancía antes de llegar a la caja registradora.

Victoria se sonrojó. Le daba tanta pena tener el dinero tan limitado que sería aun peor tener que poner algunas cosas de vuelta en los anaqueles porque papi no le había dado suficiente.

—Soy buena con los números —repitió.

—De acuerdo. Pero hoy, si puedes mecanografiar una nueva página de inventario, sería magnífico.

—Claro que sí. —Victoria caminó un paso hacia la oficina y se detuvo—. Con permiso, ¿podría arreglar el letrero en la puerta primero? El plural de «*potatoes*» se escribe con *e* y *s*.

Gladys se rio y le entregó a Victoria un marcador.

—Me gustan estas dos. No solamente son listas sino que no tienen miedo de señalar tus errores, Peter.

La boca del señor Pulaski se torció pero no lucía enfadado.

Con el plural de papas corregido, Victoria otra vez titubeó antes de entrar a la oficina.

—¿Y podría preguntarle cuánto nos va a pagar?

—Una miseria —gruñó Gladys.

El señor Pulaski abrió su boca para responder pero en ese momento los cascabeles de la puerta de entrada sonaron y entró una familia. Se viró hacia Victoria y habló en voz baja.

—Les puedo pagar a cada una ochenta centavos la hora si pueden trabajar cinco o seis horas a la semana. También pueden recibir diez por ciento de rebaja en cualquier cosa que compren.

De inmediato la mente de Victoria comenzó a calcular. Entre las dos, eso sería alrededor de $9.60 a la semana. Muchísimo mejor que los veinticinco centavos al día que pagaba la señora Greenwald por cuidar a su gato.

—Podemos trabajar todo lo que usted quiera hoy y mañana antes de que vuelva a comenzar la escuela el miércoles y después todos los sábados. ¿Le conviene eso?

—Trato hecho. —El señor Pulaski le estrechó la mano como haría con un adulto. O por lo menos a quien fingía tener catorce años.

Mientras alimentaba un papel a la máquina de escribir para organizar el desorden del inventario escrito a mano, Victoria continuó calculando lo que iban a ganar. Si ella y Jackie trabajaban juntas doce horas a la semana, podrían ahorrar el total para el pasaporte de la tía Larita en quince semanas. En menos tiempo si el papel con el anuncio les conseguía trabajo adicional y unas semanas más si papi era sincero en que no podía darle de comer a otra boca.

De cualquier manera, para el mes de abril tendrían el dinero. Aunque quizá no necesitaran un pasaporte para ese entonces. De seguro ellos estarían de vuelta en casa mucho antes.

4 DE ENERO DE 1961

Miércoles, 4 de enero de 1961   5¢

MIAMI'S SOL
¡GRINGOS FUERA!

Ayer el presidente Eisenhower en lo que podría ser su último acto oficial, decidió cortar todas las conexiones diplomáticas con Cuba. Todas las negociaciones han terminado y la embajada de los Estado Unidos en La Habana a cerrado. La embajada de Suiza va a asumir algunas de sus responsabilidades. De respuesta, Fidel Castro anunció que los ciudadanos estadounidenses tienen cuarenta y ocho horas para evacuar el país. El miedo en las mentes de todos ha sido confirmado. La alianza con la Unión Soviética ha aumentado y Cuba se ha convertido en un país comunista. Aun con la inauguración de Kennedy en dos semanas y su intención de detener el aumento de países comunista en el Caribe y el esparcimiento del comunismo en América Latina, los exiliados cubanos no deben esperar volver a su país próximamente...

Jackie hizo un esfuerzo enorme para no hacer trizas el periódico que no habían comprado. Se lo tiró al pecho de Victoria para que lo doblara con cuidado y lo devolviera al estante. No podía seguir leyendo más.

—¿Por qué está Fidel botando a los gringos? —preguntó Nestico mientras continuaban caminando hacia la escuela—. ¿No traen ellos mucho dinero a la isla?

—Sí y eso es parte del problema —dijo Victoria—. A Fidel no le gustan las personas que se han hecho ricos a costa de los pobres.

—Así que entonces —gruñó Jackie arrastrando sus pies por la acera— el desgraciado de Fidel les ha lavado el cerebro a los pobres y está amenazando a las familias de todos.

Victoria agarró las manos de Nestico e Inés, y miró a ambos lados antes de cruzar la calle. Jackie metió sus dos manos en los bolsillos de sus pantalones cortos y pateó una piedra dentro del alcantarillado. Ni el impacto de la piedra que dio en el blanco mejoró su estado de ánimo.

—Me sorprende que los gringos no hayan querido irse antes igual que nosotros —dijo Inés.

—Ningún cubano *quería* irse —la corrigió Jackie de inmediato entre dientes.

—Nos han forzado al exilio. Estamos aquí como refugiados políticos —explicó Victoria.

—Entonces, ¿cuál es la diferencia entre ser forzados al exilio o ser botados? —preguntó Inés.

Nestico torció los ojos.

—La diferencia es que nos mandaron lejos de casa, no que nos dijeron que nos fuéramos a casa, tonta.

—¡No me llames así!

Jackie dejó de prestar atención a la discusión de sus primos menores. Que Victoria lidiara con ellos. Ella tenía sus propios problemas. ¿Cómo iban a conseguir los cubanos visas para entrar a los Estado Unidos con la embajada cerrada? ¿Qué pasaría si Fidel cerraba la frontera para todos los viajes? Su plan de ahorrar dinero para el pasaporte de mima podría ser inútil. Pateó con una pierna el demonio invisible. Cómo detestaba no poder tener control sobre las cosas.

Cruzó los brazos sobre su pecho al recordar el día en que Alto fue a llevarle su pasaporte y su pasaje.

—No me voy a ir —dijo Jackie mirando a mima con más resistencia de la que había tenido en su vida—. Es imposible que puedan mandar a todos los niños en la isla entera a Rusia para ser adoctrinados. Los padres no lo van a permitir.

Fue Alto, no mima, quien le respondió. A diferencia de su modo de ser tranquilo y paciente, le dio un golpetazo a la mesa de la cocina y dijo:

—¿Cuántas veces te tengo que decir que el gobierno comunista está a cargo y tiene control absoluto de todo, incluyendo las personas, incluyéndonos a nosotros?

Jackie ni se inmutó.

—Tú no actúas como si estuvieras controlado.

Alto se haló las puntas de los pelos. Aunque solo tenía diecinueve años, Jackie notó que tenía algunas canas entre el color negro.

—Es verdad y cuando me atrapen, me van a matar.

—Es por eso que te vas a Miami —dijo mima señalando a Jackie con un dedo.

Pero Jackie no le tenía miedo al dedo amenazador.

—Pero de verdad, ¿nos van a mandar a todos a Rusia? Debe de haber cerca de un millón de niños en la isla.

—Tienes razón —dijo Alto pero su tono de voz era uno de condescendencia—. En este momento ese no es su plan. Pero no se sabe a quién van a mandar o a cuántos. ¿Diez por ciento, cincuenta por ciento? Nadie sabe.

—Por lo tanto, es muy posible que yo estuviera a salvo —sonrió Jackie.

Mima se rio con amargura. Encendió un cigarrillo al lado de la ventana abierta.

—¿Por qué estamos discutiendo esto? Yo no voy a jugar con tu seguridad.

—Y no vas a estar bien, aunque no te manden a Rusia. —Alto se levantó de la mesa y prendió un cigarrillo con mima. Antes él no fumaba—. La escuela se está volviendo obligatoria para todos los niños en la isla. Muchos guajiros y trabajadores dejaban los estudios a una edad joven para ayudar a mantener a su familia. Ya no pueden hacerlo. Todos tienen que estudiar un plan de estudios comunista. Serás como un número, no como una persona. Todo lo que digas o hagas va a ser controlado. Puedes ser castigada solo por mencionar tus discos de Elvis Presley.

Jackie había oído esto antes y recurrió a su última opción.

—Pero yo no me quiero ir.

—Ya lo sé, bebé. —El brazo libre de mima la abrazó mientras le daba un beso en la frente—. Pero de todas maneras te vas a ir.

Jackie había cruzado sus brazos como los tenía ahora. Pateó otra piedra. Como no tenía un blanco, esta rodó unos metros hasta parar.

—Todo el mundo dice que tienes cara de tonta. —Nestico seguía mortificando a Inés.

—¡Nestico! —Victoria lo regañó pero su hermano ya había salido corriendo para unirse a sus amigos en el patio de recreo de la escuela elemental.

—¡Por lo menos yo sé cómo limpiarme el fondillo cuando voy al baño! —Inés corrió detrás de él.

—Por dentro se deben querer mucho, ¿verdad? —Victoria suspiró y puso su mano en el codo de Jackie, quien seguía con los brazos cruzados sobre el pecho—. Por suerte nosotras siempre hemos sido buenas amigas. Te eché mucho de menos. Qué maravilla que estés aquí sana y salva.

Jackie puso mala cara pero no dijo nada. Victoria no entendía nada. Claro, el dinero y la comida eran escasos, pero por lo menos tenía a su familia inmediata con ella. Se había ido antes de que las cosas se pusieran demasiado malas. Lo que sabía de la Cuba de ahora era lo que se enteraba, no lo vivió. No había estado durante las noches de Clark con cólico. No sabía lo que era sentirse atrapada en su propia casa porque era peligroso estar en la calle. No podía comprender lo que era haber sido enviada lejos de su familia.

—Yo no creo que el que los países se odien vaya a afectar a nuestra familia. —Victoria le apretó el brazo a Jackie cuando no hizo comentarios—. O ellos estarán prontos con nosotros o nosotros estaremos de vuelta. Las cosas van a cambiar después de la inauguración presidencial. Ya verás.

—Primero iba a ser después de las elecciones, ahora es después de la inauguración. Tienes que darte cuenta de que no hay regreso para nosotros. No en nuestra vida —dijo Jackie.

—Yo sé que parece así, pero el gobierno de los Estados Unidos de ninguna manera va a permitir un gobierno comunista tan cerca de sus fronteras y papi dice…

—¡Para ya! No quiero oír más nada de la política. —Jackie se zafó de Victoria que la oprimía. Varios jóvenes que estaban en los alrededores de la escuela intermedia se volvieron hacia ella pero sus gritos habían sido en español y no les prestaron más atención—. Ya es bastante malo que tu padre hable sólo de eso, ¿pero tú también? Acepta la realidad. No podemos hacer nada. No podemos cambiar nada. No vale la pena seguir hablando de lo mismo.

Siguiendo los pasos de Nestico, Jackie se largó antes de que Victoria pudiera decir más nada. Tres muchachos estaban jugando en el campo de pelota situado junto al edificio de la escuela. Ella les hizo señas para que le tiraran la pelota. La recibió con facilidad aun sin tener un guante y se la tiró al muchacho que estaba más lejos.

—*Wow, that's some arm!*

Jackie se encogió de hombros como diciendo que ella ya lo sabía pero no quería hacer alarde de eso. Lanzó la próxima pelota a la zurda. ¡Cómo había echado de menos el colegio! Y lo mejor era que sabía que Victoria no se iba a acercar al campo de pelota para colgarse de ella cada vez que podía o fastidiarla con la política.

Paz, al fin.

Victoria abrazó su libro de matemáticas contra su pecho mientras esperaba a Jackie en la puerta que llevaba a la cafetería al aire libre. Había dejado a Jackie esa mañana haciendo los exámenes para colocarla en las clases adecuadas junto con la magnitud de otros estudiantes nuevos y estaba ansiosa por saber cómo le había ido en su primer día. Hasta el momento, no habían estado en las mismas clases y cuando Victoria la vio en el pasillo, Jackie estaba muy apurada para ir a la clase de educación física. Y no era porque Victoria hubiera mencionado nada de política.

Al cabo de unos minutos logró ver a Jackie. O más bien la pudo oír. De un lado de Jackie estaba Monique, la hermana de Phil, y del otro lado otra muchacha que Victoria no conocía. Las tres se estaban tambaleando una sobre las otras, riéndose histéricamente y agitando los brazos.

—Cuando la pelota vino hacia ella…

—Y ella dijo, «ven ahora, niña».

—¡Yo aún no lo creo!

—¿Qué pasó? —preguntó Victoria.

La risa paró súbitamente mientras la miraban molestas de que las hubieran interrumpido. Victoria no esperaba ningún trato diferente viniendo de Monique. Las pocas veces que la había visto en el pasillo cuando Victoria hablaba con Phil, su desaprobación de Victoria se hacía evidente. ¿Pero de Jackie? Ellas compartían todo.

—Es solo algo que pasó en la clase de educación física. —Jackie le contestó en inglés. Ellas nunca habían hablado en inglés entre ellas, pero Victoria comprendía que era lo correcto estando con sus nuevas amigas—. Tenías que haber estado ahí.

Monique se alejó de ellas para encaminarse hacia su mesa. Jackie y la otra muchacha se unieron a la fila del almuerzo de la cafetería mientras continuaban hablando entre ellas sin parar. Victoria se puso detrás de ellas, su libro de matemáticas de repente lo sintió muy pesado e incómodo. Debía haberlo dejado en su taquilla.

Cuando llegaron a las señoras con redecillas en el pelo que servían el almuerzo, Victoria hizo una mueca al ver la comida de la cafetería. Papi había matriculado a Jackie durante el día de servicio de las maestras y había preguntado sobre los almuerzos gratis. Cumplían los requisitos aunque ahora al ver la comida, Victoria hubiera preferido no haberlos cumplido. La comida de hoy era una salsa gris y pegajosa servida encima de coditos transparentes, un pedazo de pan que parecía que había sobrado desde antes de las vacaciones de Navidad, vegetales enlatados y una cosa verde limón que debía ser el postre, o quizás desperdicio nuclear. Por lo menos el bocadito de mermelada de uva de ella se podía identificar.

—Nada de eso, por favor —dijo Victoria señalando la salsa gris pegajosa.

—Esto no es un restaurante. Tienes que aceptar lo que te damos. —La señora le sirvió la salsa en la bandeja dividida en secciones antes de pasársela a la próxima empleada.

Al lado de la cajera, Jackie escogió una manzana y un cartón de leche. Al fin, Victoria pudo tomar su propia decisión y agarró un plátano en vez de la manzana. Ella no podía entender cómo a las personas les gustaban las manzanas.

—Eso sale a treinta centavos —dijo la cajera.

—¿Perdón? —Le tomó a Victoria un segundo en comprender—. Estoy en el programa de almuerzo gratis.

La cajera torció los ojos.

—No pareciera. ¿Cuál es tu nombre?

La cara de Victoria se sonrojó cuando dio su nombre para que revisara la lista de almuerzos gratis. ¿Por qué sonaba a insulto que ella no pareciera pobre? ¿Por qué Jackie no había sido confrontada con lo mismo? Su ropa lucía tan buena como la de Victoria. Aún mejor porque ella era la favorita de Pancha.

—Hey, Jackie!

—Jackie, over here!

Jackie saludó a los diferentes grupos y señaló que ya tenía un lugar donde sentarse. Ella solo había estado ahí por medio día y parecía que la mitad de la escuela ya la conocía y les caía bien. Victoria se maravillaba de cómo su prima lo había podido lograr mientras que ella después de dos meses aún se sentía como una extraña.

—Jackie, ¡siéntate con nosotros!

Victoria se viró para ver a un grupo de personas haciendo ademanes hacia Jackie. Algunos habían estado en sus clases el año pasado, pero nunca supo que eran cubanos también. Una cara en especial le era familiar. ¡La muchacha con el pelo negro y los ojos azules había estado en su colegio en Cuba! Victoria no se acordaba de su nombre, pues estaba un año por debajo de ella. Pero ahora por el cumpleaños en diciembre de Victoria estaban en el mismo grado.

—Vamos a sentarnos con ellos. —Victoria señaló hacia la congregación cubana. Sus ojos se enfocaron en la muchacha que le era familiar y sonrió. Pero la muchacha hizo muecas y se viró hacia el otro lado sin reconocer a Victoria.

—Tú ve. Ya yo les prometí a Monique y a Rochelle que me sentaría con ellas —dijo Jackie otra vez en inglés.

Victoria titubeó. Unirse a un grupo de cubanos que mágicamente se habían atraído entre sí pero que no la conocían o unirse a Jackie con sus nuevas amigas aunque sabía que a Monique no le caía bien. No lo tuvo que pensar mucho. Después de todo lo que Jackie había pasado no la podía abandonar.

Phil sonrió al ver que Victoria seguía a Jackie hacia la mesa. Monique y otros tres jóvenes fruncieron el ceño.

—¿Por qué estás comiendo con nosotros? Te puedes sentar en cualquier otro lugar que quieras —acusó Monique.

Victoria quería discutir que eso no era verdad, que se había pasado el año anterior comiendo sola debajo del naranjo porque sentía que no pertenecía a ningún grupo. Ojalá que pudiera estar ahí ahora. El árbol siempre la hacía sentir bienvenida. Pero la bandeja de comida probablemente iba a derramarse sobre sus piernas.

—Ella es mi prima —murmuró Jackie poniendo su bandeja al final de la mesa sin dejar mucho espacio para Victoria.

—¿Ustedes dos están relacionadas? No se parecen en nada —dijo Monique.

Victoria puso su brazo alrededor de los hombres de Jackie.

—Nuestras madres son hermanas y nosotras hemos crecido juntas como si fuéramos hermanas.

Victoria miró a Jackie para que la respaldara en esto. Pero Jackie se encogió de hombros y se metió un bocado grande del pegajoso combo gris de coditos.

Phil aclaró su garganta y presentó a los otros que estaban en la mesa.

—Rochelle, Bobby y Candice van a nuestra iglesia. Nuestro pastor ha estado trabajando con Marge en la oficina para integrar más a esta escuela. Victoria es muy buena en ortografía. Ella me ayudó con ese cuento que escribí para mi tío.

Ella sonrió. Quizás esta era la manera de ser aceptada y al fin sentir que pertenecía.

—¿Crees que me puedes conseguir una copia? Me encantaría ver el cuento imprimido.

En vez de hablar en criollo haitiano como había hecho la primera vez que se conocieron, Monique le aclaró a toda la mesa el comentario que le hizo a su hermano.

—A papá no le va a gustar que tengas una novia blanca.

Phil torció los ojos.

—No es así entre nosotros.

—Claro que no. —Victoria añadió indignada—. Yo considero a Phil como un primo.

—Además —la voz de Jackie sonó con absoluto convencimiento—, ella jamás sería novia de nadie sin la aprobación de su madre del nivel social de esa persona.

—¿Cómo se te ocurre decir eso? —Victoria se quedó helada. Ella nunca pensó que algo tan grosero podría salir de la boca de Jackie. ¡Y en público! ¿Era esta la manera de lucirse delante de sus nuevos amigos? ¿La manera de lucir fuerte, echando a un lado a la única familia que tenía en este país?

Un largo silencio pesó sobre la mesa. Victoria sentía que su cara ardía. Miró a su prima pero Jackie rehusaba hacer contacto visual.

—No voy a hablar de esto ahora —dijo Jackie, al fin en español. Se inclinó hacia los otros que estaban a la mesa y continuó en inglés—. Debieron de haber visto lo que Coach Bennett hizo durante la educación física.

—Ay, fue como para morirse de la risa —añadió Monique. Y comenzaron a contar el incidente que Jackie originalmente había dicho que Victoria no podía entender porque no había estado ahí.

Y ahora a Victoria no le interesaba quedarse ahí para oírlo. Quitó la servilleta de papel de sus piernas y la tiró en la comida a mitad de comer. Sabía que era un desperdicio. Sabía que había personas pasando hambre en Cuba, pero no podía comer más de la comida misteriosa. Por lo menos el plátano y la leche se podían disfrutar debajo del naranjo.

—Por favor, quédate. —Phil le tocó la muñeca con una mano—. Dime, ¿cómo fueron tus vacaciones de Navidad?

—Inesperadas. —Ella miró por última vez a Jackie, la persona que ella creía que conocía mejor que nadie y con quien siempre podía hablar. Resultó que estaba equivocada—. Con permiso, te veo en la clase.

Dejó la bandeja y el libro de matemáticas sobre la mesa antes de que los demás vieran las lágrimas en sus ojos. Había sido muy difícil dejar su hogar, pero nunca pensó que la presencia de Jackie la haría sentirse peor.

13 DE ENERO DE 1961

Querida mima:

*No me importa quién lea esta carta. Detesto no poder hablar con-
tigo. Los extraño mucho a todos. Aún no te he podido perdonar por
obligarme a irme. Si no me llamas el domingo, ¡voy a estar muy
disgustada!*

*Las cosas aquí están bien. Más o menos. La escuela no está
tan mal. He comenzado por mi cuenta un juego de pelota en las
mañanas. Jugamos alrededor de quince minutos antes de que suene
el timbre. Dile a pipo que todos están muy impresionados de ver
que puedo pichar con los dos brazos. ¡Excepto el que está al bate!*

*Me he hecho amiga de un grupo de muchachas también. Son
muy amables y simpáticas. Es como si nos conociéramos desde hace
años. Estamos jugando voleibol en la clase de educación física y el
otro equipo no tiene posibilidades de ganar si estamos todas en el
mismo equipo. Es como si pudiéramos leernos las mentes unas a
otras.*

*Yo de verdad quería matricularme en la clase de herramien-
tas con los varones. ¡Estaban aprendiendo a construir una radio!*

Pero la señora en la oficina dijo que ella perdería su trabajo si me dejaba unirme a ellos. Aun así, te puedo decir que ella estaba tentada a hacerlo. Así que tengo que tomar economía doméstica con las muchachas. Por lo menos pude pedir ir a una clase de costura en vez de la clase de cocina.

Estoy impresionada con la comida que Victoria cocina. Nada está tan bueno como debe ser pero tampoco está tan mal. Mejor de lo que yo pudiera hacer. No creo que le guste cocinar tanto, pero considera su responsabilidad darnos de comer. Como Mamalara.

A través de su maestra de cocina, Victoria encontró un carnicero que hace butifarras. Las vamos a recoger mañana para comerlas el domingo. Yo creo que van a estar deliciosas dentro de un bocadito de queso derretido. Victoria hizo muecas pero como es mi cumpleaños las vamos a comer como a mí me gusta. También quiero helado de vainilla con lascas de mango en vez de un queique. Hace siglos que no como un helado.

El apartamento que tío consiguió es mínimo y estamos todos uno encima de los otros. Victoria y yo compartimos la litera de arriba. Todo está muy apretado y yo necesito mi espacio. No estoy acostumbrada a tenerla encima de mí todo el tiempo y queriendo estar siempre conmigo. Me gustaba cuando estábamos en diferentes colegios y cuando se iba a montar su poni. Al tenerla siempre conmigo no tengo nada de qué hablarle.

En la comida, de lo único que se habla es de política y de Cuba. Nadie me pregunta cómo fue mi día ni están interesados en lo que yo hice. Es como si yo no estuviera aquí. Creo que el tío no ha hablado directamente conmigo desde que llegué. Pero no recuerdo que me haya hablado antes tampoco. «Los niños son la responsabilidad de la mujer». Ya tú sabes.

La tía de vez en cuando mira mis músculos y me pregunta por qué no puedo lucir como tú. Y no te puedes imaginar lo que ha hecho. Me regaló un estuche de maquillaje para mi cumpleaños. ¡Maquillaje, para mí! Cuando le pregunté qué debía hacer con eso, me dijo que era para lucir más presentable. Yo sé que no soy bonita como tú. Pero no me interesa que me quieran por como yo luzco. No sé por qué ella está más interesada en cómo lucen las cosas que en lo que es real.

Sé que soy una carga para ellos, pero por lo menos me estoy encargando de mí misma. Victoria y yo conseguimos trabajo en la bodega próxima al apartamento. Me gusta hablar con los clientes. Tú siempre me hablaste. Aun cuando era pequeña, siempre me preguntabas qué había soñado cuando me despertaba o me pedías que te contara lo que veía por la ventana. Extraño eso. Te extraño a ti.

Yo sé que va a pasar una eternidad antes de que tenga respuesta, si es que la tengo, pero por favor cuéntamelo todo. Quiero saber cómo están todos. Detesto no saber lo que está pasando. Dicen que la falta de noticias es una cosa buena, pero no lo es para mí.

Jackie volvió a leer lo que había escrito. Se preguntó si debía tachar la última línea. La hacía lucir quejosa y vulnerable. Dos cosas que Jackie detestaba ser. Aunque había dicho que no le importaba quién leía la carta, había mucho que no podía decir. De ninguna manera podía mencionar que Victoria y ella estaban ahorrando para un pasaporte falsificado. Tampoco quería mencionar que aunque le gustaba hacerse amiga de gente nueva y trabajar en la bodega, todo eso le había sucedido a la Jackie que simulaba ser. La Jackie real estaba encerrada. La Jackie real se preocupaba todo el tiempo por su familia y sabía que lo más probable era que no los volviera a ver nunca más. Nadie podía saber sobre la Jackie real. Nadie podía darse cuenta de que la verdadera Jackie se estaba cayendo a pedazos.

18 DE ENERO DE 1961

—No sé qué hacer con Jackie. Éramos mejores amigas, pero ahora la mayor cantidad de tiempo que paso con ella es cuando estamos durmiendo. —Victoria recostó el batidor contra el pozuelo de cristal lleno de crema para darse masaje a su brazo—. Hice todo lo que pude por ella en su cumpleaños el domingo, mucha comida sabrosa aunque fue cara y aun así no fue suficiente. Jackie estaba destrozada porque no la llamaron de Cuba por el día de su cumpleaños. Mi padre dice que como Cuba cortó todas las relaciones con los Estados Unidos eso afecta la comunicación. Yo sé que está muy triste y traté de consolarla, pero no me dejó.

Victoria suspiró y continuó batiendo la crema.

—Dale tiempo —Katya lo dijo en voz baja para que solo Victoria pudiera oírla. La señorita Jiménez había dicho lo mismo sobre Katya. Victoria había visto cómo mortificaban a Katya y se burlaban de ella, lo cual causó que estuviera distante y callada. Pero Jackie no permitiría que nadie la mortificara.

Al lado de ellas, Rebecca le gritó a su compañera que a pesar del delantal la crema había manchado su blusa.

Victoria entrecerró los ojos al mirar a Rebecca. Desde la discusión que tuvieron antes de las Navidades, Rebecca no perdía una oportunidad de hacer un comentario odioso que ellas oían pero no la señorita Jiménez.

—Supongo que tienes razón. Estamos unos encima de los otros en un apartamento muy pequeño y es difícil lidiar con mi familia en un día bueno. —Victoria lo entendía. Ella preferiría estar montando su poni o estar en el patio con su gato que estar metida adentro con su familia inmediata. Pero era difícil ser la que alguien quería mantener lejos—. No puedo dejar de pensar lo diferente que sería si la familia de Jackie fuera la que estaba aquí y yo hubiera venido a vivir con ellos.

Tía Larita la besaría cuando regresara de la escuela. Y tío Rodrigo las llevaría al parque los fines de semana aunque Victoria no hacía deportes. Entonces, Victoria se sentiría fuera de lugar y dependería más de Jackie. Lo que significaría que Jackie la alejaría aún más.

Victoria descargó su agresión en la crema y en vez de estar cremosa se convirtió en grumos de mantequilla.

—¡Ay, no!

En su cabeza Victoria escuchó a la señorita Jiménez advirtiendo a la clase cuando empezaron ese día. «La crema es una de las pocas comidas que cambia de forma sin calor. Después de pasar una etapa, no puedes volver atrás».

Katya le ofreció la cucharada que le quedaba de su crema batida a la perfección, pero Victoria sacudió su cabeza. La señorita Jiménez había también dicho que tenían que comenzar a cocinar por su propia cuenta en vez de en parejas.

—Qué asco. ¿Quién quisiera tener mantequilla en su postre? —se burló Rebecca.

—Por lo menos está sólida —le contestó Victoria bruscamente. En su determinación por no manchar su blusa, la crema de Rebecca seguía muy líquida.

Victoria metió su dedo pequeño en la crema grumosa para probarla. A pesar de no tener la textura adecuada, no sabía tan mal. Por su cuenta, ella le había añadido un poco de extracto de vainilla y azúcar prieta en vez de la blanca. El resultado era que el sabor era parecido al helado. El favorito de Jackie. Hacer un queique de fresas con la mantequilla de vainilla en vez de crema batida sería delicioso. Todos en su familia lo comerían.

Victoria puso la mezcla de mantequilla encima del queique. Limpió los bordes del recipiente con una fresa y se la ofreció a su compañera. Katya, que nunca se desviaba de las instrucciones, frunció la nariz y sacudió la cabeza. Más para Victoria.

—Solo quisiera que las cosas vuelvan a ser como eran antes con Jackie. Mmm.

Otra fresa en trozos de helado descongelado llegó a la

boca de Victoria. Ella de verdad se podía hacer adicta a esta creación.

—Debe ser muy denigrante tener una prima con la piel oscura. Yo no creo que pudiera aceptarlo —dijo Rebecca para mortificarla.

La boca de Victoria se torció. Una cosa era decirle palabras hostiles a ella pero otra cosa era faltarle el respeto a su familia. Eso no estaba permitido.

—No hay nada malo en tener la piel oscura.

—Eso demuestra lo poco que sabes.

Victoria estuvo a punto de reírse. Al decir eso, Rebecca había demostrado lo ignorante que era.

—Prefiero estar relacionada con Jackie que con alguien tan grosera como tú.

Rebecca, confundida, frunció el ceño. Abrió la boca para contestar, pero la presencia de la señorita Jiménez a su lado hizo que se tragara las palabras. ¿Sería grosero de Victoria desear que se ahogara?

La señorita Jiménez levantó el plato de queique de fresas de Victoria a la altura de sus ojos y lo viró en las manos.

—Victoria, tu crema batida tiene color oscuro y parece sólida como la mantequilla.

Victoria cuadró sus hombros y levantó la barbilla más alto que antes.

—Sí, queda mejor con algo de color y sustancia.

Detrás de ella, Katya contuvo una risita.

29 DE ENERO DE 1961

Los domingos eran los días más difíciles para Jackie. No tenía nada que la mantuviera ocupada y no tenía ninguna esperanza de recibir una carta de su familia. Solo una carta había llegado desde que ella llegó y la había mandado ella misma a principios de diciembre. De todas maneras, no había perdonado a sus padres por no haberla llamado el día de su cumpleaños, ni ningún otro día después. No había escuela, la bodega estaba cerrada. Sus amigos estaban ocupados con sus familias. Era el día del descanso. Ojalá ella pudiera descansar. Hasta deseaba que la familia de Victoria fuera a la iglesia solo para tener algo que hacer.

Los domingos con toda la familia de Victoria presente, hablar de política era inevitable. Jackie no podía levantarse de la mesa sin comer. Además, no quería quedarse con hambre y la comida que Victoria cocinaba estaba mejorando. Hoy había puré de papas con carne y vegetales debajo. Las papas no estaban bien aplastadas y los vegetales estaban demasiado blandos, pero el sabor en general lo compensaba.

Después de cinco bocados, tío Ernesto carraspeó y bajó su tenedor. Demoró. En general comenzaba a hablar de política en cuanto los seis se amontonaban alrededor de la mesa que era para cuatro personas.

—Mientras Eisenhower aún era presidente, aprobó los fondos y el entrenamiento militar para que los cubanos que viven aquí se unieran a un grupo especial y súper secreto para mandarlos a Cuba a tumbar a Fidel. —Tío Ernesto evitó mirar a los ojos de ninguno mientras hablaba.

—Si es súper secreto, ¿cómo es que tú lo sabes? —preguntó Inés.

Nestico contestó sin tragar.

—Porque los cubanos son un grupo de chismosos sabelotodos. Nadie se puede tirar un peo sin que toda la isla lo sepa.

Jackie escupió la mitad de lo que tenía en la boca sobre su plato. Los demás se rieron a carcajadas. Hasta la tía Isabel, que Jackie esperaba que la regañara por escupir la comida, soltó un par de carcajadas que no eran propias de una señora fina.

—Es verdad —dijo tío Ernesto entre carcajadas—. No solamente saben los cubanos de todo sino también conocen a todo el mundo. Ve a una reunión de cubanos y te pones al tanto de todo. ¿De dónde ustedes creen que los periódicos locales sacan su información? Directo de los cubanos.

Por unos segundos Jackie se sintió en casa con sus familiares. Mima, pipo y Mamalara podían haber estado en el otro cuarto, invisibles pero aún así se sentía su presencia. De hecho, pudo haber sido pipo el que dijo el chiste del peo.

Pero el tío continuó y terminó con la ilusión.

—Este grupo secreto está reclutando a gran parte de los cubanos que viven aquí. Los Estados Unidos van a proveer todo el entrenamiento y las armas. Ellos están en comunicación con un grupo de contrarrevolucionarios que todavía están en la isla que se van a unir a nosotros en cuanto ataquemos.

El próximo bocado de papas se le atragantó a Jackie en la garganta. Ella entendió lo que su tío no estaba diciendo. Y Victoria, que estaba al lado de ella, dejó de respirar al llegar a la misma conclusión. Contrarrevolucionarios como Alto.

Jackie no sabía si sentirse orgullosa de su primo o preocupada por él. Él siempre había sido una versión de un espía en la vida real, parecido a los héroes de los programas de radio que ella escuchaba. Él le había enseñado a dar un puñetazo, pero también había ayudado a Victoria a rescatar al gatico que creció y ahora es Gnomo. Si ella fuera mayor sería igual que él. Por lo menos estaría haciendo algo. Si hubiera sido mayor, se hubiera quedado en Cuba hasta que su familia pudiera salir.

—Eso es peligroso —dijo la tía Isabel.

—El pelear siempre es peligroso —contestó el tío

Ernesto como si estuviera discutiendo algo que no fuera más serio que el pronóstico del tiempo.

—¿Cómo sabe Al… quiero decir, cómo saben los contrarrevolucionarios en quién confiar de los que están aquí? —preguntó Victoria pinchando una zanahoria como si estuviera poniendo en duda su lealtad—. La historia está repleta de decepciones y corrupción. ¿Cómo sabe la gente aquí que el grupo en la isla no los va a traicionar?

—No seas ridícula. Eso no va a pasar nunca. —El tío Ernesto no le hizo caso a lo que su hija había dicho, como si fuera la cosa más estúpida del mundo. Jackie se mortificó. Había sido una pregunta válida. Si Nestico lo hubiera preguntado, siendo el varón y por supuesto con una voz que importaba, Jackie sabía que su tío hubiera contestado de manera diferente.

Tío Ernesto continuó:

—Las personas están sintiendo represión y la pérdida de seres queridos. Hasta los seguidores iniciales de Fidel están viendo la luz. Confía en mí. Los cubanos en la isla están listos para pelear por la libertad como lo estamos nosotros.

Nestico volvió a hablar con la boca llena.

—¿Tú vas a pelear, papi?

—¡Ernesto, no! —El chillido de la tía fue tan alto que hizo que un perro ladrara afuera en la acera de enfrente. Jackie no era la única en la mesa dándole masaje a sus orejas como resultado.

Tío Ernesto se levantó con el plato a medio comer.

—Tengo que pelear por mi país. Aquí estoy perdiendo el tiempo y no estoy usando mi talento. En combate puedo ser útil.

Jackie nunca pensó que su tío la sorprendería. Él era tan rígido con su obligación de proveer para su familia, que nunca se imaginó que él sentía que no estaba haciendo suficiente. En otras circunstancias el mismo orgullo y preocupación que sentía por Alto lo hubiera pasado a su tío. Además de un vínculo respetuoso, ella también detestaba sentirse inútil. Pero todavía no estaba dispuesta a perdonarlo por la falta de respeto hacia Victoria.

—Pero tú no puedes, no me puedes dejar —se quejó la tía—. ¿Quién se va a ocupar de la familia? ¿Proveer para nosotros?

Victoria se encogió en la silla. Jackie se acordó de que antes de salir de Cuba, se esperaba que Victoria se hiciera cargo de la familia si él no podía salir. En aquel momento, Jackie supo que su prima estaba orgullosa de ocuparse de la familia pero también asustada. Ahora Victoria lucía cansada solo de pensar en eso.

—No los voy a abandonar— dijo el tío Ernesto permaneciendo de pie con los brazos cruzados sobre su pecho—. He estado trabajando horas extras y ahorrando durante dos meses. El hecho de que Victoria y Jackie estén trabajando ayuda también.

—¡No! —El tenedor de Victoria chocó con su plato. Mientras Jackie había dejado su plato totalmente limpio excepto por lo que había escupido, Victoria casi no había comido—. El dinero que estamos ahorrando es nuestro. Lo necesitamos.

—Sí, es cierto. —Jackie cruzó sus brazos sobre su pecho en desafío. Claro, si la batalla tenía éxito y lograban derrumbar a Fidel y su control, entonces no tendrían que sacar a mima de Cuba. Estarían todos de vuelta con toda su familia. Pero si los voluntarios cubanos fracasaban, esa sería una razón aún más urgente para sacar a mima de Cuba.

—Niñas, compórtense. Están siendo unas ingratas —dijo la tía Isabel—. Contestarle al hombre de la familia es mala educación y no propio de unas señoritas.

Los puños de Jackie se cerraron en sus axilas. Ella le iba a enseñar a su tía quién era maleducada.

Ahora fue Victoria la que se paró, tirando su servilleta sobre la mesa.

—Si ustedes esperan que yo me haga cargo de esta familia, me tienen que tratar como una igual. No como una niña, no como una hembra y definitivamente no como su definición de lo que es una señorita.

Jackie se levantó, conectando su brazo al de Victoria y repitió lo que había oído en un programa de radio.

—*You say it, Sister Suffragette!*

El resto de la mesa se asombró: Nestico quedó boquiabierto a propósito para que todos vieran su comida a medio masticar.

El cuerpo de Victoria le falló ligeramente, pero Jackie la sostuvo con firmeza. Victoria le apretó el brazo y su postura se volvió más confiada. Jackie comprendía a su prima mejor ahora. Miami no había sido un paraíso para su prima sino un yugo familiar sobre sus hombros. Ella había estado haciéndose cargo emocional y físicamente de su familia, cocinando para todos y cuidando a sus hermanitos. El deseo inicial de Victoria de estar todo el tiempo con ella era su manera de pedir ayuda y apoyo. Jackie debió de haberlo visto y comprender mejor a Victoria, quien se esperaba que se comportara como una adulta y una madre pero seguía siendo tratada como una niña. Jackie seguiría con sus amigos y sus actividades en la escuela, pero eso no significaba que Victoria tenía que hacerlo todo por su cuenta. Podían compartir la carga.

—Y cuando yo me case —añadió Victoria— será con un hombre del que esté enamorada, no porque viene de una familia de clase social alta. Yo vuelvo a decir lo mismo: lo que ganamos no es para mantener a la familia. Esa no es nuestra responsabilidad.

—Yo estoy de acuerdo en todo. —Jackie sonrió. Al final ella había influenciado a su prima.

—El que ustedes dos se rebelen no va a impedir que yo pelee por mi país —juró tío Ernesto.

—Están ahorrando para conseguir un pasaporte para sacar a la tía Larita de Cuba —confesó Inés antes de cubrirse la boca con la mano.

—¡Inés! —Jackie y Victoria la regañaron. Era el resultado de estar hablando cuando creían que estaba dormida. Las dos se desplomaron sobre las sillas.

Habían acordado no decirles nada a los padres de Victoria de sus plan de ahorrar para un pasaporte para mima por esta razón. No querían que las desalentaran o les dijeran que dos niñitas no podían lograr eso.

Tía Isabel se llevó la servilleta de tela a su cara mientras las lágrimas por su hermana surcaban su cara. Inés se encogió en su silla. Nestico dejó salir un eructo.

Después de dejar pasar un momento para poder digerir la noticia, tío Ernesto asintió en aprobación.

—Tienen razón. No es responsabilidad de ustedes proveer para esta familia. Es mi obligación. Ni es su obligación hacerse cargo de esta familia, lo cual han estado haciendo. He estado equivocado en tratarlas como dos niñas pequeñas.

Ahora fue Jackie la que se aguantó del brazo de Victoria. Su tío siempre la había ignorado y nunca le había demostrado respeto.

—Un pasaporte es una buena razón para trabajar y ahorrar —continuó tío Ernesto—. Larita y Alto estarían orgullosos. Mantendré mis oídos abiertos por si surge algún falsificador. Pero yo no quiero que ustedes estén buscando uno por su cuenta. El que hace pasaportes falsificados es un criminal y puede ser peligroso.

—Sí, ya lo sabemos —dijo Victoria, evadiendo su mirada. Jackie se dio cuenta de que ella no había prometido parar de buscar un falsificador. Bien. Aunque ellas no sabían dónde buscar, no quería decir que estaban cerradas a cualquier posibilidad que surgiera.

—Bien, está resuelto —dijo tía Isabel con la autoridad que generalmente solo salía de Mamalara—. Las niñas no pueden proveer para nosotros. Por lo tanto te tienes que quedar, Ernesto.

Pero tío Ernesto no lo aceptó. Sacudió su cabeza no con rabia sino con determinación.

—Cuando tenga ahorrado lo suficiente, me enlisto. Nada me va a detener.

5 DE FEBRERO DE 1961

Victoria, sin prestarle mucha atención, acarició el pelo negro de Míster Whiskers mientras comía su lata de atún. La señora Greenwald de al lado las había contratado a ella y a Jackie otra vez para cuidarlo durante el fin de semana y Victoria se había ofrecido para hacer el turno de la mañana.

Sus ojos se movieron hacia una pared cubierta de fotografías de bodas, nacimientos y algunas en pose de retrato y miró una que le llamó la atención porque era informal con dos niños agarrados de la mano. Estaban disfrazados y cada uno tenía una bolsa de tela en la mano libre. Ella había oído sobre la fiesta de Halloween, pero como su familia estaba viviendo en el deslucido hotel, no había podido participar.

El niño más pequeño estaba disfrazado de un globo, quizás una calabaza. La fotografía en blanco y negro dificultaba saberlo. La niña mayor tenía un sombrero puntiagudo y el vestido negro de una bruja. Le recordó a Victoria los carnavales.

Todos los años Pancha hacía los disfraces de todos los primos y el club tenía actividades para los niños durante varios fines de semana del mes de febrero. O iban a ver desde el balcón de la oficina de papi el desfile de carrozas, máquinas y camiones, todos saludando al público. Entre las máquinas algunas personas llevaban banderas, otros bailaban y algunos desfilaban sobre zancos. Pero de noche era lo mejor con grupos de comparsas, que eran grupos de personas con disfraces iguales que bailaban y tocaban música. Al frente de cada grupo estaban los faroleros, que llevaban las farolas con fuego. Las comparsas solo las habían visto en la televisión porque mami decía que era peligroso irlos a ver con todos los borrachos que andaban en las calles.

Una añoranza por su hogar tiró del corazón de Victoria. La inauguración de Kennedy ya había pasado y seguían sin ninguna posibilidad de poder regresar a su hogar. Ahora papi decía que tenían que esperar al ataque súper secreto en la isla en el cual todavía pensaba enlistarse. Pero aunque eso sucediera mañana, no estarían de vuelta para los carnavales. Si es que se celebraban este año. No sabía cuántos desalientos más podía recibir. Los carnavales siempre habían sido su fiesta favorita, aun mejor que la Navidad. Igual que estar en la finca montando a Diógenes, durante los días del carnaval podía ser alguien diferente, parte de un mundo mágico que no existía en la vida real.

Míster Whiskers se enroscó en sus tobillos, ronroneando

para indicarle que había terminado el desayuno y que quería más.

—Nada más para tí. —Lo acarició unos minutos más antes de lavar su pozuelo. Parada en la puerta, miró por última vez la fotografía de Halloween.

—Jackie, levántate. Tengo una gran idea.

Jackie sintió cómo se movía la litera de arriba que compartía con Victoria cuando ella se subió.

—Zape pa'llá. —gruñó Jackie antes de virarse para el otro lado y esconder su cabeza debajo de la almohada. ¿Cómo era posible que Victoria estuviera siempre tan despierta tan temprano en la mañana?

Después de que Victoria reclamó sus derechos frente a sus padres y aceptó que Jackie necesitaba tener vida propia y sus amigos en la escuela, volvieron a llevarse igual que antes. Ahora al amanecer, el fastidio de Jackie por las constantes interferencias de su prima volvió multiplicado por un millón de veces más fuerte.

Victoria no se dio cuenta de la mortificación de su prima y siguió insistiendo.

—Estaba dándole de comer a Míster Whiskers, te manda saludos, y pensé en los carnavales. ¿Te acuerdas del año en que todas las primas nos disfrazamos como flores y los primos como insectos y tú querías ser una Venus atrapamoscas? Tuvimos que sacar un libro de botánica de la biblioteca de la universidad porque Pancha no sabía qué era eso.

De todas las cosas que Jackie pensó que su prima iba a decir, esa no era una. Sacó la cabeza de debajo de la almohada.

—Fue el mejor disfraz. Pancha hasta hizo un insecto para ponerme en el pelo. Me encantan los carnavales.

—¿A quién no? —Victoria dio un saltito y la cama volvió a crujir—. Pensé, ¿por qué no tenemos nuestro propio mini carnaval aquí? Invitamos a algunos cubanos de la escuela y a Phil y a Monique. Yo sé que ellos celebran el carnaval en Haití. Y a Katya también, si no te importa. Podemos tener una fiesta alrededor de la piscina.

—¡Sí! —Jackie se sentó derecha sobre la cama. Su cabeza se despejó con el flujo rápido de sangre y excitación. Por una fiesta, su prima la podía despertar a cualquier hora—. Pero no va a ser un carnaval de verdad con solo un pequeño grupo de gente. La definición es atraer la multitud. La piscina no es lo suficientemente grande. Vamos a preguntarle a Marge si podemos usar el campo de *football* de la escuela.

Victoria se mordió el labio. Jackie sabía lo que eso significaba. Ella tenía que pensar las cosas de manera más práctica.

—No podemos costear una fiesta grande. Solo proveer comida para cuatro o cinco personas nos crea un hoyo en nuestros ahorros.

Jackie no le hizo caso a la preocupación de Victoria. Ahora que la idea estaba sembrada, ella tenía que verla florecer.

—Si hacemos un evento grande tendremos a mucha gente ayudando para lograrlo. Y no tendremos que darles de comer a todos. Los gringos tienen lo que se llama *potlucks* donde todos traen un plato para compartir.

—No es buena educación invitar a la gente a una fiesta y hacerlos traer su propia comida. —La cabeza de Victoria se movió de un lado para el otro mientras pensaba—. Pero los carnavales son para juntar a las comunidades y la mejor manera es compartiendo tu comida favorita.

—Exacto. —Jackie brincó sentada varias veces en la cama haciendo que la madera chocara con la pared—. Hagámoslo como un evento de la comunidad y así todos ayudan a que sea posible.

—¿Qué vamos a hacer con respecto a los disfraces? ¿Crees que tu maestra de economía doméstica nos pueda prestar una máquina de coser? —Victoria se volvió hacia el otro lado evadiendo la mirada de Jackie—. ¿O tú crees que somos demasiado grandes para eso?

Jackie suspiró. Su prima no la conocía bien si pensaba que eso era lo que Jackie pensaba.

—¡Nunca! Alto tenía dieciséis años cuando fue como una mantis religiosa.

Victoria suspiró.

—Mami no va a aprobar esto, pero ¿qué hay si buscamos en las tiendas de ropa usada unos disfraces?

Jackie malamente podía contener su emoción. Era como

si toda la energía de la naturaleza se estuviera uniendo para ayudar. Saltó de la litera de arriba al piso sin usar la escalera.

—¿Qué hora es? Rochelle mencionó que su iglesia iba a tener una venta de ropa usada hoy. El otro día tenía puesto unos pantalones cortos de lo más monos que había conseguido por una peseta en la última venta.

—¿Puedo ir? —Inés se sentó en su litera de abajo con su pelo castaño parado en todas las direcciones—. Yo quiero ser un hada para carnaval.

12 DE FEBRERO DE 1961

Victoria le tiró una serpentina a una figura enmascarada. Respondiendo, la figura giró alrededor de la serpentina y surgió a través del papel con una carcajada. Victoria se rio también. Ella no podía creer cómo su idea de una pequeña fiesta entre amigos se había convertido en un carnaval de verdad.

Cordeles de luces de Navidad y faroles hechos a mano colgaban de los postes del campo de fútbol americano. Rollos de papel de varios colores colgaban de los árboles que bordeaban el campo de fútbol. Músicos y bailarines desfilaban alrededor del campo. Malabaristas y aquellos que caminaban sobre zancos paseaban entre la multitud con disfraces y antifaces de múltiples colores. Español, criollo e inglés se mezclaban con otros idiomas. Todos hablaban fuerte, alzaban los brazos y se reían. Lo mejor de todo era que el aire del atardecer se llenó de los aromas más sabrosos que jamás Victoria había olido.

Jackie se acercó con un sombrero de fieltro y el abrigo

de detective privado. Echó un brazo sobre los hombros de Victoria mientras su otra mano sostenía un muslo de pollo.

—Hicimos bien teniendo solo una semana de preparación, ¿no crees?

—¿De dónde salió toda esta gente? —Victoria se sorprendió al ver a dos que caminaban en zancos haciendo acrobacias que la mayoría de las personas no podían hacer con los dos pies en la tierra.

—Miami —respondió Jackie con una sonrisa antes de arrancar un pedazo del muslo de pollo con sus dientes.

Victoria torció los ojos. Uno de los requisitos de Marge para dejarlas usar el campo de fútbol americano era que cualquiera podía asistir. El otro requisito era que tenían que dejar el campo limpio al final. (Victoria contaba con que muchos ayudaran para hacer que eso fuera un trabajo ligero). Pero la mayoría de las personas presentes no tenían niños en la escuela. Aunque ella estaba segura de que no los había visto antes, todos lucían muy familiares. Como miembros perdidos de la familia.

—Parece que tenemos aquí representantes de todos los países del Caribe que celebran los carnavales. —Señaló al grupo de hombres que pasaron bailando, cada uno llevando la bandera de su país como una capa.

—Nunca puedes dejar de estimar el poder del boca en boca. ¿Ñaqui? —Jackie le presentó su muslo de pollo a Victoria. Ella le dio un pequeño mordisco. Deliciosamente suave. La comida siempre sabía mejor cuando otra persona la cocinaba.

Victoria le dio otro mordisco antes de que Jackie se fuera con sus amigos. Debía buscar algo para comer antes de que la comida desapareciera, pero las comparsas siempre habían sido una de las mejores cosas del carnaval y ver el desfile en vivo había sido mucho mejor que por la televisión. No quería perderse nada.

—¿Me puedes arreglar mis alas? —preguntó Inés unos minutos después.

Con una sábana rosada ripiada y las crinolinas que mami había insistido que sus dos hijas llevaran puestas al salir de Cuba, Jackie había hecho un disfraz de hada impresionante para Inés. La banda blanca alrededor de la cintura lucía como alas al hacer un lazo enorme. Victoria quitó los alfileres y volvió a prender las alas a los hombros de su hermana.

—Ahí, mira qué linda. ¿Dónde está Nestico?

—Le están pintando la cara. —Inés señaló a una mesa donde dos payasos estaban pintando a todos muecas o sonrisas exageradas.

El disfraz de Nestico había sido el más fácil de hacer. Pantalones de mecánico azules, camisa de tartán y un pañuelo como antifaz y era el Llanero Solitario. Aunque no iba con el disfraz, hasta los vaqueros podían demostrar emociones a veces.

No por primera vez, Victoria buscó a Katya. Ella había hablado sin parar toda la semana sobre el carnaval mientras hacían pan de maíz, *Dutch babies* y *biscuits* con suero de la leche. La ausencia de Katya no le debería haber sorprendido. Se imaginaba que las multitudes asustaban a su amiga.

Su atención se enfocó en un grupo de músicos con instrumentos de viento y tamborileros, seguidos por una señora mayor que lucía familiar con un elegante vestido blanco y azul de vuelos y un niño pequeño, de alrededor de seis años, con camisa blanca y azul y pantalones haciendo juego que bailaban detrás de ellos.

—*Come, come!* —insistió la señora. Victoria sacudió la cabeza. Ella no conocía ni el baile ni a la gente. Pertenecía en las afueras del campo. Excepto que la señora no aceptaba «no» como respuesta. Movió los brazos y sonrió aún más—. *Come, solèy leve.*

Solèy leve. Victoria subió los brazos para enseñar la tela roja, anaranjada y amarilla que había cosido a las mangas violetas. Todos asumían que era una mariposa extraña. ¿Cómo había sabido la señora que ella estaba vestida como el amanecer?

Echó un vistazo a su alrededor y vio que sus padres (que no estaban disfrazados) estaban hablando con amigos próximos a la mesa con la comida. Solo algunas personas estaban mirando el desfile. Otros estaban en grupos pequeños entretenidos por otras cosas del carnaval.

Llena de vergüenza y excitación, Victoria decidió unirse a la señora mayor y el niño pequeño. Después de todo, había algo familiar en ellos. Uno de los que tocaba el tambor dejó escapar un grito de alegría, pero Victoria supuso que solo era parte del acompañamiento musical. Movió sus brazos y giró en un círculo para dejar que sus rayos de sol se extendieran. La señora sostuvo su saya para que se moviera al ritmo de la música mientras sus pies bailaban rápido. El niño hizo una figura ocho alrededor de ellas. Victoria se rio mientras seguía a los músicos. Si ella iba a hacer el ridículo era mejor que fuera durante los carnavales.

El niñito les agarró las manos y los tres bailaron juntos pateando, moviendo las caderas y gritando cuando la canción lo requería. Soltó la mano de su abuela para bailar solo con Victoria, moviendo sus brazos para adelante y para atrás. Ella lo hizo girar y tuvo que agacharse debajo de su brazo cuando él trató de hacer lo mismo.

El desfile terminó y lo que parecía ser una multitud de personas aplaudió y gritó cuando los músicos terminaron de tocar. Medio apenada y medio a gusto, ella hizo una reverencia.

—*Smile for the camera!*

La señora abrazó a Victoria junto con su nieto. El bombillo lanzó un *flash* y cuando la cámara grande bajó pudo ver a Phil con un traje anticuado con tirantes y un sombrero que tenía en la banda una tarjeta que decía PRENSA.

—¿Has estado escondido detrás de la cámara toda la tarde? —preguntó Victoria—. No te había visto.

—Es lo que identifica a un buen fotógrafo y periodista. —Phil sostuvo la cámara contra su pecho mientras su otro brazo hacía su propio reverencia—. De todas las personas aquí, ¿cómo fue que conociste a mi *grann* y a mi hermanito?

Victoria se viró para mirar a sus compañeros de baile. Lucían familiares pero no se parecían en nada a Phil y a Monique.

—Me saludaron y yo me uní a ellos.

—*Se kanaval. Tout moun se fanmi!* —Con sus brazos aún sobre los hombros de Victoria, la abuela de Phil besó a Victoria en el cachete.

Victoria estaba a punto de llorar con todas las emociones que corrían dentro de ella. Era como estar de vuelta en casa. Nadie la había besado desde que había salido de Cuba.

—*Oui*, somos familia —dijo Victoria en francés como no sabía decirlo en criollo haitiano.

La abuela de Phil chilló con alegría. Sus dos manos rodearon la cara de Victoria mientras la besaba en los dos cachetes. Victoria devolvió los besos mientras su cara se volvía más roja.

Quizás Miami se podría convertir en su segundo hogar.

25 DE FEBRERO DE 1961

—Victoria, ¿puedo hablar contigo por un momento?

Victoria levantó la vista del papel de inventario y casi se le cae el lápiz. Frente a ella estaba Monique, la hermana de Phil. Tenía las manos juntas detrás de su espalda y se mecía sobre sus talones.

—Jackie está en el almacén. La puedo ir a buscar.

—Es contigo que deseo hablar.

Victoria tragó en seco. Se preparó para una crítica o hasta una amenaza.

—Claro, dime.

—Yo, bueno, mi *grann* y mi hermano Marcus no han parado de hablar de ti y quieren que tú y Jackie vengan a comer. *Grann* dice que tú eres *the bees knees*. Sus expresiones en inglés son anticuadas. —Monique torció los ojos, como si estuviera molesta.

—Nos encantaría ir a comer, gracias. Déjanos saber si podemos llevar algo. —Victoria sonrió aunque se preguntaba si la invitación no era de verdad. También tendría que preguntarle a Jackie si sabía lo que significaba *the bees knees*. Estaba segura de que los insectos no tenían rodillas—. Tu abuela es una de las personas más amables que yo he conocido y tu hermano Marcus es un caballero cortés.

Monique evadió su mirada y se balanceó aún más sobre sus talones.

—De todas maneras, bueno, si tú quieres, te puedes sentar en nuestra mesa para almorzar el lunes. Aparentemente somos primas.

Victoria parpadeó para tratar de entender lo que había detrás de esto. ¿Había sido su *grann* quien la había hecho decir esto o había sido la aceptación de su *grann* suficiente para haber hecho que Monique al fin se diera cuenta de que Victoria no era una extraña?

—Gracias por tu invitación para almorzar. Lo haré algunas veces, pero la mayor parte del tiempo me voy a quedar sentada debajo del naranjo. Es el único momento tranquilo que tengo todo el día. Tú sabes cuán intensa puede ser la familia a veces.

No lo había dicho con la intención de que fuera un chiste, pero Monique se rio.

—Phil no estaba equivocado. Eres buena gente. —Sonrió con timidez y se despidió.

Victoria le devolvió el saludo con la mano y regresó a su papel con el inventario. Dudaba de que algún día pudiera entender el comportamiento de los estadounidenses. Por lo menos ahora tendría un lugar donde comer cuando lloviera.

Terminó con el inventario y volvió a poner la lista en la oficina. En la mesa, el señor Pulaski había dejado $9.60, lo que ganaban ella y Jackie juntas por un día de trabajo.

—Ahora tenemos setenta y tres dólares con veinticuatro centavos para el pasaporte de la tía. Casi la mitad. —dijo Victoria mientras ella y Jackie cruzaban la calle hacia el apartamento.

Jackie suspiró.

—Suena como si fuera mucho, pero aún no es suficiente.

—Lo sé, pero lo vamos a lograr.

—Le debimos haber cobrado a la gente por participar en el carnaval. Hubiéramos levantado un dineral.

A media cuadra del edificio de apartamentos el sonido del portón de hierro de seguridad de entrada al complejo de apartamentos cortó la tranquilidad de la tarde. Medio segundo después salió una cabeza con rizos pelirrojos.

—¡Papi está en el hospital! —gritó Nestico.

Victoria y Jackie corrieron hacia el edificio. Subieron los escalones de cemento de dos en dos e irrumpieron dentro del apartamento.

—¿Qué pasó con papi?

Encontraron a mami llorando histéricamente en el sofá que era la cama de Nestico con Inés a su lado ofreciéndole un vaso caliente de leche malteada.

—No sabemos —dijo Inés con sus ojos verdes muy abiertos y confundidos. Su voz sonaba casi como la de un robot—. Llamaron del hospital diciendo que lo habían traído, pero la llamada se cortó antes de que pudieran decir más nada.

—Tenemos que ir a verlo. Yo he sido una mala esposa. No lo he cuidado. —Mami se ahogó antes de volver a una nueva ola de histeria.

—Voy a conseguir un cartucho de la señora Greenwald. Eso siempre ayuda en las películas. —Jackie salió sin decir más nada y regresó en un segundo.

Desde la disculpa extraña de Monique, Victoria no había podido pensar con claridad. Ahora se hizo cargo.

—Mami, respira profundamente dentro del cartucho y en cuanto te calmes nos vamos para el hospital. Tú solo enfócate en respirar.

Victoria no dijo que las cosas iban a estar bien porque no sabía nada sobre cómo estaba papi y no fue criada así. Cuando Papalfonso tuvo su accidente, Mamalara se aseguró de que todos supieran que su recuperación no era segura. Mamalara siempre decía que la honestidad duele menos a largo plazo.

—Inés, ayúdala a tomar esa leche. Nestico, busca el mapa de Miami y la ruta de las guaguas.

—¿Estás loca? —Mami dejó caer el cartucho con un chillido. —¿Te has olvidado de que tu abuelo murió montando una guagua?

Eso no era exactamente verdad. A Papalfonso lo arrolló una guagua que lo dejó paralítico por meses hasta que murió. Pero mami no estaba en condiciones ahora de escuchar la verdad.

—Yo no sé cómo vamos a poder llegar si no es en guagua. —Victoria trató de hacerla entrar en razón.

—No, no, no podemos. Yo no puedo.

En un día regular, mami jamás se montaría en una guagua porque había demasiados gérmenes y abusadores. Ahora la idea la volvió más histérica. Aunque Victoria había montado en guagua varias veces con papi y había salido ilesa, era imposible tratar de convencer a mami. Con cada segundo que perdían discutiendo, la condición de papi se podía poner peor.

—Llamemos a una piquera para que manden un chofer a recogernos —dijo Jackie.

—Pero...

—Las guaguas demoran mucho en pasar y probablemente tengamos que montar en dos o tres para llegar al hospital.

—¿Segura? —le preguntó Victoria a Jackie. La única manera de pagarlo sería sacando el dinero de los ahorros para el pasaporte.

Jackie asintió.

—Tu padre nos necesita ahora.

Victoria levantó el teléfono y le pidió a la operadora que

la conectara con una piquera. Mientras esperaba, las lágrimas reprimidas corrían por sus cachetes. Cuando encontró los ojos de Jackie le murmuró:

—Gracias.

El chofer los llevó al hospital en veinte minutos y les demoró otros veinte minutos más confirmar que papi había sido admitido. No les dijeron nada sobre qué era lo que había pasado, cuán mal estaba, nada. Solo les dijeron cómo llegar a la sala de espera.

Cada cinco minutos, mami molestaba a la enfermera de turno para que la informara.

Cada cinco minutos, le decía que cuando hubiera noticias, ella sería la primera en saberlo.

Y así siguió por minutos interminables que parecían horas.

Nestico se quedó dormido con la cabeza sobre las piernas de Victoria mientras Inés hojeaba una revista de modas, enseñándole a Victoria lo que le gustaba y lo que era ridículo. Jackie, que hacía amigos dondequiera que estuviera, estaba teniendo un debate amistoso con una familia sobre el mejor equipo de pelota.

Victoria estaba sentada derecha y acariciaba los rizos pelirrojos de Nestico. Miró sin fijarse en los retratos de moda que Inés le enseñaba, mientras pensaba que los Dodgers eran de Brooklyn no de Los Ángeles, pero ¿qué sabía ella de deportes?

—¿Señora Pino?

Mami enseguida se levantó. El hombre parado frente a ella tenía un traje barato y el pelo engrasado y aplastado en los lados con una raya en el medio. De la manera que mami torció sus labios Victoria supo que sabía que él no trabajaba en el hospital.

—Del Mar de Pino —lo corrigió mami como si le fuera a dar una educación sobre los apellidos de las mujeres cubanas casadas.

El hombre se viró para llamar a dos mujeres que llevaban mucho tiempo esperando al igual que ellos. Una señorita Johnson, una mujer mayor, cuyo pelo canoso se le estaba saliendo de los rizos que se había hecho esa mañana, y una señora Lamar, una mujer joven que tenía el pelo negro y lacio y estaba embarazada de varios meses.

Victoria trató de moverse en su asiento pero el peso de Nestico se lo impidió. Al menos podía oír parte de la conversación que le permitía entender lo que el hombre decía.

Era el jefe a cargo de los trabajadores de la construcción.

Había sucedido un accidente horrible, pero por suerte solo estos tres hombres resultaron heridos.

Los tres deberían recuperarse completamente. La compañía iba a pagar todos sus gastos de hospital y sus trabajos iban a estar disponibles cuando estuvieran mejor.

La señorita Johnson lloró en su pañuelo y le dio las gracias al hombre por su generosidad.

La señora Lamar permaneció callada con los labios apretados.

Mami no se mantuvo callada. Pero por una vez su voz no fue chillona sino que habló con determinación.

—Eso no es aceptable. Estos hombres tienen familias que mantener. —Ella señaló a su familia y a las otras dos mujeres—. Su recuperación puede fácilmente demorar dos o tres meses. ¿Eso significa que debemos morirnos de hambre durante ese tiempo? ¿Ser lanzados a la calle porque no podemos pagar el alquiler? Ellos se lastimaron mientras usted estaba a cargo y deben ser compensados al menos con sus sueldos completos hasta que puedan volver a trabajar.

Unas veinte personas que estaban en la sala de espera comenzaron a aplaudir. Nestico se despertó de golpe y empezó a aplaudir sin saber por qué.

—¡Así se dice, tía! —Jackie chifló y mami no la regañó por no comportarse como una señorita.

El jefe de la obra se pasó la mano sobre su pelo grasiento. Los ojos de todos en la sala de espera estaban mirándolo, incluso la enfermera que acababa de entrar con un portapapeles en las manos.

—Por supuesto van a continuar recibiendo sus sueldos hasta que puedan volver a trabajar. ¿No dije eso? De hecho, tengo varios trabajos de oficina que están disponibles y que pagan mejor que el sueldo de un obrero si ellos lo prefieren. Yo estoy seguro de que mencioné eso antes.

La señora Lamar le dio las gracias con la cabeza a mami mientras que la señorita Johnson continuaba llorando por la bondad de las personas.

La enfermera con el portapapeles llamó a la familia con quien Jackie estaba hablando de pelota y el resto de las personas en la sala continuaron esperando.

—Mamalara estaría muy orgullosa de tí —le dijo Victoria a mami cuando volvió a su asiento.

Mami se mofó del cumplido.

—Pues claro. No iba a permitir que trataran a mi esposo de esa manera. Es un ingeniero educado.

Victoria sonrió y sacudió su cabeza. Todos decían que mami no se podía hacer cargo de su familia, que sentiría pánico en una crisis. Muy cierto. Victoria había llamado a la piquera y Jackie había ofrecido el dinero para pagarlo. Pero cuando tuvo que ver con el honor de su familia y defender lo justo, la fortaleza de mami salió a la vista. Eso era suficiente para Victoria.

Por el ruido en su estómago, debía de ser la hora de la cena (¿había ella almorzado?) cuando un ayudante apareció con papi sentado en una silla de ruedas con la cara grisácea y un yeso en el brazo izquierdo que estaba atado a su pecho.

Papi trató de pararse cuando la silla de ruedas se detuvo, pero sus piernas no lo sostuvieron y se volvió a caer sentado en la silla.

—¿Qué pasa, qué te pasa? —Mami corrió a su lado.

—Él está saliendo de los efectos del éter —dijo el ayudante—. Un médico estará aquí en breve. Manténgase sentado, señor.

—Una viga se cayó encima de nosotros. Tenemos suerte de que no nos mató —dijo papi respirando varias veces y aguantando por varios segundos cada inhalación antes de exhalar. Se enderezó en la silla pero no trató de pararse otra vez—. ¿Cómo llegaron aquí?

—Victoria llamó a una piquera —dijo Inés.

—Aunque el chofer no hablaba ni media palabra en inglés ni en español. —Mami prosiguió a dar una versión exagerada de la transacción que ella había negociado con el jefe.

Cuando terminó, papi extendió su mano buena y cada miembro de la familia apretó uno de sus dedos, incluyendo a Jackie.

—Yo sé que ha sido difícil vivir en Miami, pero lo bueno es que nos ha hecho crecer y madurar. Estoy muy contento de tener a cada uno de ustedes en mi familia.

Soltó sus dedos para pasarse la mano por la cabeza. Cuando volvió a hablar, no parecía querer expresar en voz alta lo que estaba pensando.

—Yo me iba a inscribir el lunes para luchar por Cuba.

—Así que fue una buena cosa que te lastimaras —dijo mami—. Impidió tu estupidez.

Quizás porque estaban en un hospital público rodeados

de personas extrañas o quizás porque todavía estaba bajo los efectos del éter, papi no se rebeló contra las acusaciones de mami.

—Le he fallado a mi país.

—Tonterías. Un solo hombre no puede hacer gran diferencia.

Papi se volvió a parar y esta vez sus piernas sostuvieron su peso y no perdió el equilibrio.

—Si eso fuera verdad, Fidel Castro no estaría en el poder.

11 DE MARZO DE 1961

Victoria se recostó contra la silla en la oficina para mirar hacia la bodega. El señor Pulaski había sido llamado para trabajar en la segunda caja registradora durante la mañana del sábado, debido a que había muchos clientes. Pero ya estaba todo más tranquilo. Victoria quería que volviera a la oficina. Iba a ser difícil decir lo que necesitaba y el tener que esperar lo hacía aun más difícil.

Veinte minutos más tarde, el señor Pulaski al fin regresó a la oficina con dos tazas vacías y se puso a hacer café.

Ahora, antes de que vuelva a desaparecer.

—Señor. —Victoria respiró profundamente y organizó el montón de sobres donde ella había escrito las direcciones y puesto los sellos—. Hay una cosa que quisiera hablar con usted.

El músculo de la espalda del señor Pulaski se tensó.

—No me digas que vas a renunciar.

—No, señor, al contrario. Yo, bueno, usted sabe, la cosa es, yo pensé que quizá... —Victoria tartamudeó mientras sus manos continuaban organizando los artículos sobre el escritorio.

El señor Pulaski se alejó del café que estaba hirviendo y se paró frente a ella.

Victoria se puso más inquieta. No quería que el señor Pulaski pensara que ella era ambiciosa o malagradecida por la comida extra que les daba con regularidad. «Estos plátanos se están poniendo negros. Es mejor que se los lleven», les decía, o también, «encargué demasiada carne que no cabe en las neveras». Pero desde que papi se lastimó, la necesidad de sacar a su tía y a Mamalara se había intensificado. Ella necesitaba la ayuda y el apoyo de ellas y, más que nada, su amor.

Respiró otra vez y dejó que salieran las palabras.

—Cuando Jackie y yo fuimos contratadas, usted nos dijo que el sueldo para empezar era ochenta centavos la hora. ¿Cuándo calificamos para un aumento?

El señor Pulaski pensó en la pregunta mientras se servía el café y le indicó que saliera de la oficina con él. Le entregó una taza a Gladys, la cajera, antes de que él tomara un sorbo. Victoria lo siguió y esperó pacientemente al lado de las cajas registradoras. En Cuba el café se tomaba en compañía de amigos o leyendo el periódico. Aquí, parecía que los estadounidenses lo necesitaban para poder funcionar.

Gladys dejó su taza de combustible para el cerebro en el mostrador primero.

—El total es $5.79 y el cliente te da un billete de veinte. ¿Cuánto es el cambio?

—$14.21 —contestó Victoria sin pensarlo, pero intrigada sobre lo que estaba pasando.

—El total es $8.92 y recibes diez.

—$1.08.

—$11.48 y pagan $15.50.

—$4.02.

Gladys guiñó el ojo y volvió a su taza de café.

—Se lo dije. Es perfecta.

Victoria se viró de un adulto al otro.

—¿Perfecta para qué, si me permiten la pregunta?

El señor Pulaski señaló a la caja registradora donde él había trabajado toda la mañana porque la nueva cajera no se había aparecido.

—Necesitamos otra cajera y Gladys cree que confiar en alguien de catorce años es una buena idea. ¿Estás interesada?

Le tomó a Victoria un segundo recordar que fue gracias a Jackie que el señor Pulaski las había contratado, pensando que eran un año mayores de lo que eran en realidad. Le demoró otro segundo en darse cuenta de que le estaba ofreciendo un trabajo de cajera. Era una cosa apuntar cuántas latas de melocotones tenían y otro nivel de responsabilidad manejar dinero. Un trabajo que ella sabía que empezaba en noventa centavos la hora, diez centavos más de lo que ganaba ahora. De cincuenta a sesenta centavos más al día dependiendo de las horas que trabajara.

—Señor, me encantaría manejar la caja, pero tengo una confesión que hacer. Yo aún no tengo catorce años. —Victoria suavizó la verdad con la certeza de que revelaría su cumpleaños en diciembre si el señor Pulaski se lo preguntaba. Ella también tenía la intención de no revelar la edad de Jackie. Ese era el secreto de ella para revelar o no—. Pero estoy en clases de inglés y matemáticas de noveno grado.

La taza de café escondió la cara del señor Pulaski por un minuto. Cuando al fin la bajó, el café se movió de un lado al otro pero no se derramó.

—No lo puedo creer. Gladys estaba en lo cierto que el carácter y la inteligencia son más importantes que la edad.

—Gladys siempre está en lo cierto —dijo Gladys.

—¿Por favor te puedes ocupar de tu cliente? —El señor Pulaski sacudió la cabeza como si no supiera qué hacer con ella. Pero Victoria ya sabía que no debía tomar en serio la situación. En lo más profundo de sus seres, ella sabía que se respetaban el uno al otro.

—Victoria, si tú estás dispuesta, me ayudaría muchísimo si tú trabajaras la caja. Como ya sabes, el trabajo paga noventa centavos la hora.

—¿Y qué hay con Jackie? —Victoria señaló a su prima que estaba ocupada con una cliente, diciéndole que la temporada de las fresas estaba a punto de terminarse y que debía comprar dos canastas en vez de una.

—Jackie, ¿tú quieres trabajar la caja? —le preguntó el señor Pulaski cuando la cliente salió con una canasta de fresas en cada mano.

—*Only if I have to.* —Jackie reemplazó las fresas en exhibición con las que tenía en la bandeja que estaba contra su cadera.

Victoria torció la boca con una corrección reprimida. Jackie debía de saber que en inglés no se termina una oración con una preposición.

—Lo que quería decir es si aumentaría el salario de Jackie a noventa centavos también.

—Ella es mucho más eficiente que el muchacho que coloca la mercancía y es una excelente vendedora —añadió Gladys.

—Gracias, Gladys —suspiró el señor Pulaski—. Sí, está bien. Yo puedo pagarles a las dos lo mismo. Y llévense unas fresas para la casa. No van a durar hasta el lunes.

—Con las ganancias de hoy y el aumento, ya tenemos ochenta y dos dólares con cuarenta y un centavos —le murmuró Victoria a Jackie en español cuando estaba colocando los paquetes de chicles próximos a la caja de Victoria. El señor Pulaski la dejó sola después de que comprobó que ella podía manejar la registradora correctamente con varios clientes. Luego, Victoria solo tuvo que preguntarle a Gladys un par de veces sobre el precio de la mercancía porque no había podido encontrarlo. Hasta donde ella sabía, tocando madera, no había cometido ningún error.

Con todos en la bodega ocupados (Gladys estaba en el baño, el señor Pulaski fumando afuera y algunos clientes caminando por el pasillo), Victoria compartió su nueva preocupación.

—Tenemos que comenzar a pensar dónde podemos conseguir un pasaporte falsificado y cómo se lo vamos a hacer llegar a tu mamá.

Jackie asintió.

—Vamos a preguntarle al tío otra vez cuando lleguemos a casa. Tiene que haber un familiar aquí en Miami que conozca a alguien que conozca a alguien.

Seguro que sí. Todos los cubanos en Miami se conocían y papi siempre había sido bueno en saber lo que estaba pasando. Tenían que preguntarle esta noche.

Hasta que no ocurriera el ataque secreto y estuvieran todos en el avión de regreso a Cuba, ella y Jackie no iban a parar de ahorrar dinero para el pasaporte de la tía. Habían sucedido demasiadas cosas con Cuba para estar seguras de nada.

—Tú también conoces a todos en la escuela. —Victoria lo dijo sin resentimiento. Ella no quería que Jackie cambiara—. Quizás les puedes preguntar a esos muchachos cubanos que juegan pelota contigo. Con sutileza, por supuesto. Y yo estaré pendiente de lo que oigo. Nadie se da cuenta de que estoy sentada debajo del naranjo.

Jackie asintió y se alejó cuando un cliente llegó a la caja de Victoria.

—Así que el jefe al fin te está ascendiendo en el mundo —dijo una cliente que compraba con regularidad.

Victoria sonrió sin saber qué contestar y no queriendo distraerse. Cinco libras de harina, cincuenta y cuatro centavos. Cinco libras de azúcar, cincuenta y ocho centavos.

Gladys, que había regresado del baño, respondió por ella.

—No, la muchacha se volvió audaz. Fue donde Peter y pidió un aumento para ella y para Jackie.

—¡Muy bien hecho! —dijo la cliente.

Victoria se puso colorada mientras añadía los cinco centavos del periódico debajo del brazo de la cliente. Luego revisó la cuenta para estar segura de que había cobrado todo antes de responder.

—Gracias, estoy contenta de que el señor Pulaski estuvo de acuerdo.

La cliente apretó la mano izquierda de Victoria.

—Muchas niñas han sido criadas con la idea de que no pueden pedir lo que necesitan. No tengas miedo de pedir. Exígele si es necesario.

—¿Oíste, oíste? —dijo Gladys con entusiasmo.

Victoria no contestó. Ojalá fuera tan fácil. Ojalá pudieran poner un anuncio en el periódico: SE NECESITA FALSIFICADOR DE PASAPORTES.

28 DE MARZO DE 1961

—Jackie.

Después de pasar la escuela elemental, una figura salió de las sombras como un espía.

—Eh, Rubén, ¿qué tal? —Jackie le dio la señal secreta con la mano que usaba con el grupo que jugaba pelota en las mañanas.

—¿Podemos hablar en privado? —Señaló con su cabeza hacia el campo de fútbol americano donde habían celebrado el carnaval.

Dándose cuenta de que el tema probablemente no tenía nada que ver con ella, Victoria comenzó a caminar más aprisa hacia la escuela intermedia. Jackie la agarró y la haló para atrás.

—Ella es mi prima. Podemos hablar delante de ella.

Jackie sabía de lo que iba a hablar porque ella sabía lo que le había pedido.

Rubén titubeó.

—Vamos al campo de fútbol de todas maneras. Hay mucha gente pasando por esta acera.

Caminaron en silencio hasta que llegaron a las gradas de la banda opuesta del campo.

—Le pregunté a mi padre sobre el falsificador de pasaportes. Tuvo que hacer cambios en su pasaporte porque decía «abogado» y tú sabes que no dejan salir ni a los abogados ni a otros profesionales.

Jackie asintió. Ella recordaba que por suerte el guardia no se había fijado bien en el pasaporte de su tío Ernesto, dejándolo salir siendo un ingeniero.

—Pero el problema es que consiguió que le hicieran la alteración estando todavía en Cuba —dijo Rubén.

Jackie comprendió lo que no estaba diciendo.

—¿Así que él no conoce a nadie aquí?

—No. Hay un rumor de alguien en Hialeah, pero mi padre no sabe su nombre ni cómo ponerse en contacto con él.

—Supongo que eso es mejor que nada —dijo Victoria que siempre era optimista.

—¿Y no tienes ninguna otra pista? —Jackie cruzó los brazos contra su pecho, desilusionada de su amigo. Si esto era todo, ¿por qué la estupidez de hablar en secreto?

—Bueno —Rubén volvió a revisar que no hubiera nadie que estuviera escondido detrás de las gradas—. Mi padre dice que hay una manera de usar a su contacto en Cuba.

—¿Por qué no empezaste con eso? —exigió Jackie.

—Es complicado. Tienes que mandar el dinero a un banco en Aruba y mandar todos los papeles a un apartado postal ahí también. El falsificador, o un socio me imagino, recoge el dinero y los papeles y los manda por contrabando a Cuba.

Jackie torció sus ojos.

—Suena como algo de un programa de radio o de las películas.

—Mi padre dice que es legítimo.

—Nunca le debes mandar dinero a un extraño. Ni a un país en el extranjero. No hay garantía de que no se lo roben. —Victoria sacudió la cabeza. Menos mal que Jackie había insistido en que Victoria se quedara. Jackie nunca hubiera pensado en esas cosas.

—Hay más. —Rubén se metió las manos en los bolsillos—. Tienes que avisarle a la persona que quiere la falsificación que recoja el pasaporte en Santiago por un pago adicional.

Jackie soltó una retahíla de malas palabras que hizo que Victoria se sonrojara. El cubrir el gasto adicional no era ningún problema. Mima lo podía pagar. Pipo también, pero nunca iba a salir y mucho menos soltar tanto dinero. Aun con la escasez de gasolina y los guardias parando a los vehículos que estaban viajando por cualquier razón que no fuera para trabajar, mima encontraría la manera de llegar a Santiago de Cuba, que estaba a varias horas en la parte sureste de la isla.

El problema era la comunicación. Si hubiera la manera

de comunicarse confidencialmente con mima, todo sería sencillo. La podían mandar directo a la persona que el padre de Rubén conocía en vez de mandar dinero a Aruba.

Pero no había manera de comunicarse con mima. No habían oído nada de nadie desde que Jackie había salido.

—¿Te veo en el diamante? Aún nos quedan unos minutos —dijo Rubén y se dirigió hacia el resto de los muchachos con los que Jackie en general se unía para un juego breve de pelota antes de que tocara el timbre.

En vez de ir detrás de él, Jackie se viró y escondió su cabeza en el hombro de Victoria y casi la tumba. Pero Victoria dio un paso hacia atrás para no perder el equilibrio y con sus brazos delgados envolvió a Jackie con firmeza.

—Es inútil —sollozó Jackie. Todos estos meses, ella había estado escondiendo sus sentimientos, tratando de ser fuerte, evitando cualquier cosa que pudiera quebrar a la Jackie real. Pero no podía seguir haciéndolo. No podía más—. Todo lo que hemos hecho ha sido en vano. Nunca vamos a poder sacar a mima. Aun si por algún milagro este falsificador en Santiago no nos estafa, no le podemos hacer llegar el pasaporte a mima. Si Alto no le puede conseguir el pasaporte, ¿cómo diablos pensamos que nosotras lo vamos a lograr? Y no sigas diciendo que vamos a volver a casa pronto porque eso nunca va a pasar. Yo sé que no voy a ver a mi familia más nunca.

Jackie lloró más fuerte. Todo su cuerpo se estremecía.

Sintió a Victoria presionando su cachete contra la parte de arriba de su pelo como siempre lo hacía, pues era media cabeza más alta que ella.

—Yo sé que es difícil, mama. —Victoria usó la palabra de consuelo que cada cubana había escuchado—. Pero yo no me voy a dar por vencida. Yo voy a continuar haciendo todo lo que pueda para volver a casa o para sacar a tu mamá. Lo que suceda primero.

—No estás aceptando la realidad.

—Quizás, pero si no hacemos nada y nos damos cuenta de que podríamos haber hecho algo, nos sentiríamos aún mucho peor.

Las palabras quedaron colgadas en el aire alrededor de ellas por varios minutos. Lo único que Jackie quería era gritar y quejarse. Pero mientras más pensaba en lo que Victoria había dicho, más se daba cuenta de que no podía estar en desacuerdo.

—Tienes razón. No nos podemos dar por vencidas. —Jackie se secó la cara en la manga con vuelos de la blusa de Victoria antes de enderezarse. Cuadró sus hombros pero agarró la mano de su prima hermana para que la sostuviera. A través de sus ojos hinchados, se dio cuenta de que ya había sonado el primer timbre, pues no había estudiantes ni en los terrenos de juego ni en la entrada del edificio.

Bien. Ella no quería que sus amigos conocieran a la Jackie real.

19 DE ABRIL DE 1961

La tapa de la cazuela de metal traqueteó. El vapor y la espuma gris salieron y se separaron. El vapor subió al techo y la espuma se derramó por los bordes de la cazuela y crujió cuando tocó la hornilla de gas.

Victoria se levantó de golpe de la mesa de la cocina donde estaba leyendo el libro *King of the Wind* de su autora favorita, Marguerite Henry.

Las llamas quemaron los lados de la cazuela. Ella apagó la cocina y movió la cazuela para otra hornilla y prendió de nuevo la cocina. No importaba cuántas veces había cocinado frijoles, ya fueran negros, chícharos o las lentejas de hoy, siempre se desbordaba el líquido dentro de la cazuela. Por lo menos una vez que el líquido se desbordaba, los frijoles se cocinaban sin más problemas. Era extraño.

—¿Tu padre no ha vuelto? —preguntó mami, saliendo del cuarto. Tenía el pelo mojado y con ganchillos que le sostenían los rizos aunque sus esfuerzos de belleza no eran vistos por nadie fuera de su familia.

Victoria se encogió de hombros. Su atención estaba enfocada en limpiar la cocina y en el caballo entero brioso que estaba forzado a trabajar para ganarse su comida que había dejado en el libro.

—Se está haciendo tarde. Espero que no le haya pasado nada. —Mami abrió la puerta del apartamento para mirar afuera y después levantó el teléfono para revisar que nadie en el complejo de apartamentos hubiera dejado la línea comunal desconectada. Las líneas telefónicas privadas que habían tenido en Cuba, tanto en La Habana como en la finca, eran ahora un lujo del pasado. Victoria escuchó el tono del teléfono desde donde estaba soplando una cuchara de la sopa para probarla. Las lentejas estaban empezando a ablandarse y necesitarían alrededor de quince minutos más de cocinar. El olor a quemado fuera de la cazuela no había afectado lo que estaba dentro.

Llegó la hora de la comida y papi aún no había llegado. Victoria terminó de leer el libro y sirvió la sopa antes de que se pusieran ansiosos. Aunque mami solo comió una cucharada.

—Ha tenido otro accidente, lo sé —se quejó mami mientras caminaba dentro del apartamento—. Yo sabía que no debía haber vuelto a trabajar con el brazo aún enyesado. Pero siguió insistiendo que él podía porque ahora estaba trabajando en la oficina.

El abridor del portón de hierro de la entrada llamó la

atención de Victoria. Por la ventana abierta se escuchaba una canción que Victoria conocía aunque la estaban cantando desentonada.

—¿Papi? —Victoria abrió la puerta seguida por el resto de la familia. La canción continuó. Era una melodía de lamento añadida a un poema de José Martí.

En la oscuridad vio una figura que se desplomaba cerca de la parte de arriba de los escalones. Todos corrieron hacia él. Papi se quedó sentado con la espalda contra el pasamano de los escalones y continuó cantando la melodía de lamento.

—¿Papi? —Esta vez salió más como un susurro con ella parada frente a él.

—Eh, ahí están. Los que se pueden hacer cargo de todo. Pues hágan se cargo de esto. Resuelvan todos nuestros problemas. —Papi trató de levantarse pero no tenía fuerza para hacerlo.

—Cuidado que no se caiga por las escaleras —advirtió mami. Teniendo en cuenta su posición, eso era muy posible.

—¿Estás borracho? —susurró Nestico.

—Claro que no —dijo papi titubeando, lo cual indicaba que definitivamente estaba borracho.

Jackie puso el brazo de papi sobre sus hombros y aun se necesitó la ayuda de Victoria e Inés para pararlo. Nestico se paró detrás de él en los escalones para empujarlo hacia delante mientras mami sostenía la puerta abierta. Lograron meterlo dentro del apartamento donde se desplomó de cabeza sobre el sofá con sus largas piernas estiradas sobre el brazo del mueble.

—Inés, quítale los zapatos. Victoria, consigue un pedazo grande de pan. Jackie y Nestico, vírenlo. —Mami se hizo cargo sin caer en su histeria habitual.

Victoria hizo lo que le había pedido y cortó un pedazo desigual del pan de la panadería que el señor Pulaski le dio porque no se había vendido cuando fueron a hacer la compra después de la escuela. Lo puso en el horno para tostarlo por un par de minutos y lo embarró con manteca y miel. Una combinación que Nestico había inventado y que a papi le gustaba.

—Toma. —Ella le trajo el plato a papi. Lo habían virado y estaba recostado contra el brazo del sofá con sus largas piernas estiradas frente a él.

Durante varios minutos, papi se concentró en comer, ignorando las protestas de mami de que no solamente estaba comiendo con las manos sucias sino también se estaba chupando la grasa dulce de los dedos. Victoria le trajo una servilleta y dos vasos de leche en polvo fortificada.

Las sombras de la lámpara alumbraron su cara, envejeciendo sus facciones por lo menos veinte años. Descansó su cabeza en su mano pegajosa y al fin habló.

—Se acabó. Ya no hay esperanza. —Le habló a su brazo izquierdo aún con el yeso. Nadie lo interrumpió—. Esa batalla en la cual yo quería participar empezó hace dos días.

Mil cuatrocientos hombres, la brigada 2506, los mandaron a Playa Girón. Estaba supuesto a ser un ataque secreto, pero les hicieron una emboscada. Todo salió mal. Los hombres de Fidel sabían que ellos venían y estaban esperándolos. Mataron a los hombres que se tiraban en paracaídas cuando estaban descendiendo. —Papi simuló que tenía un rifle y que mataba a la gente invisible frente a él. El disgusto por lo que había pasado torció su cara con más ira—. Un tanque soviético tumbó algunos aviones. A la tropa le habían dado las municiones equivocadas para sus armas. No tenían manera de defenderse. Los que sobrevivieron fueron capturados y transportados a la cárcel en La Habana en rastras que se usan para animales. Lo que debió de haber sido una misión fácil se convirtió en una masacre. Nos traicionaron.

La rabia hizo que papi se lanzara del sofá mientras daba puñetazos en el aire.

—¿Cómo se le ocurre al gobierno de los Estados Unidos jugar con nosotros, dándonos las municiones equivocadas? Eso no fue un error, sino una masacre deliberada. Y eso no fue todo. Uno de los pilotos, al ver lo que estaba pasando, como los paracaidistas estaban cayendo como moscas, rehusó que sus hombres se tiraran en paracaídas y regresó a la base, a pesar de que le seguían dando órdenes en la radio de que tenía que dejar a los hombres tirarse del avión. Los hombres que él tenía en el avión probablemente fueron los únicos que sobrevivieron ilesos de los mil cuatrocientos.

Papi tropezó sobre sus propios pies y se cayó al suelo con un fuerte ruido y continuó descargando desde ahí.

—Teníamos a los hombres dispuestos a pelear y el mundo no nos apoyó. ¡Qué embarque! Sabían que veníamos. Todo ha terminó. Nosotros estamos terminados.

Victoria trató de comprender todo lo que papi había dicho. Ella sabía que el gobierno había estado planeando esto por meses. Papi había dicho que Eisenhower había aprobado los fondos cuando todavía era presidente. El gobierno de los Estados Unidos estaba de acuerdo en entrenar a los voluntarios cubanos y proveerles las armas. Los contrarrevolucionarios en la isla, como Alto, estaban dispuestos a unirse a los exiliados. Su plan secreto se había filtrado de algún lugar o quizás de muchos. Todo había salido demasiado mal como para que hubiera solo un responsable. Aunque seguía siendo todo por culpa del desgraciado de Fidel Castro.

—¿Ya ves? ¿No estás contento de no haberte inscrito?
—Mami le dio la mano a papi para ayudarlo a levantarse.

Papi empujó la mano hacia el lado y se levantó solo.

—¿Y si yo me hubiera inscrito y hubiera sido el hombre que hubiera hecho la diferencia? Mi abuelo peleó en la Guerra de los Diez Años y me enseñó sobre armas. Yo podría haber sido el que se hubiera dado cuenta antes de despegar que teníamos las municiones equivocadas.

—Papi, no hagas eso. No es tu culpa —dijo Victoria.

—Yo me alegro de que no estés muerto —dijo Nestico.

—Yo también —añadió Inés.

Jackie no dijo nada. Victoria sabía lo que estaba pensando. Su familia aún estaba en la isla y no habían sabido nada de ellos desde hacía varios meses.

Papi continuó desahogándose.

—Yo conocía al menos a cinco de esos voluntarios. Quizás a más. Dos de ellos eran primos. No los he visto desde que éramos niños y ahora no los volveré a ver nunca más.

Nestico puso sus brazos alrededor de la cintura de Victoria e Inés puso su cabeza en su hombro. Victoria sacó los rizos de Nestico de sus ojos y besó a Inés. Jackie estaba de pie, congelada en su lugar, demasiado lejos para que Victoria pudiera consolarla.

—¿Es… es seguro que están todos muertos? —murmuró Jackie.

—La lista oficial no ha salido todavía. Cuba está perdida.

Papi escondió su cabeza en las manos y sus hombros comenzaron a temblar. Le demoró a Victoria un momento en comprender lo que estaba viendo. Papi, que había empezado a regañar a Nestico cuando tenía tres años, diciéndole que se portara como un hombre y no como un afeminado, estaba llorando.

—Nunca jamás volveremos a casa —sollozó papi.

20 DE ABRIL DE 1961

Aún no habían recibido ni media palabra de mima ni de pipo. Ni. Una. Sola. Palabra. Ni cartas, ni llamadas, ni telegramas. Ni siquiera una paloma mensajera dejando caer un regalo por su cumpleaños en enero. Después de haber oído lo que sucedió en Playa Girón, habían tratado por horas de llamar a casa sin resultado. Pero también todos los otros cubanos exiliados debían de haber estado haciendo lo mismo. Todos tenían algún familiar o conocido aún en la isla. Las líneas telefónicas que no habían sido cortadas en la isla no daban abasto con la multitud de llamadas.

Y Jackie tenía la desgraciada suerte de que no era solo un miembro de su familia que aún estaba en Cuba sino toda su familia.

¡Mima por lo menos podría haber escrito una nota diciendo que el gato todavía estaba vivo!

¿O había creído el gobierno que eso era un código y destruyeron la carta para no entregarla?

Tío Ernesto con frecuencia mencionaba algún pariente

o algún primo que había llegado a Miami. Cuando Jackie preguntaba si el recién llegado sabía algo de su familia, la respuesta era siempre que no los habían visto en mucho tiempo. Claro que no. Cuando Jackie aún estaba ahí las visitas sociales habían terminado. Las personas ya no paraban en la mitad de la acera con bolsas de cosas que habían comprado para chismear con alguien que no habían visto en tres días.

Si mima hubiera querido al menos podría haber mandado un mensaje con los que se iban. Al menos un mensaje verbal como, «dile a Jackie que la extrañamos». Aunque sea algo en lugar de este horrible silencio absoluto.

Y los gringos decían que ninguna noticia era buena noticia.

Los periódicos decían que la batalla había sido mayormente en Playa Girón y que los civiles en La Habana estaban bien. ¿Pero qué podían saber los periodistas a un millón de millas de distancia si el gobierno rehusaba dar información aun sobre un gato gordo anaranjado?

21 DE ABRIL 1961

Después de que todos se tomaran el día libre de la escuela y el trabajo, papi los hizo volver. En realidad todo lo que Victoria quería hacer era esconder su cara en la almohada y gritar o acariciar el gato de la señora Greenwald, aunque era delgado y con pelo corto en vez de gordo y peludo como Gnomo en casa. ¡Ay, Gnomo, ay, Diógenes! Nunca más volvería a ver la finca y montar a través de los árboles frutales. Su lugar en el mundo no existía más para ella. Y podía muy bien ser destruido o arruinado si es que aún no lo estaba.

A pesar de todas las demoras, de las noticias de política y el pesimismo de la familia, ella había estado convencida de que algún día volverían a casa.

Pero tal como mami había predicho en el avión cuando les dijo que miraran por la ventanilla porque podía ser la última vez que vieran a Cuba, no había regreso.

No podían volver.

Victoria abrazó sus rodillas en soledad debajo del naranjo.

Las palabras de papi resonaban en su cabeza: «los que se pueden hacer cargo de todo».

Pero no podían. Ella no podía.

Había trabajado duro para ahorrar el dinero para el pasaporte de su tía pero ni ella ni Jackie habían podido averiguar cómo se compra una falsificación. Lo cual estaba bien pues no tenían idea de cómo hacérselo llegar a tía Larita. Victoria no podía dejar ir el enorme deseo de montarse en un caballo y no tener que ocuparse de más nada. No podía.

La risa de Jackie hizo eco en el patio saliendo de la cafetería al aire libre. Riéndose como si todo estuviera bien. O quizás Jackie sabía mejor cómo esconder sus sentimientos. Victoria apretó sus rodillas aún más. No tenía la fuerza para pararse y hacer la fila para el almuerzo junto con esas personas que no sabían o no les interesaba lo que había sucedido en una isla extranjera tan cerca y a la vez tan lejos.

—Su papá. Se lo llevaron.

Victoria viró su cabeza hacia las voces de cubanos que todavía no eran sus amigos. Era más fácil para ella iniciar una conversación con una persona sola que con un grupo donde nadie la conocía, a pesar de compartir un pasado.

Ella no se preocupó por eso ahora. Se levantó y salió de la sombra del naranjo.

—¿El padre de quién? ¿Adónde lo llevaron?

—El padre de Rubén. —Un muchacho señaló hacia el aire para indicar al muchacho que no estaba presente—. Su padre fue a pelear a Playa Girón y lo han hecho prisionero. Dicen que la fortaleza aún tiene una cámara de tortura.

—A mi primo lo arrestaron el año pasado por estar en una protesta. Durante tres meses estuvo en una celda tan chiquita que no se podía parar ni acostar —dijo la muchacha que había ido al mismo colegio que Victoria en Cuba.

El resto del grupo asintió antes de seguir caminando.

La mano de Victoria raspó contra el tronco del árbol tratando de sostener el peso de su cuerpo.

Era demasiado. Podía haber sido su papi o su primo. Esto le podía haber pasado a alguien que ella conocía y quería.

Ella debió de haber insistido en quedarse en casa más tiempo. Aunque se había pasado todo el día de ayer consolando a su familia, asegurándose de cocinar y de que todos comieran. Esta mañana se había despertado con Inés habiéndose orinado en la cama y con Nestico gritando en una pesadilla de terror. Trató de convencer a Jackie de que cuando no hay noticias es porque son buenas después de que mami se conectó en el teléfono con la red cubana de chismes en Miami y no pudo averiguar nada sobre los padres de Jackie o de Mamalara.

Pero nadie pensó en consolar a Victoria.

Ella dio zancadas por los pasillos desiertos de la escuela. Todo el séptimo grado estaba almorzando. El octavo y noveno grado estaban en clases. Sin darse cuenta, se encontró en la clase de economía doméstica de la señorita Jiménez. No tenía ningún caballo para montar para escapar así que su subconsciente la llevó a lo más parecido al bienestar de la cocina de Mamalara.

—Victoria —la señorita Jiménez la llamó desde su escritorio, pero Victoria casi ni la oyó. Agarró un saco de yute con diez libras de frijoles del almacén de comida y lo llevó al closet de limpieza y cerró la puerta. Abrazando el saco contra su pecho como si fuera el pecho de Mamalara, se desplomó en el suelo al lado del mapo y empezó a llorar.

Una mano le dio masajes en el hombro y la espalda y oyó una melodía desconocida. Victoria apretó el saco de yute más fuerte y continuó dejando salir todo el dolor de su corazón. Cada vez que pensaba en su familia, la finca y su hogar, una ráfaga nueva de dolor se clavaba en su alma. ¿Cómo iba a poder seguir adelante? No había esperanza de nada. La vida y las personas que ella quería estaban fuera de su alcance.

La melodía y el masaje comenzaron a obrar su magia. Poco a poco, la sensación de que se iba a ahogar paró, su pecho dejó de convulsionar y sus ojos dejaron de llorar.

Se separó del saco y se llevó la muñeca a su cara para limpiarse la nariz y los ojos.

La melodía paró y fue sustituida por una sola palabra.

—*Here.*

Un Kleenex apareció frente a su cara. Se sopló la nariz dos veces y aceptó un segundo Kleenex por si lo necesitaba. Su nariz se encogió por el olor a humedad sucia dentro del closet.

—Y esto es para limpiarte la cara. —Una toalla suave y mojada se materializó frente a ella como había pasado con el Kleenex.

Victoria se puso la toalla sobre los ojos, la nariz y los cachetes disfrutando la sensación refrescante sobre su cara caliente y abultada. Cuando al fin se la quitó, estaba lo suficientemente tranquila para notar la cara sonriente y amistosa de su amiga.

—Tengo un poco de agua para cuando estés lista —dijo Katya.

Agua. Eso sería bueno aunque hubiera venido del fregadero. Victoria soltó el saco de frijoles y tomó la bebida.

—Mi abuela siempre decía que al entrar en la cocina uno llegaba a casa —dijo la señorita Jiménez caminando hacia ellas—. Es el lugar para sanar y llorar, crecer y nutrirse. Me alegro de que mi cocina sea eso para ustedes.

Al igual que la cocina de Mamalara era el lugar donde todos los primos se reunían a cualquier hora aunque no fuera para comer.

La señorita Jiménez continuó con un brillo especial en los ojos.

—Pero yo nunca había visto que nadie buscara consuelo en un saco de yute de frijoles. Estoy impresionada de que hayas cargado las cuarenta libras para el closet de limpieza.

—Yo pensé que eran solo diez libras. —Victoria se separó de su amigo el saco, y se asustó al ver que había una mancha mojada en el yute—. Ay, no. ¿Eché a perder el saco entero?

La señorita Jiménez se rio.

—Los frijoles son muy resistentes. Unas lágrimas no les van a hacer daño. Igual que tú con las cuarenta libras, eres más fuerte de lo que crees.

Victoria no dijo nada pues no sabía qué contestar. Jugó con el dobladillo de la saya. Además, la maestra estaba equivocada. Ella no era fuerte. Ese era el problema.

La señorita Jiménez se enderezó y se dirigió a la puerta.

—El timbre va a sonar en tres minutos y yo tengo que buscar dos excusas por enfermedad de Marge para ustedes dos. Tomen el tiempo que necesiten. Yo sé que han sido unos días difíciles para las dos. Katya, si buscas en la gaveta de mi escritorio encontrarás unos dulces del día de Pascua que hice con el noveno grado. Yo recomiendo los huevos de chocolate.

Katya aprovechó lo que le dijo y volvió con dos delicias del tamaño de huevos de verdad y envueltos en papel de aluminio. Tenían una cubierta dura de chocolate y adentro un caramelo suave de yema que sabía a dulce de leche. No había forma de comerlos que no fuera quitando pedazos de chocolate y usándolos como cuchara para sacar el dulce de adentro. La señorita Jiménez había estado en lo cierto al recomendarlos. El día no parecía tan sombrío como antes.

Victoria se limpió los dedos con la toalla que Katya le

había dado y esperaba que la señorita Jiménez no se molestara si ella servía dos vasos de leche fresca para limpiarse el paladar.

—Me alegro de que estés aquí. Gracias —le dijo Victoria a Katya al darle su vaso de leche—. Yo necesitaba una amiga y tú siempre has sido muy buena conmigo.

—Tú nunca has sido mala conmigo.

Victoria oyó la amargura en las palabras de Katya. Ella sabía que Katya era insultada por su acento y por ser rusa.

—La señorita Jiménez dijo que había sido una semana difícil para las dos. ¿Tuviste algún problema? —Como Katya rehusaba hablar durante la clase, Victoria sabía muy poco de ella.

Katya mantuvo el silencio por un minuto. Victoria estuvo a punto de decirle que no tenía que contestar cuando respondió:

—Ayer alguien escribió con pintura roja «comunista» en mi taquilla. Hoy dice «muere».

—¡Qué horrible! ¿Crees que fue Rebecca? —Esa muchacha siempre estaba causando problemas.

Katya sacudió la cabeza. Su cara blanca enrojeció.

—Fue un muchacho cubano llamado Rubén. Por la ayuda de los soviéticos en Bahía de Cochinos.

Victoria se viró hacia su amiga dándole un apretón a su mano entre las dos de ella.

—A mí nunca me ha molestado que seas rusa. Yo sé

que no tienes nada que ver con las acciones de tú país. No es tu culpa.

—Yo sé. —Pero no convenció a nadie con lo que dijo. Era comprensible. Era difícil no sentirse culpable.

—¿Extrañas a Rusia?

—A veces. Pero mis padres la extrañan más. —Katya suspiró—. Todas las noches yo los oigo llorar hasta quedarse dormidos.

—¿Por qué se tuvieron que ir?

Otra vez Katya se demoró en contestar.

—Lo siento, no debí haber preguntado —dijo Victoria.

Katya sostuvo el vaso de leche que Victoria le había servido con las dos manos como seguridad o para consolarse. Victoria recordó haber hecho lo mismo afuera de la biblioteca de Papalfonso. Cuando Katya al fin habló estaba enfocada en el vaso.

—Mi padre estaba en el ejército comunista porque creía en eso. Estar libre de la clase que gobernaba. Mi abuelo era un oficial en el círculo íntimo de Stalin.

Victoria se llevó la mano a la boca pero aún dejó escapar la exclamación de susto. Durante la Segunda Guerra Mundial, Joseph Stalin llevó a su ejército a invadir las naciones adyacentes para crear la Unión Soviética comunista. Millones murieron por culpa de él. No era una exageración. Y la violencia aún no había parado después de su muerte.

Los ojos de Katya se nublaron, pero rehusó hacer contacto visual con ninguna otra cosa excepto el vaso de leche.

—Un día, papá se enteró de un traidor que estaba escondido en el sótano con su familia. Era su amigo de la infancia. Le dieron las órdenes de matarlos a todos, incluso a la hija de mi edad y a la esposa embarazada.

Las lágrimas volvieron a los ojos de Victoria. No quería escuchar esto. Eso le podía pasar a Mamalara, a su tía y al bebé Clark, solo por estar en contra del gobierno comunista de Fidel. ¿Y qué había con Gilberto en la finca? ¿Y más que nadie, a Alto que nunca se había echado atrás?

Pero Victoria no dijo nada. Probablemente Katya no le había dicho esto a nadie. Lo mismo que Victoria se había quebrado, quizás Katya necesitaba desahogarse. Victoria le dio a su amiga el Kleenex que había guardado, pero los ojos de Katya permanecían secos y en blanco.

—Mataron primero a la niñita. Las balas de los soldados la mataron, pero papá se viró y mató a sus dos camaradas. Ahora papá era un traidor. Corrió a casa y huimos a pie solamente con la ropa que teníamos puesta. Nos demoramos cinco meses en llegar a Polonia y otros cinco para poder conseguir visas y llegar aquí. Nos dieron visas como refugiados políticos.

—A nosotros también. —Excepto que la familia de Victoria no había pasado cerca de un año huyendo, escondiéndose y sin hogar—. ¿Qué le pasó al amigo y a su esposa embarazada?

—Ellos salieron huyendo también pero no viajamos juntos. No sabemos si sobrevivieron.

—¿Cuántos años tenías cuando te fuiste?

—Ocho.

La edad de Nestico.

—Eso debe de haber sido horrible.

—Lo peor fue dejar atrás a mi *babushka* —continuó Katya en su voz sin emoción alguna. Victoria sabía que demostrar que le afectaba dolía demasiado—. Nos fuimos sin que ella supiera nada. Papá dijo que era por su seguridad. Pero yo sé que ella pudo haber llegado a Polonia con nosotros. Nunca me he cruzado con una persona más fuerte que ella.

Fuerte como Mamalara. Y al parecer tan testaruda. Y extrañándola igual.

—¿Está viva?

Aquí le falló la voz a Katya. El dolor irrumpió a través de la defensa sin emoción.

—No sabemos. Somos traidores y fugitivos. Le hemos enviado cartas dejándole saber que estamos bien, pero no tenemos manera de saber si las ha recibido. No hemos recibido nada de ella.

Al igual que todas las cartas que ella y Jackie habían intercambiado, solo habían recibido tres y una había llegado después de Jackie. Mientras estuvo en Cuba, Jackie no había recibido ninguna carta de Victoria. Lo mismo que no habían recibido ninguna noticia de Cuba desde la llamada que casi no se oía que decía que venía Jackie.

—Ojalá hubiera alguna manera de que tu *babushka*

fuera para Cuba —Victoria pensó en voz alta—. Con nuestros países siendo amigos, quizás ella podría obtener permiso para salir de Rusia para allí. Una vez en Cuba, podría conseguir un certificado de nacimiento falso y aplicar a un pasaporte cubano. No debe de ser muy difícil. El gobierno cubano no quiere mantener a los viejos. Y el gobierno de los Estados Unidos está aceptando a los cubanos con los brazos abiertos. —Esa era la única cosa buena que el gobierno estaba haciendo, en especial ahora después de no apoyarnos en Playa Girón.

Katya se sentó rígida como una estatua con la cara como una piedra que no se podía leer.

—Lo siento. Olvida lo que dije. —Victoria la había ofendido. Tenía que dejar de tratar de resolver los problemas de los demás. Sobre todo cuando no podía resolver los suyos—. Yo no soy rusa ni sé nada de la política. Por supuesto, no sé cómo funcionan las cosas.

Sin embargo, la cara de Katya se iluminó con una amplia sonrisa. Aguantó la cara de Victoria en sus manos y la beso en los cachetes.

—Las dos nos vamos a volver a reunir con nuestras familias dentro de poco. Lo puedo sentir.

Ahora fue Victoria la que se quedó en silencio. Habían sucedido demasiadas cosas para que ella pudiera abrigar esa esperanza otra vez.

1 DE MAYO DE 1961

Tril, tril, triiiiil, sonó el teléfono.

Victoria lo ignoró. Quería tratar de hacer una masa para empanadas y tenía las manos cubiertas con la mezcla. Además, el teléfono nunca sonaba para su familia. El timbre tenía que sonar dos veces cortos y uno largo para ser para ellos.

Tril, tril triiiiil. Tril, tril triiiiil.

—¡Contesta el teléfono, es para nosotros! —gritó Victoria pero mami estaba en el cuarto y los otros en la piscina. Ella era la que estaba más cerca.

Tril, tril…

Victoria tumbó el teléfono con su codo e inclinó la cabeza hacia el auricular y la boquilla de plástico negro.

—Sí, *hello.* Pino del Mar.

—Tengo una llamada a cobrar internacional de Cuba de —dijo la voz nasal de la operadora.

La voz profunda de tío Rodrigo se escuchó por solo un segundo.

—Mataron a Alto.

La masa se le cayó de las manos.

—¿Acepta los cargos?

—¡Sí, los acepto! —gritó Victoria en el teléfono.

Pero era muy tarde. Lo habían desconectado.

6 DE MAYO DE 1961

L a red de chismes cubanos de Miami se había superado. Entre las transmisiones ilegales estáticas de la radio desde la isla, los que acababan de llegar trayendo nuevas noticias y todas las personas que opinaban sobre la vida de los demás, no había ni un solo cubano en Miami-Dade que no supiera del asesinato de Alberto «Alto» Normán del Mar Fernández.

El servicio conmemorativo tuvo lugar en una nueva iglesia católica con vigas de madera altas para dar la impresión de ascender al cielo.

Si creen en eso.

Jackie no sabía si quedaba algo en lo que se podía creer. Si hubiera un Dios, Alto aún estaría aquí. Si hubiera un Dios, mima estaría aquí. Si Dios realmente quisiera ejercer su poder, Fidel Castro no hubiera nacido nunca. Eso era lo único en que Jackie podía creer de verdad.

—Alto fue un alma valiente. Un verdadero cubano que no paró ante nada para sacar el comunismo y vernos regresar a casa. Su presencia en este mundo la vamos a extrañar —dijo el cura cubano que dio el sermón en español.

Alrededor de Jackie las personas se sonaban la nariz, se secaban los ojos o estaban sentadas en absoluto silencio porque sus lágrimas ya se habían agotado. Al lado de ella, Inés lloraba en el hombro de Victoria. A pesar de haber acabado de cumplir once años, Inés se pasó todo el sermón en el hombro de Victoria. A Victoria no le molestaba. Ella necesitaba abrazar a Inés tanto como Inés necesitaba ser abrazada. En contraste, Nestico no se podía mantener tranquilo y constantemente pateaba el banco delante de ellos hasta que la persona que estaba delante le dijo que le iba a dar un cocotazo si no paraba.

Eso lo mantuvo tranquilo por un minuto. Quizás dos.

Jackie apretó sus ojos, pero igual que un bostezo es contagioso, esto no evitó que las lágrimas le corrieran cuando todos alrededor de ellos estaban llorando. Cientos de cubanos en la isla habían presenciado la ejecución pública como una advertencia y para recordarles lo que les pasaba a aquellos que osaban desafiar al gobierno. Al menos se había ido como él quería, rápido y sin que lo torturaran.

Jackie dejó de enfocar su atención en el cura. Era más fácil no llorar y no sentir dolor si no miraba hacia delante. Ella sabía que Alto lo entendería.

Un hombre entró por una de las puertas laterales y se sentó solo en un banco aislado. A pesar del calor de Miami tenía un traje negro con una camisa negra debajo. La mayoría de los hombres presentes tenían puesta la guayabera de manga corta. Aunque tenía la cabeza gacha, Jackie sabía que no lo había visto antes.

—Tu recuerdo vivirá en los corazones de todos los que te conocieron y en cada cubano que tu corazón tocó. Es con estas bendiciones que te mandamos a tu hogar verdadero en los brazos de Dios. Amén. —El cura alzó sus brazos al techo que llevaba al cielo y el órgano comenzó a tocar. «Ave María» mientras el público se levantaba de los bancos.

—Deben tocar «*Jailhouse Rock*». Esa era su canción favorita —le susurró Jackie a Victoria.

—¿Te acuerdas cuando nos enseñó a bailar con una silla de madera? —murmuró Victoria.

—Yo me acuerdo de eso —dijo Inés al levantarse del banco para unirse con otros niños de su edad.

—Yo creo que se me durmieron las piernas. —Victoria se recostó contra el hombro fuerte de Jackie mientras trataba de revivir su circulación. A Jackie no le importó. Su atención se volvió hacia esa persona desconocida.

Se acercó un poco pero aún mantuvo una distancia de la multitud como esperando el momento adecuado. Por qué esperaba, ella no sabía. No debía de ser mucho mayor que Alto, pero era difícil saberlo con la nariz partida y las múltiples cicatrices en su cara. Quizás había leído demasiados cómics de Dick Tracy, pero algo le decía que estuviera pendiente de él.

—Jackie, ¿eres tú? Claro que sí, eres igualita que tu madre. —Una prima le pellizcó los cachetes antes de unirse a todos los demás alrededor de Sonia y Berti, los padres de Alto, para ofrecerles sus condolencias.

—Detesto cuando hacen eso. —Jackie se pasó la mano por los cachetes—. ¿Y por qué siempre me dicen que me parezco a mima? Yo no soy bonita como ella.

Victoria estaba a punto de contestarle cuando le pellizcaron sus cachetes también.

La multitud alrededor de Sonia y Berti disminuyó y fue entonces que el hombre desconocido se acercó.

Jackie se escabulló entre los familiares para estar más cerca. Quería saber quién era esta persona. A unos pies de distancia, se inclinó para arreglar algo de las nuevas zapatillas negras que su tío Ernesto le había comprado para el funeral.

—Señor y señora, siento muchísimo su pérdida. Era un buen hombre. El mejor —dijo el desconocido en un murmullo.

Sonia asintió, dándole las gracias mientras nuevas lágrimas comenzaban a fluir.

—¿Era usted un amigo de Alto?

—Era más como un socio —continuó en su murmullo—. Los dos creíamos en la misma causa. Estoy vivo por él. Me salvó la vida el año pasado. Me avisó que saliera de Cuba porque me estaban buscando. Siento no haber podido prevenirlo de la misma manera.

Por la pausa en responder, Jackie sabía que los padres de Alto no habían entendido la mitad de lo que el hombre susurró. A los cubanos les gustaba que sus palabras fueran en voz bien alta y bien articuladas.

Berti al fin aceptó que lo que había murmurado era aceptable y le dio la mano.

—¿Cuál es tu nombre, hijo?

—Carlos, pero todos me conocen por Coco.

Los pelos en la parte de atrás del cuello de Jackie se erizaron. Ella había sentido que era importante observarlo. ¡Este Coco tenía que ser el falsificador amigo de Alto! Parecía que al fin había un Dios.

—Si hay algo que pueda hacer por ustedes, déjenme saber. —Coco le dio la mano a Sonia.

—Gracias, hijo. Que Dios te bendiga.

Con la cabeza gacha y las manos en los bolsillos, Coco se dirigió a la puerta lateral por la cual había entrado.

Cuatro familiares se pusieron alrededor de los padres de Alto y Jackie tuvo que escurrirse a través de ellos. Se apresuró hacia su familia y, como si tuviera brazos extensibles, agarró a Victoria por la muñeca y la haló hacia donde Coco se estaba desapareciendo.

—¡No corran en la iglesia, niñas! Dios recompensa la paciencia. —El cura las regañó.

Sí, habían sido pacientes y ahora las estaban recompensando, si solo podían llegar a Coco a tiempo.

Una vez afuera, Jackie vio el traje negro y el pavoneo de un hombre con las manos aún en los bolsillos.

—¡Don Coco! Por favor, necesitamos hablar con usted. —Jackie soltó la muñeca de Victoria, lista para lanzarse detrás de él si salía corriendo.

Por un segundo, el miedo cruzó por ojos del hombre mientras miraba por encima de su hombro y vio quién lo llamaba. Paró de caminar. Por primera vez en su vida, Jackie estaba contenta de haber nacido como una niña que lucía inocente. Aun así, él cuidó su espalda y se recostó contra la pared.

—Perdónenos por molestarlo, don Coco —continuó Jackie hablándole con respeto al llegar a su lado—. ¿Podría usted hacernos un pasaporte?

—No sé de qué me estás hablando. —Los ojos de Coco miraron a su alrededor como buscando espías con cámaras escondidas o con grabadoras entre los arbustos. Probablemente no estaba acostumbrado a estar expuesto durante el día en medio de una calle residencial. Al menos ese fue el cuento que Jackie se dijo a sí misma. Hacía mucho tiempo que no escuchaba un buen programa de radio y su imaginación estaba aburrida.

Jackie sabía una cosa segura, que él sí sabía muy bien de lo que estaba hablando.

—Por favor, si nos pudiera ayudar —suplicó Victoria, dándose cuenta de quién era. Jackie había mencionado su nombre varias veces mientras planeaban tarde en las noches lo que iban a hacer desde la litera alta—. Estamos desesperadas por sacar a la mamá de Jackie de Cuba. Ella tiene un bebé pequeño y es muy difícil conseguir fórmula para él.

Jackie sabía que Victoria sabía que Clark, con casi diez meses, ya había pasado la etapa de tomar sólo fórmula pero admiró lo lista que había sido.

—Mima era como la hermana mayor de Alto.

—Ellos eran primos hermanos y nosotras lo queríamos como un hermano mayor —dijo Victoria sin exagerar. Sí lo querían como un hermano.

Aunque Jackie rara vez había ido a la iglesia, descargó la culpa como cualquier buen cubano.

—Yo escuché que usted dijo que Alto le había salvado la vida. Él no sabía que usted había escapado. Él murió pensando que lo habían capturado y creyendo que no le había avisado a tiempo.

Coco se sacudió el traje como tratando de ganar tiempo.

—Los pasaportes falsificados cuestan mucho dinero.

Jackie torció los ojos. Ellas no eran estúpidas.

—Hemos trabajado durante varios meses y tenemos ahorrados más de ciento cincuenta dólares para el pasaporte.

—¿Ustedes niñas han ahorrado más de ciento cincuenta dólares?

—En realidad son ciento cuarenta y tres dólares con

cuarenta y siete centavos, pues tuvimos varios contratiem-
pos —admitió Victoria—. Para la semana que viene tendremos más de ciento cincuenta dólares.

—Es nuestro propio dinero. —Jackie sintió que necesitaba aclarar eso. Que no era dinero que sus padres le habían
dado para gastar en lo que sea—. Hemos trabajado duro y
no nos regalaron nada.

Coco otra vez miró a su alrededor, sus ojos moviéndose
de un lado a otro en el vecindario residencial.

—Supongo que lo puedo hacer por ciento cincuenta
dólares. ¿Pero cómo lo van a hacer llegar a Cuba?

Victoria se ahogó. Su confianza le falló.

—Todavía no lo sabemos.

—¿Quizás usted sepa de alguien? —preguntó Jackie en
forma halagadora y en parte tendiéndole un anzuelo.

Funcionó. Coco movió su cabeza despacio como si lo
estuviera pensando aunque Jackie sospechaba que él sabía
de alguien o quizás era él mismo.

—Tienen que costear el viaje en avión y la tarifa para
llevar contrabando.

Al lado de ella, Victoria perdió la confianza. Jackie
podía ver que estaba calculando en su mente lo que costa-
ría. Pero Jackie entonces vio la determinación en el entrecejo de Victoria. El verano se estaba aproximando y el
señor Pulaski había dicho que tenía horas extras para ellas.
Habían llegado hasta aquí, no se iban a dar por vencidas.

—Nos preocuparemos por eso después —Jackie les aseguró a su prima y al falsificador—. Por el momento, queremos conseguir el pasaporte.

—¿Tienen ustedes una fotografía?

Ahora fue Jackie la que titubeó. ¿Cómo se había podido olvidar de lo más esencial? Claro que no tenía ninguna. El gobierno solo le había permitido salir con dos mudas de ropa y el real para la llamada telefónica. Sin una fotografía, el pasaporte no serviría de nada.

Se volvió hacia Victoria en pánico. Quizás si miraban las revistas pudieran encontrar alguien que se pareciera a mima...

Victoria sin embargo no compartía su preocupación. Estaba sonriendo.

—Le podemos conseguir una fotografía. No es ningún problema. ¿Cuándo la necesita y a dónde podemos llevarla?

Ya sin más excusa, don Coco sacó una pluma y una libreta de su saco y escribió su teléfono y su dirección en Hialeah. Aún confundida por lo de la fotografía, Jackie escribió toda la información sobre mima: nombre completo, el nombre de los padres, fecha y lugar de nacimiento, estado civil, profesión, altura y el color de su piel, de los ojos y del pelo.

Clark siendo aún un bebé, no necesitaba estar en el pasaporte de su madre.

Sellaron el trato dándose la mano. Hicieron arreglos

para reunirse la próxima semana y fueron por caminos separados. Victoria conectó su brazo con el de Jackie mientras caminaban de regreso a la iglesia, tarareando una melodía que Jackie no conocía.

—¿Sacó tu familia de contrabando una fotografía de mima? —preguntó Jackie. Ella recordaba el registro minucioso en el aeropuerto y no se podía imaginar dónde podría haber estado escondida la fotografía.

—No. —Victoria sonrió. No era a menudo que ella tenía un secreto que no compartía con Jackie y parecía que se estaba divirtiendo demasiado.

El cura tenía razón. Jackie no tenía paciencia.

—Pues dime ya, ¿cómo vamos a conseguir una fotografía?

—La vamos a sacar. Phil tiene una cámara y estoy segura de que nos va a dejar usarla.

—Pero sin mima… —Jackie discutió.

Victoria continuó disfrutando su secreto.

—¿Tú todavía tienes el estuche de maquillaje que mami te dio antes de tu cumpleaños?

¿Por qué tenía que recordarle de esa cosa horrible? Había sido un gran insulto. Como si hubiera algo malo con ella. Lo cual no lo había.

—Sé lo di a Inés.

—Perfecto. Ella va a estar contenta de al fin poder ayudar.

Jackie levantó sus brazos.

—¿Con qué?

Victoria dejó de caminar y puso sus manos sobre los hombros de Jackie como explicando algo a una niña chiquita.

—Yo te quiero tal y como tú eres y no quiero que cambies nunca. Pero si no te importa, solo por esta vez, si te arreglamos el pelo y te ponemos maquillaje, vas a lucir exactamente como tu mamá.

13 DE MAYO DE 1961

Los cascabeles de la puerta sonaron. Victoria levantó la cabeza de la libreta donde llevaba la cuenta de las ventas a crédito.

Una cara conocida estaba al lado de un hombre grande con un corte de pelo a lo militar y un entrecejo fruncido y de una mujer delgada que llevaba el pelo rubio claro en una trenza larga igual que su hija.

—¡Hola, Katya! ¿Son estos tus padres? —Victoria guardó la libreta de cuentas y salió de detrás de la caja para abrazar a su amiga. Con frecuencia, Jackie tenía personas que conocía llegando a la bodega. Pero aparte de la única vez que Monique estuvo ahí con su oferta de paz, nadie había visitado a Victoria.

En vez de ser Katya la que la saludó y presentó a sus padres, fue el padre de Katya quien habló primero con un acento ruso.

—¿Podemos hablar en privado?

La forma en que lo dijo hizo que Victoria pensara que

estaba en problemas. Ella se deshizo de ese sentimiento y se dijo que algunas personas hablaban así cuando se comunicaban en otro idioma. De todas maneras, ella no había hecho nada para estar en problemas con el papá Volkov.

La oficina estaba ocupada con el señor Pulaski hablando por teléfono. Afuera había varios clientes hablando con Jackie mientras ella colocaba más vegetales en las cestas. Su habilidad no solo incluía cargar cajas pesadas sino también recomendar mercancías a los clientes, una verdadera vendedora. Y como Jackie era tan sociable y conversadora, nadie se daba cuenta de que eso era lo que estaba haciendo.

—Gladys, necesito cinco minutos —le dijo Victoria a la otra cajera que tenía la costumbre de oír todo lo que pasaba en la bodega. Gladys la miró como preguntando si debía preocuparse por ella por irse con un hombre grande y dominante. Victoria esperó tranquilizarla con una sonrisa. Se quitó el delantal y lo puso debajo de su caja.

Los llevó a los tres al almacén en la parte de atrás de la bodega. Era el único lugar privado que se le ocurría. Si nadie necesitaba ir al baño no debían de ser molestados. Haló el cordel del bombillo que alumbraba las cajas de comida.

—Yekatarina me contó sobre tu idea —dijo papá Volkov cuando la puerta cerró detrás de él.

—¿Qué idea?

Katya apretó la mano de Victoria pero papá Volkov continuó hablando.

—Sobre traer a mi mamá a través de Cuba para vivir con nosotros.

Ahora sí que Victoria se sintió nerviosa. Las ideas que ella había dicho eran solo inventos que había desarrollado en escenarios de «si hubiera la posibilidad» para consolar a Katya. Nada de lo que había dicho era para tomarlo en serio.

Papá Volkov cruzó sus brazos sobre su pecho.

—Nosotros creemos que tu plan va a tener éxito. Es un buen plan.

—Lo es. —Katya habló por primera vez sin dejar de sostener la mano de Victoria. Su madre, sin embargo, continuó impasible. Victoria no sabía si ella entendía inglés.

—¿De verdad sería fácil para ella salir de Rusia vía Cuba? —Cuando ella lo había dicho en la clase de economía doméstica había pensado en la alianza entre los dos países, más nada.

Papá Volkov relajó su porte autoritario solo una fracción.

—En Rusia, ella no puede conseguir visa para venir aquí. El dejar el país sería muy difícil. Pero ella es una mujer lista y educada. Aprendió latín y francés en la escuela. Con esos dos idiomas, ella puede ser útil en Cuba. A nuestro gobierno le gusta la gente que les es útil.

Sí. Eso tenía sentido. Lo mismo que con el gobierno cubano que les daba pasaportes a los viejos porque ya no eran útiles.

—Yo realmente deseo que esto funcione. Sé lo mucho que Katya extraña a su *babushka*. —Victoria le apretó la mano a su amiga mientras que la otra mano jugaba con su saya. Ella trató de no sentir lo mucho que extrañaba a su familia. No podía pensar en eso ahora.

Miró la puerta que llevaba de regreso a la bodega. Tenía que volver. Llevaba más de cinco minutos. Gladys podía estar preocupada u ocupada.

—Dile tu plan —le insistió Katya a su padre como si fuera secreto.

—Primero, yo voy a volar a Cuba. Los aviones vuelan vacíos para allá. Son solo los estadounidenses que no quieren en la isla. Mi pasaporte es ruso todavía. Una vez en Havana, yo hago arreglos para que mi mamá se reúna conmigo.

—La Habana. La H es muda —lo corrigió Victoria de manera automática. Soltó la mano de Katya para caminar por el almacén mientras emociones contradictorias pasaban por ella. Miedo por lo que le pasaría a él y a la pobre *babushka* si el plan fracasaba. Envidia porque él podía ir a Cuba cuando era todo lo que ella deseaba. Y traición porque no estaba boicoteando y maldiciendo al gobierno comunista, pero usándolo para su propia ventaja.

—También, tú has sido una buena amiga para Yekaterina. Antes Yekaterina no tenía amigos. Tú llegaste y ahora Yekaterina tiene amiga. Ahora está feliz. Por esto yo te doy las gracias.

De sorpresa, papá Volkov la besó una, dos y tres veces alternando los cachetes. Cuando terminó, la madre de Katya hizo lo mismo y Katya la abrazó.

Victoria se quedó sin palabras mientras que sus cachetes se empezaban a sonrojar. Todo lo que ella había hecho había sido no burlarse de Katya. Ella era la que debía dar las gracias a Katya por haberla ayudado cuando no sabía hacer cosas tan sencillas como separar un huevo.

—Yo debo volver a trabajar —les dijo, mirando la puerta mientras se movía inquieta.

Papá Volkov bloqueó su salida.

—Yekaterina dice que tienes familia en Cuba. ¿Quieres que traiga a tu familia aquí con nosotros?

Victoria se echó hacia atrás contra las cajas de latas sintiéndose débil y a punto de desvanecerse.

—¿Usted puede sacar a mi familia de Cuba?

—Claro que sí. Si yo puedo sacar a mi mamá de Rusia, puedo sacar a tu familia también.

Victoria jadeó. Su mente estaba demasiado en *shock* para poder hablar bien.

—Es que… ya yo… esta tarde mi prima y yo le estamos comprando a mi tía, la mamá de mi prima, un pasaporte falsificado. Una vez que lo tenga, ella puede salir de Cuba junto con mi abuela.

—Pues entonces es fácil. Yo le llevo el pasaporte a Cuba. No es difícil esconder un pasaporte.

—¿En serio? ¿Usted haría eso? —No se atrevía a respirar. No quería tener esperanzas. Había sido decepcionada demasiadas veces.

—Por años he pensado cómo traer a mi mamá aquí. Tu idea es la primera que puede funcionar. Yo te pago llevando el pasaporte. Creo que es justo.

Ahora fue Victoria la que besó a sus amigos rusos.

La puerta del almacén se abrió y la cabeza de Jackie se asomó.

—¿Todo bien? Gladys me mandó aquí para que chequeara.

Victoria chilló y se lanzó a abrazar a Jackie.

—Ya vienen —susurró en el oído de Jackie—. Lo logramos. Vamos a traer a la familia aquí.

31 DE MAYO DE 1961

—Isabel del Mar de Pino? —Una voz dijo a través del intercomunicador que estaba al lado del portón de hierro que llevaba a los apartamentos—. Tengo una carta para usted que necesita firmar.

—Bajo enseguida. —Victoria soltó el botón y se dirigió a los miembros más jóvenes de su familia—. Tengo que hacerme pasar por mami y firmar algo.

Tres cabezas se levantaron del viejo televisor en blanco y negro que papi le había comprado a un amigo.

Nestico preguntó:

—¿Qué es?

Entonces Inés agregó:

—¿Qué tienes que firmar?

Y Jackie dijo:

—¿Es un telegrama?

Victoria se encogió de hombros.

—No sé.

Salió del apartamento y bajó los escalones con la cabeza

en alto para dar la impresión de que era mayor. Los que tienen trece años no reciben con frecuencia cosas que requieren una firma. Pero si era tan importante, ella no le iba a decir al mensajero que volviera más tarde cuando sus padres estuvieran de vuelta.

Detrás de ella podía oír a Jackie, Inés y Nestico asomándose sobre los pasamanos para poder ver mejor de qué se trataba.

En el portón de seguridad, el mensajero no se fijó en lo joven que era. Solo pasó un sobre manila abultado entre los barrotes y un portapapeles para firmar. Victoria escribió el nombre de su madre en la misma excelente caligrafía que siempre había hecho que recibiera notas excelentes en escritura. El mensajero se fue sin decir ni media palabra.

Victoria miró el remitente mientras subía los escalones hacia sus hermanos y su prima.

—¿Qué es? —preguntó Nestico parado en las puntas de los pies para poder leer lo que había llamado la atención de Victoria.

—Es de la embajada suiza en La Habana. —Miró a Jackie mientras decía eso. Ellos habían leído en enero que la embajada de los Estados Unidos había cerrado y que la embajada suiza se iba a hacer cargo de algunas de sus transacciones. Victoria no sabía que eso incluía mandar correspondencia. Pero sin duda, lo que estaba en el sobre tenía que ver con tía Larita: algo tan importante que necesitaba entregarse con seguridad a través de una embajada para que no fuera confiscado o censurado por el gobierno.

—Quizás es el mapa de un tesoro —dijo Nestico.

—Es demasiado grueso para ser solo un mapa —lo corrigió Inés—. Además, los mapas de tesoros de verdad están sellados en botellas.

—Debemos abrirlo —dijo Jackie.

Victoria sacudió su cabeza. Estaba dirigido a mami. Sería una violación de privacidad. Como leer un diario personal. Pero ¿y si lo que contenía era importante? Sus padres habían salido con unos amigos por la noche. Si esperaban hasta que ellos regresaran no se podría hacer nada hasta la mañana.

—Consigue un cuchillo —le dijo Victoria a Nestico.

—Espera. Tengo una idea mejor —dijo Jackie. Puso una cazuela con agua a hervir y sostuvo el sello sobre el vapor. Despacio, los lados comenzaron a levantarse y Victoria metió el dedo con cuidado y terminó abriéndolo.

No había ningún mapa pero sí un tesoro de otra forma. Victoria sacó copias de todos los certificados de nacimiento de ellos, traducidos al inglés. Entonces sacó documentos financieros y títulos de propiedades, también traducidos al inglés. Al final había fotografías de la finca con la laguna, el establo con la herradura en forma de corazón, las primas con disfraces iguales para los carnavales. Fotografías de las bodas de mami y papi, tía y tío y Mamalara y Papalfonso.

La última foto era de su poni, Diógenes, molesto de estar tirando un arado y no comiendo. En la parte de atrás, Gilberto había escrito la fecha «10 de mayo de 1961» y una nota que decía «Diógenes se ha puesto útil en la comunidad».

Los ojos de Victoria se llenaron de lágrimas. Victoria leyó la nota diez veces más para estar segura de que su visión nublada no le estaba haciendo trucos. Gilberto había cumplido su promesa. Se había asegurado que su poni estuviera seguro al darle un trabajo.

Aburridos, Inés y Nestico se fueron de al lado de ellas para regresar a la televisión mientras que Victoria y Jackie siguieron mirando los detalles de los papeles legales y las fotografías. Victoria se quedó sin aliento cuando vio su nombre en «la última voluntad y el testamento de Alfonso Eugenio del Mar Salazar»:

Dejo mi finca en Pinar del Río con todos sus edificios, tierra y todos sus animales a mi nieta, Victoria Isabel Pino del Mar, para asumir completo poder y responsabilidad cuando cumpla veinticinco años, con la condición de que la finca continúe estando disponible a los otros miembros de la familia y que no sea vendida en su totalidad o en parte hasta setenta y cinco años después de mi muerte.

Más lágrimas surcaron su cara y no hizo nada para pararlas. Papalfonso había cumplido su promesa. Su finca querida era suya. Volvió a ver las fotografías que estaban en el sobre. Las vistas de la laguna desde la casa con el puente encima y el terreno que la rodeaba. Diógenes con el arado. Todo le pertenecía. Pero por el comunismo que significaba que nadie podía ser dueño de nada, no podía ser de ella. Ni ahora ni cuando cumpliera veinticinco años.

Se acordó de la última vez que había estado allí, escuchando detrás de la puerta de la biblioteca con Jackie, montada sobre Diógenes mientras pastaba. Qué inseguro se había sentido todo. Pero aún había confiado en papi y sus instintos de que volverían un día. Ahora sabía que nunca podrían volver.

Sus dedos tocaron las imágenes en las fotografías, conectándolas a su recuerdo. Si hubiera la posibilidad de que el comunismo terminara, quizás cuando fuera una adulta, ¿se atrevería a volver? El tiempo cambia todo y no quisiera ver lo que había pasado con su querida finca.

—Tú sabes lo que todo esto significa, ¿verdad? —preguntó Victoria.

—¿Qué? —Jackie suspiró, limpiándose la cara con la parte de atrás de su muñeca mientras sostenía el certificado de nacimiento traducido al inglés de Clark en sus manos como si fuera el mapa de un tesoro después de todo.

Victoria nunca se había sentido tan destruida y a la vez esperanzada en su vida.

—Que tu mamá se está preparando para dejar Cuba para siempre.

18 DE JUNIO DE 1961

Jackie estaba parada en el agua que le llegaba a la cintura escuchando con intensidad los sonidos que la rodeaban. Hacia la izquierda, un poquito hacia la derecha y definitivamente detrás de ella.

Manteniendo los ojos cerrados, ella llamó:

—¿Marco?

—¡Polo!

—¡Polo!

—¡Polo!

Tres «polos» pero eso no estaba bien. En vez de moverse hacia cualquier sonido, ella permaneció quieta. Escuchó a Victoria y a Inés, ellas estaban a su derecha y a su izquierda. Pero no había escuchado a Nestico, a quien le gustaba zambullirse cuando ella llamaba para no poder contestar. Pero definitivamente había oído un tercer «polo».

Con los ojos aun cerrados, Jackie llevó su dedo a sus labios para que sus primos estuvieran tranquilos.

—¿Marco?

—¡Polo!

¡Lo sabía! Abrió sus ojos y nadó hacia el borde de la piscina del apartamento.

—¡Eh, no mires! —se quejó Nestico.

Jackie salió de la piscina justo cuando Victoria, que también lo había oído y había usado los escalones para salir, se estaba poniendo los espejuelos que había dejado junto a las toallas y los zapatos.

Pero Jackie no se preocupó por los zapatos. Pasó entre la vegetación tropical que rodeaba la piscina, asustando una lagartija y corrió hacia el portón de hierro que daba acceso a los apartamentos.

Dos pequeños brazos gorditos se asomaban entre los barrotes saludando mientras la persona que lo cargaba permanecía en la sombra.

—¡Mima!

Jackie abrió el portón y ahí estaban. Mima con sus rizos rubios, Mamalara con su pelo gris y corto hecho un puf y Clark, el bebé, con el doble de tamaño y el doble del pelo negro que había tenido cuando ella se fue.

Mima le pasó a Clark a Mamalara mientras Jackie abría el portón. Jackie se lanzó a sus brazos sin importarle que estaba empapada. Mima no se quejó y abrazó a Jackie con tremenda fuerza.

—Ustedes niñas se la comieron. No me puedo imaginar lo que deben de haber pasado para conseguirme el pasaporte.

Al lado de ella, Victoria abrazó y besó a Mamalara y a Clark.

—No fue tan difícil. —Jackie no le dio importancia a todos esos meses que se pasaron ahorrando hasta el último centavo—. Yo me di cuenta de quién era el falsificador y el amigo de Victoria se ofreció a llevar el pasaporte. Ni siquiera se lo pedimos.

—Deberían haber visto la cara de susto de su abuela cuando ese hombre ruso enorme se apareció en la puerta de la casa. Nunca la había visto sin poder decir ni media palabra —se burló mima.

Mamalara movió su cabeza como si aún no lo creyera.

—Ni se presentó. Solo dijo, «*You family of Victoria?*» y se sacó el pasaporte de la manga de su camisa.

—Y desapareció de inmediato antes de que Pancha llegara corriendo con la escoba que tenía sobre su hombro para atacarlo. —Mima se rio mientras besaba a Jackie cinco o seis veces más.

—Pero lo que me molesta es que no me consiguieron un pasaporte a mí también. Tuve que pagar seiscientos dólares por el mío y la falsificación no es tan buena como la de tu madre. ¡Qué barbaridad! —Unos hombros anchos se hicieron visibles llevando dos maletas medio vacías.

No podía ser.

—¿Pipo?

Jackie se zafó de los brazos de mima para saltar a los

fuertes brazos de pipo. Estaba segura de que él nunca iba a salir de Cuba. Que seguiría insistiendo que las cosas iban a mejorar. Todos estos meses, intentó no pensar en él porque en darle cabeza solo aumentaría su dolor. Había pensado que no lo volvería a ver jamás. Y ahora estaba aquí en carne y hueso para apretarlo fuerte. Continuó sosteniendo las dos maletas que chocaron una contra la otra mientras él trataba de abrazarla.

—¿Qué te hizo cambiar de opinión sobre salir de Cuba? —Jackie lo soltó y agarró una de las maletas de sus manos—. No me estoy quejando.

—Tú, y la ejecución de Alto. No quería que te pasara algo y no poder volverte a ver. Cuando tu mima recibió el pasaporte, no había razón para permanecer en Cuba sin mi familia. Te quiero, niña. ¡Pero seiscientos dólares! Además, tuve que manejar hasta Santiago para conseguirlo. Y tuve que soltar más dinero por los pasajes de avión para llegar aquí.

—Nosotras solo pagamos ciento cincuenta por el de mima —se burló Jackie. Pipo detestaba gastar dinero, y lo detestaba aun más cuando alguien había conseguido mejor negocio que él. No, ella no iba a dejar pasar esta oportunidad de burlarse—. ¿Eso quiere decir que están juntos otra vez?

—No —interrumpió mima halándose el vestido que se había pegado a su cuerpo por todos los abrazos con trusas empapadas—. Él tiene que lamentarse mucho más para poder ser perdonado.

La mirada firme en los ojos de mima confirmaban que todavía no estaba dispuesta a perdonarlo. Pero Jackie también oyó una promesa. Quizás en unas semanas o un mes. Una vez que mima se acostumbrara a estar junto a su familia otra vez.

Jackie besó a su hermano y a su abuela. Como Clark era un bebé, no había necesitado ni un pasaporte ni una fotografía en el de mima mientras que viajara con ella.

Toda esta conmoción hizo que los padres de Victoria bajaran del apartamento y se movieran hacia la piscina con todos hablando a la misma vez.

—¿Pancha no quiso venir? —preguntó Jackie.

—Tratamos de convencerla. Ustedes saben que somos su única familia, pero Cuba es su hogar y tenía mucho miedo de irse. —Mamalara se secó los ojos—. Dijo que alguien tenía que ocuparse de la casa y del gato.

—¿Cómo está Gnomo? No hemos recibido ninguna carta desde que llegó Jackie —dijo Victoria.

—¿Por qué no llamaron desde el aeropuerto? Nos pudimos haber encontrado ahí —tío Ernesto dijo mientras le daba la mano a pipo y con la otra le daba una palmada en la espalda.

—Era más fácil conseguir una piquera y venir aquí directo —dijo pipo.

—Queríamos darles la sorpresa. Ustedes niñas son increíbles. —Mima volvió a abrazar a Jackie y a Victoria y besó a cada una en la parte de arriba de la cabeza.

—¿Pero cómo consiguieron el dinero para pagar la piquera? —preguntó Jackie. Cuando Victoria y tío Ernesto la habían ido a recoger habían ido en guagua—. A mí solo me dejaron salir de la isla con dos mudas de ropa y un real para hacer una llamada en el aeropuerto.

Mima guiñó el ojo.

—Ustedes niñas no son las únicas que pueden mandar cosas de contrabando.

—¡Dinos! —chilló Inés.

Mamalara alzó la cabeza de manera que indicaba que nadie le podía decir a la matriarca lo que podía o no podía hacer.

—Vamos a decir que la mayoría de los oficiales en el aeropuerto no están interesados en mirar de cerca el pañal de un bebé.

—¡Qué asco! —Nestico hizo muecas.

—Conseguimos un periódico en el aeropuerto. Larita encontró dos apartamentos a buen precio de tres cuartos y dos baños en el mismo edificio. —Pipo devolvió la palmada en la espalda de tío—. Podemos irlos a ver esta tarde.

—¡Ay, Dios santo! El tener más que un solo baño. —Tía Isabel lo dijo como si fuera el único problema del pequeño apartamento.

Los padres hablaron sobre las nuevas condiciones de vivienda. Inés le contó a Mamalara sobre la escuela mientras que Nestico se tiró de golpe en la piscina que quedó medio vacía como resultado.

En una de las sillas, Victoria se sentó con Clark, su ahijado, que se había dormido a pesar del chillido de todas las voces cubanas excitadas. Jackie se sentó al lado de su prima mientras acariciaba el pelo negro de su hermanito. Aún no podía creer que todos estuvieran aquí.

—No sé qué hacer conmigo misma ahora —dijo Victoria en la voz tranquila que había adoptado estando todo el tiempo entre los gringos callados.

—¿Qué quieres decir? —Todo estaba perfecto. No había nada de qué preocuparse. Hasta el gato de la señora Greenwald lo sabía mientras caminaba despacio. Igual que Gnomo, reclamando las piernas de Jackie como su trono.

Victoria demoró un momento para poder expresar sus sentimientos en palabras.

—Mamalara se va a hacer cargo de la cocina y de la casa. Honestamente, estoy aliviada. No me importa hacerlo y es bueno saber que lo puedo hacer, pero la obligación de tener que manejar la cocina todos los días es demasiado. Me gusta mi trabajo, pero ya no lo necesito. Todo lo que quería estos meses era volver a casa. Ahora que sé que es imposible, ya no sé qué es lo que quiero.

Jackie comprendía en parte. Era bueno tener una meta

y la esperanza de conseguirla. Pero ¿no era mejor ahora, tomarlo suave y solo ser ella?

—Te podemos conseguir un establo para montar a caballo entre los naranjos. —Jackie sonrió mientras planeaba su próxima aventura—. Cuando cumpla catorce, puedo conseguir una licencia provisional de manejar. Te puedo dejar en los establos, ver una película mientras estés montando, recogerte e irnos a comer helado juntas. Tengo muchas ganas de probar este sabor gringo llamado *Rocky Road*.

Victoria asintió tan fuerte que Clark se movió en sus brazos pero no se despertó.

—¡Ay sí! Me encantaría eso. Las dos juntas. Formamos un buen equipo después de todo.

Jackie recostó su cabeza contra la de Victoria y le pasó un brazo por encima del de ella. Sabía que sus corazones estarían para siempre en Cuba, su isla. Pero quizás ahora, con toda su familia aquí, podrían hacer de Miami su hogar.

NOTA DE LA AUTORA

Este libro es un trabajo de ficción basado en las experien-
cias de mi mamá y su familia cuando salieron de Cuba a
los Estados Unidos en el año 1960. Hay muchas cosas que
cambié, inventé o exageré para crear el cuento y los personajes. Pero muchos de los detalles son reales. La finca de
mi bisabuelo fue el lugar más querido en todo el mundo por
mi mamá. Su prima hermana salió a través de un programa
que fue conocido como la operación Peter Pan y su tía tuvo
que escapar con un pasaporte falsificado. Aunque esta es
una obra de ficción sobre una época importante en la historia, el corazón y la esencia de este cuento son reales. Hasta
el día de hoy, mi mamá todavía echa de menos la vida que
tenía en Cuba.

La mayoría de los cubanos que salieron en el año 1960
pensaron que su exilio sería por corto tiempo. Nunca pensaron que el gobierno de los Estados Unidos iba a permitir
un país comunista tan cerca de su costa. En el año 1989,
recuerdo que con la caída del muro de Berlín y el fin de

la Unión Soviética, mis padres pensaron que quizás al fin podrían regresar a Cuba. Cuando el dictador comunista Fidel Castro murió en el año 2016, los cubanos de todo el mundo celebraron. Aun ahora, en el año 2023, Cuba sigue siendo un país comunista.

La mayor parte de lo que Jackie contó que estaba sucediendo en Cuba después de la salida de Victoria y su familia, al igual que los relatos sobre Cuba que la familia de Victoria escuchaba en Miami, son tomados de los recuerdos y las anécdotas de familiares y amigos de la familia que se fueron después de mi mamá y su familia. Por lo tanto, tengo fechas vagas que aparecen al comienzo de los capítulos que son ficción sobre sucesos históricos de menor importancia, como las protestas y la vigilancia del gobierno en los vecindarios, porque no importa cuándo sucedieron, aunque sí son reales y sí existieron. Sin embargo, los sucesos importantes, como Cuba exigiendo la salida de la isla de todos los ciudadanos de los Estados Unidos y la batalla de Playa Girón, son fechas de verdad y de mayor importancia. Los personajes de Alto y Coco son totalmente ficticios aunque personas como ellos existieron de verdad.

El gobierno cubano en realidad rehusaba dar pasaportes a todos los que tenían edad para trabajar. Solo les daban pasaportes a las personas viejas y fue real el miedo a que mandaran a los menores a la Unión Soviética para hacer de ellos buenos comunistas. Fue por esta razón que fue creada la operación Peter Pan, una organización humanitaria con fondos de los Estados Unidos y grupos religiosos. Su propósito fue conseguir pasaportes a los cubanos menores de edad para sacarlos de Cuba y situarlos en los Estados Unidos con familiares, en hogares temporales o internos en colegios religiosos hasta que sus padres pudieran salir. En un principio, el gobierno cubano pensó que sus padres habían hecho arreglos para la emigración legal de sus hijos. Se estima que alrededor de catorce mil menores salieron de Cuba en este programa durante los dos años que duró.

La batalla de Playa Girón en 1961, también conocida como el fracaso de Bahía de Cochinos, es uno de los mayores y más trágicos sucesos en los ojos de la mayoría de los cubanos. Aún mayor que la crisis de los mísiles en Cuba en 1962. Los cubanos que recuerdan esa batalla aún lloran la traición y la pérdida de vidas, pero la mayoría de aquellos que no son cubanos desconocen este fracaso histórico. Para los cubanos exiliados, esto les aseguró la realidad agonizante de que más nunca podrían volver a su país. Todos los detalles sobre el fracaso de esa batalla están basados en los cuentos que yo oía de niña.

La inmigración cubana en 1960 fue muy diferente de lo que es hoy en día. Si tenían el pasaporte para viajar y el dinero para pagar el pasaje, los cubanos en esa época recibieron permiso de entrada por el gobierno de los Estados Unidos como refugiados políticos. Todos los que no tenían ni pasaportes ni falsificaciones intentaron escapar en balsas hechas de cualquier cosa que pudiera flotar y rezaban para que los guardias que patrullaban no los vieran y que la corriente del océano estuviera a su favor para llegar a los Estados Unidos. El huir de Cuba por el mar aún sucede hoy en día. Actualmente muy pocas personas reciben permiso para salir legalmente de Cuba y aun así de manera temporal por trabajo o educación.

En su época dorada, Cuba era un país muy próspero y fértil y la definición de un paraíso tropical. Aunque mi mamá y su familia no han regresado a Cuba y yo jamás he ido, Cuba siempre estará en nuestros corazones y seguirá siendo una parte importante de quienes somos.

GLOSARIO Y TÉRMINOS CUBANOS

Cada país tiene sus propios términos y manera de expresarse, hasta cuando comparten el mismo idioma. Y como todos, los cubanos usan palabras que otras personas que hablan español no conocen. Aquí puedes aprender cómo hablar como un cubano y también palabras en otros idiomas.

Allowance: dinero de bolsillo que los padres les dan a sus niños.

Arañitas: tortas fritas de plátanos verdes rayados.

Artichoke: alcachofa, un vegetal con espinas y se come el centro.

Babushka: la palabra rusa para una abuela.

Biscuits: como los cubanos llaman a un bollo o panecito.

Cartucho: una bolsa de papel.

Catholic Welfare: una organización católica que ayudó a sacar niños de Cuba.

Come, come!: ¡ven, ven!

Cottage cheese: cuajada o queso cortado.

Dear: querido/querida, como se empieza una carta.

Dixie Highway: una carretera principal en Miami.

Draniki: una comida rusa, hecha de papas rayadas y fritas.

Duck and cover, children: una frase que se usaba mucho durante la Guerra Fría cuando tenían miedo de que les tiraron una bomba nuclear. Significa: *agáchense y cúbranse, niños.*

Dutch babies: unos panecitos hechos en el horno muy caliente con huevos, leche y mantequilla y sin levadura.

Es-tu français?: francés para decir: *¿eres tú francés?*

Excuse me: con permiso.

Favourites/favorites: favoritos. El primero es como se escribe en Inglaterra y en la Mancomunidad Británica. El segundo es como se escribe en los Estados Unidos.

Flash: Una luz brillante que alumbra brevemente cuando usas una cámara.

Football: se refiere al fútbol americano, no el fútbol de otras partes del mundo.

Frutabomba: como los cubanos llaman a la fruta papaya.

Good afternoon: buenas tardes.

Grann: criollo haitiano para *abuela*.

Groovy: una palabra antigua que significa *chévere* o *de acuerdo*.

Guajiro: una persona del campo.

***Gunsmoke*:** una obra de radio de vaqueros que transmitía un capítulo semanal.

Hello: hola.

Here: generalmente significa *aquí* pero en algunos casos es *toma*.

Hey: *oye* o *hola*.

Hi, Katya. I'm Victoria: hola Katya. Soy Victoria.

Hi, who are you?: hola, ¿quién eres tú?

I beg your pardon: una manera formal para decir «con permiso».

Icing on the cake: un dicho que significa algo extra bueno. En español sería equivalente a *la cereza del pastel*.

It's a sign: en inglés, *letrero* y *señal* se dice con la misma palabra, *sign*. Pues, aunque Jackie está mencionando el letrero, también está diciendo que es una buena señal.

«Jailhouse Rock»: una canción conocida de Elvis Presley.

Jewish Family and Children Services: una organización judía que ayudó a sacar niños de Cuba.

Jaulas: los compartimentos individuales para caballos en el establo.

***King of the Wind*:** un libro conocido sobre un caballo entero.

Máquina: se refiere generalmente a un automóvil, pero también puede ser cualquiera otra máquina, como máquina de escribir.

Manman: criollo haitiano que significa: *mamá*.

Mariquitas: platanutres o chips hechos de plátanos verdes.

Missus: señora

Mima: una palabra cubana para mami.

Mother of Mercy: el colegio católica ficticio de Victoria en Cuba, Madre de Clemencia.

No, I don't speak English at all: no, yo no hablo nada de inglés.

Nom de plume: francés para un nombre falso que usan los escritores.

Nothing I tell you can leave this room: nada que yo diga puede salir de este cuarto.

Nyet, Russki, nyet: ruso para: *No, ruso, no.* Pero cuando alguien quien habla inglés llama a un ruso *russki*, es una descortesía.

Of course: claro que sí.

One whole dollar: un dólar entero, como si fuera mucho dinero aunque no lo es.

Only if I have to: solamente si necesito hacerlo. Pero en inglés está gramaticalmente mal dicho.

Oranges, 60¢ a dozen!: naranjas, sesenta centavos la docena.

Oui: francés para *sí.*

Over here!: ¡mira, aquí!

Palm View: vista de palmas.

Peachy keen: una expresión antigua, parecida a *chévere* o *de acuerdo.*

Pelota: béisbol.

Peseta: una moneda de veinticinco centavos.

Photosynthises/Photosynthesis: significa *fotosíntesis.* La primera está mal escrita.

Pichar: lanzar una pelota.

Piquera: un taxi o carro con chofer.

Pimpampú: una cama portable para la visita.

Pipo: palabra cubana para papi.

Please: por favor

Potatos, 35¢ for 5lbs!: papas a treinta y cinco centavos por cinco libras. Papas está mal escrita, debería decir: *potatoes*.

Potlucks: una reunión o fiesta donde cada persona trae comida para compartir. También es una lotería porque no se sabe lo que traerán los otros invitados.

Pulóver: una camiseta o camisa estilo de polo.

Queique: palabra cubana para un bizcocho.

Real: una moneda de diez centavos.

Rock 'n' roll: música popular de baile de los años 1950 y 1960.

Rocky Road: un sabor de helado de chocolate con nueces y bombón (*marshmallow*).

Ropa vieja: comida tradicional de Cuba, hecho con carne tan suave se caí a pedazos como ropa vieja.

Rutabaga: nabo sueco, un vegetal que crece en la tierra.

Saya: palabra cubana para una falda.

Se kanaval. Tout moun se fanmi!: crillo haitiano para decir: *Es carnaval. ¡Todos somos familia!*

Shock: algo que te asombra o te deja en una pieza.

Smile for the camera: una sonrisa para la cámara.

Snowballs: galletas de Navidad envueltas con azúcar en polvo para lucir como bolas de nieve.

Solèy leve: criollo haitiano para amanecer.

Some classes to send her to/Some classes to which to send her: unas clases para mandarla a ella. La primera oración está gramaticalmente mal dicha.

Squash: un deporte que se juega con raquetas y una bola contra paredes.

Superb: soberbio.

Suspense: una obra de radio de drama que transmitía un capítulo semanal.

Taquilla: un casillero o *locker*.

Ten-Cen: la tienda de Woolworth's, (*ten cents* en inglés), porque vendían muchas cosas a diez centavos.

The bees knees: una expresión antigua que significa lo más chévere o lo más de moda. Se puede decir de una persona, un evento o una cosa. Literalmente significa las rodillas de una abeja.

Time: en este caso se refiere a una revista que todavía se encuentra en circulación.

Trusa: palabra cubana para traje de baño.

Wonder Bread: una marca de pan blanco lascado.

Wow, that's some arm!: ¡increíble, qué brazo tienes! En referencia a poder lanzar una bola muy rápido.

Yaquis: matatenas o payana, un juego con una pelota chiquita que rebota y unas estrellas de tres dimensiones.

Yes, thank you: sí, gracias.

Yes, welcome: sí, bienvenidos.

You family of Victoria?: mal escrito gramaticalmente, significa: *¿ustedes familia de Victoria?*

You say it, Sister Suffragette!: un dicho popular de la época para los derechos para que las mujeres puedan votar, *¡así se dice, hermana sufragista!*

Yummy in the tummy!: delicioso en la barriga. En inglés las palabras riman.